Adriana Popescu
Ewig und eins

Zu diesem Buch

Zurück in Stuttgart. Eigentlich wollte Ella nicht auf das Klassentreffen gehen. Aus guten Gründen. Sie kommt nach Jahren dennoch wieder in ihre Heimatstadt. Letzten Endes aus genau denselben Gründen, aus denen sie ursprünglich nicht gehen wollte: Ben und Jasper. Ben war ihr erster Freund, und er hat ihr damals den schönsten Liebesbrief geschrieben, den die Welt je gesehen hat. Jasper, der im Haus gegenüber von Ella aufgewachsen ist, war ihr bester Freund und der Dritte im Bunde. Aber er steht heute nicht auf der Gästeliste. Vermutlich ist er gerade wieder irgendwo in der Welt unterwegs, um eine seiner gefeierten Ausstellungen zu eröffnen. Wenn Ella das auf Facebook nicht missverstanden hat, dann haben die beiden Jungs noch immer Kontakt, nur Ella ist rausgefallen, als sie direkt nach dem Abitur nach New York an eine der besten Ballettschulen der Welt gegangen ist, um ihren Traum zu verwirklichen. Eine folgenschwere Entscheidung. Zuerst zerbrach ihre Beziehung zu Ben daran – kurz darauf auch die Freundschaft mit Jasper. Danach war alles anders. Schlechter. Jetzt, zum Klassentreffen, hat Ella endlich die Chance, zumindest Ben all die Dinge zu sagen, die sie damals nie ausgesprochen hat. Sie hofft, dass sie doch noch einen schönen Abschied von ihm bekommt. Dass sie diesmal vielleicht sogar im Guten auseinandergehen. Doch dann verändern eine große Überraschung, eine spontane Idee und ein verrückter Plan alles ...

Adriana Popescu, 1980 in München geboren, arbeitete als Drehbuchautorin für das Deutsche Fernsehen, bevor sie als freie Redakteurin für verschiedene Zeitschriften und City-Blogs schrieb. Wenn sie nicht an ihren Texten feilt, widmet sie sich der Fotografie oder singt (viel zu laut und falsch) Lieder im Radio mit. »Ewig und eins« ist ihr vierter bei Piper verlegter Roman. Sie lebt in Stuttgart.

http://adriana-popescu.de/

Adriana Popescu

Ewig und eins

Roman

Piper München Berlin Zürich

Mehr über unsere Autoren und Bücher:
www.piper.de

Von Adriana Popescu liegen im Piper Verlag vor:
Lieblingsmomente
Lieblingsgefühle
Lieblinsgefühle
Versehentlich verliebt
Ewig und eins

MIX
Papier aus verantwor-
tungsvollen Quellen
FSC® C083411

Originalausgabe
Mai 2015
© Piper Verlag GmbH, München/Berlin 2015
© Songtext S. 274–276: Thomas Pegram, mit freundlicher Genehmigung.
Umschlaggestaltung: Mediabureau Di Stefano, Berlin
Umschlagabbildung: picsfi ve/123rf, jchc/iStockphoto
Satz: Kösel Media GmbH, Krugzell
Gesetzt aus der Joanna
Papier: Munken Print von Arctic Paper Munkedals AB, Schweden
Druck und Bindung: CPI books GmbH, Leck
Printed in Germany   ISBN 978-3-492-30656-0

Für M⁵

»What's too painful to remember
We simply choose to forget.
So it's the laughter
We will remember ...«

»The Way We Were« – Barbra Streisand

*Manchmal habe ich Angst,
dass wir eines Tages
nur noch eine Erinnerung sind
und langsam verblassen.*

»Wow! Du hast die beiden also ewig nicht mehr gesehen?«

Für meinen Geschmack schaut Kerstin, die 20-jährige Studentin am Steuer, etwas zu selten auf die Straße vor sich. Immerhin befinden wir uns auf einer dreispurigen Autobahn und fahren entspannte 220 Stundenkilometer, und wenn wir schon dabei sind: Sie sollte sich auch anschnallen und den Schulterblick beim erneuten Einfädeln zumindest antäuschen. Okay, sie könnte auch mal den Blinker setzen. Gerne nur, wenn sie die Spur wechseln, überholen oder abbiegen will.

»Ja. Sieben Jahre. Eine gefühlte Ewigkeit.«

»So alt siehst du gar nicht aus.«

In ihrer Überraschung reißt Kerstin das Lenkrad nach rechts und zwängt sich somit – vermutlich ungewollt – zwischen einen LKW und einen Kombi, dessen Fahrer wütend gestikuliert, was ich im Rückspiegel erkenne. Das würde Kerstin auch, wenn sie den Rückspiegel so einstellen würde, dass sie zur Abwechslung mal sieht, was hinter uns passiert. Vielleicht würde sie ihn dann sogar auch mal in Gebrauch nehmen.

Tut sie aber nicht.

Also lasse ich mich etwas tiefer in den Sitz ihres roten VW Golf GTI sinken und bete schnell noch mal zu einer höheren

Macht, irgendeiner Gottheit – oder wer auch immer für das Überleben im Straßenverkehr zuständig ist.

Wenigstens drängelt sie, seit wir uns über mein anstehendes Abiturtreffen unterhalten, keine BMWs mehr von der linken Spur. Ein echter Lichtblick, wenn ich nicht lesen könnte, dass der LKW vor uns im November zum TÜV muss.

»Aber ... trifft man sich normal nicht nach fünf Jahren oder zehn oder so?«

Kerstin sieht mich ernsthaft irritiert an, ohne auch nur eine Schrecksekunde an Massenkarambolagen oder unsere Sterblichkeit zu denken.

»Ja, eigentlich sollte es unser Fünfjähriges werden, aber die Chaoten, die für die Planung zuständig waren, haben ziemlich lange dafür gebraucht. E-Mail-Verteiler aktualisieren, perfekten Termin finden, keine Schulferien erwischen, Geburtstermine abwarten ... Solche Dinge.«

Das nächste Autobahnschild lässt mich kurz aufatmen: »Stuttgart 80 km«. Ich habe es fast überlebt.

»Und ihr hattet gar keinen Kontakt? Nicht mal über Facebook?«

Kerstin starrt mich noch immer ungläubig von der Seite an, während sie links ausschert, um den LKW doch noch zu überholen – natürlich ohne dabei auch nur einen Blick auf die Fahrbahn zu werfen. Wie um alles in der Welt macht sie das nur?

»Nein, nicht mal über Facebook.«

Dort sind wir zwar noch befreundet, aber unser »Kontakt« beschränkt sich seit Jahren darauf, dass ich ab und an schaue, was sie gepostet haben. Ben wohnt alle drei Monate in einer anderen Stadt und hält sich mit kleineren Jobs bei Filmproduktionsfirmen über Wasser, und Jasper bereist die ganze Welt, wo er bei Vernissagen seine Gemälde bestaunen lässt. Er hat es von uns dreien am weitesten gebracht. Momentan wohnt er in Kapstadt, soweit ich weiß. Ich versuche, nicht zu oft auf ihren Profilen herumzulungern, weil ich die beiden dann noch viel mehr vermisse und mich frage, wie es nur dazu kommen konnte, dass wir gar keinen Kontakt mehr haben. *Wir!* Ausgerechnet wir.

»Das ist krass. Meine Freunde von damals und ich, wir sind noch voll tight.«

Süß, wie sie »von damals« betont und es so klingen lässt, als würde zwischen ihrem Abitur und dem heutigen Tag mindestens ein Menschenleben liegen. Dabei klebt auf der Heckscheibe noch immer ein großes, ausgeblichenes »Abi 2013« von letztem Jahr. Irgendwie niedlich – und irgendwie saublöd. Jetzt fühle ich mich alt, dabei bin ich noch nicht mal 30. Noch lange nicht!

»Und das wird sich auch niemals ändern, echt jetzt.«

Fast empört blickt Kerstin endlich wieder durch die Frontscheibe.

»Wir bleiben *immer* Freunde. *Immer.*«

Dann tritt sie das Gaspedal noch etwas mehr durch. Wie schnell kann so ein GTI überhaupt fahren? Hat er auf beiden Seiten Airbags? Und vor allem: Habe ich meinen Organspendeausweis eingepackt?

»*Best friends forever.*«

Inzwischen spricht sie nur noch mit sich selbst und murmelt alle zwei Kilometer freundschaftserhaltende Mantras vor sich hin. Zumindest sieht sie mich jetzt nicht mehr so an, als wäre ich aus einem anderen Jahrhundert in ihrem Wagen gelandet. Danke, liebe Mitfahrzentrale, für dieses Abenteuer!

Ich lehne meinen Kopf an die kühle Fensterscheibe und betrachte die Sommerlandschaft, die viel zu schnell an uns vorbeizieht. So wie mein Leben. Sieben Jahre nach dem Abi komme ich also tatsächlich wieder nach Hause. Zurück in die Stadt, die ich wie meine Westentasche kenne, in der ich aufgewachsen bin und einmal glücklich war – und eine kleine Berühmtheit. Okay, man hat mich nicht auf der Straße erkannt und um ein Autogramm gebeten. Dafür gibt es einfach zu wenige Leute, die sich für Ballett begeistern. Meine Eltern haben trotzdem einen ganzen Ordner voll mit Zeitungsberichten über mich gesammelt. Ich habe es geliebt zu tanzen, und ich war auch gut darin. Seit ich fünf Jahre alt war, habe ich Ballettunterricht genommen, und als ich dann mit sieben an der renommierten Stuttgarter John-Cranko-Ballettschule aufgenommen wurde, konnte ich mein Glück kaum fassen. Vormittags saß ich ganz normal in der Schule, nachmittags hat meine Mutter mich in die Innenstadt gefahren, wo meine musikalische und rhythmische Begabung gefördert wurde – am Ende sechs Mal in der Woche. Ich war die jüngste Tänzerin, die jemals bei einer der großen Cranko-Produktionen im Opernhaus Stuttgart die Julia in »Romeo und Julia« von Sergej Prokofjew tanzen durfte, vor ausverkauftem Haus. Alle waren sich damals sicher: Aus der kleinen Ella Klippenbach wird mal was ganz Großes! Die erobert die Herzen und Bühnen der Welt im Sturm!

Kurz schließe ich die Augen.

Die Musik des Orchesters setzt ein. Der Vorhang geht langsam auf, und der Zuschauerraum liegt dunkel vor der hell erleuchteten Bühne. Dennoch meine ich, in den Augen der Zuschauer in den ersten Reihen wachsende Bewunderung zu erkennen, als ich beginne, mich zu bewegen, während ich loslasse und das tue, was als Bestimmung durch meine Adern fließt. Die tiefe Leidenschaft, die durch meinen Körper strömt und mich antreibt. Weiter, immer weiter, immer höher lasse ich mich von den Melodien tragen, bis alles um mich herum verschwindet. Ich tanze. Mein Körper wird eins mit der Musik, und erst als der letzte Ton verhallt ist, komme ich wieder zu mir. Dann bricht die Begeisterung in einem lauten Applaus über mich herein. Nicht nur für mich. Für alles: die Musik, die Choreografie, das Bühnenbild, die Kostüme ... Der Applaus für das große Ganze.

Plötzlich spüre ich, wie sich etwas tief in mir schmerzhaft zusammenzieht. Damals schien alles möglich, heute ... kehre ich zum ersten Mal zurück, in meine schwäbische Heimat, wo alles angefangen hat, wo ich einmal glücklich war – wo ich nie wieder hinwollte, weil inzwischen alles vorbei ist. Für immer.

So hatte ich mir vor sieben Jahren meine Rückkehr jedenfalls nicht vorgestellt. Ich komme weder mit dem Flugzeug aus dem Ausland noch mit einer großen Limousine. Ich komme nicht mal mit dem Zug, weil sogar das zu teuer geworden wäre. Nein, ich komme mit dem Auto, allerdings nicht mit meinem eigenen – denn ich habe keinen Wagen –, sondern mit einer geschwindigkeitsbesessenen Studentin, die von Stuttgart weiter an den Bodensee zu einem Musikfestival mit »richtig guten DJs und so« fahren wird.

Ich komme als Touristin in meine Heimat, und ich mache mir keine Hoffnungen: Ich werde hier mein altes Leben nicht wiederfinden. Ich komme nur als Besucherin, die sich ein paar alte Erinnerungen gönnt, und dann, bevor das Wochenende vorbei ist, wieder in den Norden verschwindet. Zurück nach Hamburg an die Staatsoper, wo ich nicht auf der Bühne stehe, sondern Reisegruppen durch das Haus an der Dammtorstraße führe. Hamburg, das »Tor zur Welt«, ist schon etwas anderes als diese Kesselstadt, die außer Weinbergen und einem Fernsehturm nicht viel zu bieten hat. Das behaupte ich zumindest im Norden, wo man den Süden nicht besonders mag. Ist klar. Also habe ich versucht, mich anzupassen, und behaupte immer wieder: »Stuttgart? Ach was, fehlt mir gar nicht. Wieso auch? Hat ja nicht mal das Meer.« Die Wahrheit ist eine andere: Ich vermisse Stuttgart! Mir fehlen die vertrauten Gerüche und Geräusche, die Stuttgarter Luft, das Leben hier, das Gefühl, wirklich zu Hause zu sein. Das alles habe ich zurückgelassen. Und noch so viel mehr.

Sofort blitzt Bens Lachen und das Leuchten seiner grünen Augen in meinem Kopf auf. Ich sehe, wie er und Jasper sich nach einem Tor johlend in die Arme fallen – im VfB-Trikot in der Cannstatter-Kurve. Dann spüre ich, wie er meine Hand nimmt, mich zu sich zieht, mich anlächelt und küsst, während um uns herum Tausende Menschen jubeln.

Mein Herz hat gerade spontan an Gewicht zugenommen und hängt jetzt etwas tiefer in meinem Brustkorb. Es ist immer schwer, an die beiden zu denken. Sie fehlen mir. Ich hätte nicht gedacht, dass das letzte Gespräch zwischen Ben und mir – am Flughafen in New York – alles verändern würde. Für uns drei. Zu vieles ist damals ungesagt geblieben, weil mir die Worte gefehlt haben. Die richtigen Worte. Oder überhaupt irgendwelche Worte. Ich habe einfach nur dagestanden und ihn angesehen: meine erste große Liebe, meinen Ben. Wenn ich damals das Richtige gesagt hätte, wäre er geblieben. Da bin ich mir sicher. Aber das, was heute, im Nachhinein, vielleicht richtig gewesen wäre, erschien mir damals falsch. Zu viel hatte ich in meinen Traum investiert, zu groß war das Glück gewesen, ein Stipendium an der Juilliard School in New York zu bekommen – und es wären ja nur vier Jahre gewesen, bis ich meinen Bachelor gemacht hätte. Dann wäre ich zurückgekommen, zu ihm. Aber alles das habe ich ihm nicht gesagt, und so ist er gegangen – und ich bin geblieben. Seitdem fühlt es sich an, als ob unsere Geschichte mit einem großen Cliffhanger geendet hätte, und die Leute warten seit Jahren auf die neue Staffel von »Ben & Ella«, weil sie sich fragen, wie es wohl mit uns weitergehen wird.

Okay, vielleicht frage auch nur ich mich das. Ben, so nehme ich an, beschäftigt das schon lange nicht mehr. Sieben Jahre sind eine lange Zeit. Er hat den Kontakt damals von einem Tag auf den anderen komplett abgebrochen und ihn seither nicht mehr aufgenommen. Er postet lieber Fotos von Filmpremieren auf Facebook, auf denen er war und auf denen er meist nur halb zu sehen ist. Ohne mich. Ohne Jasper. Warum allerdings auch Jasper den Kontakt damals abgebrochen hat, weiß ich nicht. Ich habe bis heute keine Antwort auf meine Fragen bekommen. Von keinem von beiden. Sie haben mich einfach aus ihrem Leben gelöscht und dann vergessen.

Bei diesem Gedanken kracht mein Herz irgendwo auf meinen Magen. Man sollte doch annehmen, dass man mit den Jahren erwachsen wird und über so etwas hinwegkommt, oder? Über die erste große Liebe und alte Freundschaften aus der Schulzeit. Über die Menschen, die einen so gesehen haben wie noch kein anderer Mensch zuvor. Oder danach. Oder überhaupt.

»Hattest du was mit einem von beiden? Oder sogar mit beiden?«

Ich höre ein Kichern neben mir und reiße erschrocken die Augen wieder auf. Kerstin!

»Ähm. Mit Ben war ich früher mal zusammen. Jasper ist nur ein Freund.«

»Nur ein Freund?«

Kerstin zieht das Wort »Freund« so lange, bis es eindeutig zweideutig klingt.

»Ja, nur ein Freund. Mehr nicht.«

Nein, Jasper war mein *bester* Freund, und das so lange ich denken kann. Die meisten Frauen hatten in ihrer Kindheit und Jugend beste Freundinnen, ich hatte Jasper. Das klingt im ersten Moment vielleicht fast wie eine Krankheit, aber er war das Beste, was mir passieren konnte. Es existiert in meinem Kopf keine nennenswerte Erinnerung, in der Jasper nicht vorkommt. Dieser durchgeknallte Chaot, der zu jeder Tages- oder Nachtzeit vor unserer Haustür stand. Sein schiefes Grinsen, die großen dunklen Augen hinter noch größeren Brillengläsern, das ständige Plappern und die fiese Frisur, die das letzte Mal bei Hugh Grant im Film »Notting Hill« angesagt war. Wobei – vermutlich nicht mal da. Zum Glück kam irgendwann die Pubertät, und Jasper hat sich von dem Modegeschmack seiner Mutter emanzipiert. Aber auch nachdem er die Brille gegen Kontaktlinsen eingetauscht hat und die ersten Mädchen auf ihn aufmerksam geworden sind, hat es Jasper nie wirklich interessiert, was andere von ihm denken. Er hat schon früh das Interesse daran verloren, jemandem gefallen zu wollen. Ich glaube, so ungefähr mit vier Jahren, als er den Nikolaus im Kindergarten für die endlich freigewordenen neuen Wachsmalstifte links liegen gelassen hat. Aber so schrullig und eigenartig Jasper war, ich konnte mich immer auf ihn verlassen. Wie oft habe ich ihn angerufen und ihm panisch mein Teenager-Leid geklagt? Und wie schnell hat er dann eine Ausrede gefunden, um über die Straße zu mir nach Hause zu kommen? In den Sommerferien hat er fast bei uns gewohnt.

Plötzlich setzt sich zum ersten Mal, seit wir Hamburg verlassen haben, ein Lächeln auf meine Lippen. Jasper und ich: Wir waren unzertrennlich.

Und dann kam Ben.

»Da lief nie was?«
»Mit Jasper? Nein. Nie.«
»Echt? Geht das überhaupt? Männer und Frauen und Freundschaft und so?«
»Ja, das geht. Glaub mir.«
Jasper und ich, wir sind die Anti-Version zu »Harry und Sally«. Wir sind wirklich Freunde. Oder waren es. Damals.
»Das ist trotzdem irgendwie voll *strange*.«
»Ach ja? Warum?«
Kerstin antwortet nicht sofort. Sie blickt nachdenklich durch die Frontscheibe, und ich bemerke, wie wir langsamer werden. 180 Stundenkilometer statt 220.
»Also, ich habe meinen besten Freund im Vollsuff geküsst.«
»Aha.«
Die Tachonadel nähert sich inzwischen 150 Stundenkilometern, und Kerstin reiht sich in die mittlere Fahrspur ein. Natürlich ohne zu blinken, aber immerhin.
»Normal, oder?«
Hm. Meine Kopfbewegung liegt zwischen einem wohlwollenden Nicken und energischem Kopfschütteln, weil ich nicht so genau weiß, welche Antwort zu einer erneuten Beschleunigung führen könnte. Aber sie sieht mich gar nicht an, sondern sinniert weiter vor sich hin.
»Ich meine ... irgendwie ... schon, oder?«
Ich verhalte mich mucksmäuschenstill, denn ich werde sie bestimmt nicht bei dem, was sie gerade macht, stören. Dafür erhöhte es unsere Überlebenschancen einfach viel zu sehr. Wir sind inzwischen bei 120 Stundenkilometern angelangt!
»Also ... keine Ahnung.«
Sie schüttelt leicht den Kopf und scheint jeden Moment aus ihrer Trance zu erwachen.

»Das hätte nie geklappt. Zwischen uns. Echt nicht.«

Sie wirft einen kurzen Blick auf den Tacho und scheint von sich selbst überrascht. Im nächsten Moment spüre ich, wie ich leicht in den weichen Ledersitz gedrückt werde. Nein! Ich muss etwas unternehmen. Sie darf sich jetzt nicht wieder aufs Fahren konzentrieren.

»Wirklich? Bist du dir da sicher? Wie ist es danach mit euch weitergegangen?«

Sie zögert.

»Keine Ahnung. Er ist nach München gezogen.«

Ihr Blick wird wieder leicht glasig, die Tachonadel sinkt. Sie denkt. Sehr gut.

Nach drei Minuten – das sind bei 120 Stundenkilometer die angenehmsten 6 Kilometer der bisherigen Fahrt – wendet Kerstin sich plötzlich zu mir.

»Und heute siehst du sie wieder? Alle beide?«

»Nein. Nur Ben.«

Das stimmt nicht ganz, und bei dem Gedanken spüre ich einen brennenden Stich in der Herzgegend. Ich werde nicht nur Ben wiedersehen, sondern auch seine »Plus eins« kennenlernen. Er kommt nicht alleine. Darauf hat mich Facebook nicht vorbereitet, als ich mit klopfendem Herz seinen Eintrag auf der Doodle Liste für das Klassentreffen gesehen habe. Da stand plötzlich »Plus eins«. Auf keinem seiner geposteten Fotos war eine Frau zu sehen, und der Beziehungsstatus war immer »Single«. Zuerst wollte ich kneifen und meine Zusage zurücknehmen, aber dann ist mir bewusst geworden, dass es vielleicht die letzte Chance ist, ihn jemals wiederzusehen. Die letzte Chance, mich so von ihm zu verabschieden, wie er es verdient hat. Wenn er überhaupt noch mit mir spricht.

»Und Jasper?«

Vielleicht sollte Kerstin sich doch wieder auf das Fahren konzentrieren. Und Jasper? Eine sehr gute Frage, auf die ich leider keine Antwort habe. Früher, als wir in der gleichen Straße gewohnt haben, wusste ich immer, wo er ist. Meistens war ich nämlich dabei. Heute? Laut Facebook war er vor einer Woche zu Hause in Kapstadt.

»Der ist unterwegs.«

»Na, dann weißt du zumindest, wen du heute Abend noch küssen wirst.«

Sie kichert so, wie eine aufgeregte Studentin nach sechs Stunden Autobahnfahrt, vier Red Bull und zu viel Schokolade eben kichert. Dabei hat sie nicht die geringste Ahnung, wie schnell dieser Satz mein Herz aus der Magengegend wieder nach oben katapultiert. Es prallt in meinem Hals irgendwo ab – vermutlich an dem Kloß, der sich dort festgesetzt hat – und schlägt laut und aufmüpfig vor sich hin. Alles nur, weil ich für den Bruchteil einer Sekunde an Bens Lippen denken muss. An unseren ersten Kuss. Auf der Grillparty von Markus Vogelhauser. Kurz nach Mitternacht. Schüchtern und unsicher. Und an unseren letzten Kuss. Am Flughafen. Voller Verzweiflung und Schmerz und Liebe. Danach hat mich kein Mann mehr so geküsst. Auch nicht Karsten, mit dem ich zwei Jahre zusammen war und dessen Küsse so anders geschmeckt haben.

»Oder hast du einen Freund?«

»Nein.«

Wieder ein Seitenblick. Mitleid. Zum Glück sind es nur noch knapp 20 Kilometer bis nach Stuttgart, denn nun weiß ich nicht, wie weit ich in Kerstins Augen noch sinken kann. Und ob. Alt, ohne Freunde, spießig und Single. Wow! Ich kann förmlich sehen, wie plötzlich in ihrem Kopf eine geistige Notiz erscheint: »Bloß nicht so werden wie Ella Klippenbach!«

Als wir endlich Stuttgart erreichen, wird es für mich langsam knapp. Kerstin wird mich vor meinem Hotel in der Nähe des »Mos Eisley« rauslassen, einer Bar, in der in einer Stunde unser Abitreffen beginnen wird. Ja, ich werde in meiner Heimatstadt in einem Hotel übernachten. Meine Eltern sind vor vier Jahren in ein Kaff in die Nähe der französischen Grenze gezogen, weil es dort so viel ruhiger und schöner ist. Ich habe es ihnen nicht gesagt, aber ein bisschen habe ich ihnen das übel genommen. Sie haben meine Nabelschnur zu dieser Stadt einfach so gekappt. Ohne mich zu fragen, ob das okay ist. Seither habe ich gar keinen Grund mehr, hierherzukommen – wobei es jetzt auch nicht so ist, dass ich unbedingt einen suchen würde. Oder zwei.

»Wird sicher voll komisch nach so langer Zeit. Ich meine, ob ihr noch Gemeinsamkeiten habt? Immerhin seid ihr beide älter geworden.«

»Huh?«

»Na ja, man verändert sich, oder? Wenn man sich nicht dauernd sieht, entwickelt man sich doch auseinander und so. Vielleicht wisst ihr gar nicht, über was ihr reden sollt und schaut euch nur so voll komisch an.«

Muss Kerstin ausgerechnet jetzt philosophisch-nachdenkliche Erkenntnisse von sich geben, die mich noch mehr verunsichern? Kann sie nicht wieder über Handynetze und verkorkste Selfies schimpfen? So hat diese ganze dämliche Unterhaltung doch kurz nach Kassel überhaupt erst angefangen. Aber nein! Sie kurbelt meine Zweifel jetzt erst so richtig an, indem sie mich auf eine Reise zurück an den Ort in meinem Gehirn schickt, wo ich diese Gedanken bisher ziemlich erfolgreich unter Verschluss gehalten habe. Wie wird es sein, wenn ich Ben das erste Mal wieder gegenüberstehe?

»Wir sind im Guten auseinandergegangen. Irgendwie klappt das schon.«

Dabei weiß ich das nicht, und dieser Gedanke beschert mir Magenkrämpfe. Ich will mir gar nicht ausmalen, wie es wäre, wenn ich Ben überschwänglich begrüßen will und er sich einfach wegdreht. Immerhin haben wir seit New York nicht mehr miteinander gesprochen. Kein Wort. Inzwischen ist so viel passiert, und ich kenne ihn vielleicht wirklich gar nicht mehr. Den neuen Ben mit seiner »Plus eins«.

Ich kenne nur den alten Ben. Den Ben, in den ich mich verliebt habe und den ich bis heute in meinem Herzen eingesperrt habe. *Meinen* Ben, für den ich alles war, bei dem ich mich immer sicher gefühlt habe und der den schönsten Liebesbrief in der Geschichte der Liebesbriefe geschrieben hat. Für mich. Kurz nachdem ich in New York angekommen bin, lag eines Morgens ein Brief in meinem Campus-Postfach. Ohne diesen Brief hätte ich die erste Zeit in New York nicht überlebt. Oder die Wochen nach seinem Besuch. Aber auch später, als alles vorbei war, war es Bens Brief, der mich davor bewahrt hat, mein Leben komplett aufzugeben.

»Na, wenn du meinst. Deswegen werde ich immer Kontakt mit meinen Freunden von damals halten. Keine Ahnung, aber sonst ist es an so Abenden wie deinem heute echt einfach nur scheiße.«

Sie mag nicht gerade Sokrates sein, ihre Worte sind deswegen aber nicht weniger wahr. Heute Abend kann es richtig bescheiden werden, weil Menschen sich aus den Augen verlieren und sich verändern. Nicht immer zum Guten. So wie ich. Andererseits hat Kerstin mir vorhin stolz erzählt, dass sie über tausend Freunde auf der ganzen Welt hat – laut Facebook. Vielleicht sollte ich ihre Vorstellung von Freundschaft doch nicht überbewerten.

»Na, viel Glück damit!«

»Danke, aber wir sind echt Freunde für immer. BFF und so.«

Best friends forever. Für immer. Das habe ich auch gedacht, als ich damals direkt nach dem Abi aufgebrochen bin, um in der Stadt, die niemals schläft, meinen Traum zu verwirklichen. So kann man sich irren.

Weil Kerstin aber gerade wieder so verträumt vor sich hin – und noch immer auf die Fahrbahn – blickt, will ich sie nicht aus ihrer perfekten Illusion reißen. Stattdessen nicke ich und wünsche ihr wirklich, dass sie bei ihrem Abitreffen nicht so viel Angstschweiß verliert wie ich. Mein Herz klopft nämlich gerade mit jedem Kilometer, den wir uns meinem Ziel nähern, panischer in meiner Brust. Bald ist es so weit. Bald sehe ich Ben wieder. Bald habe ich meine letzte Chance auf einen Abschied von ihm, mit dem ich leben kann.

Ich blicke aus dem Seitenfenster und hoffe, dass mich meine müde in der Abendsonne daliegende Heimatstadt etwas beruhigt oder wenigstens ablenkt. Jetzt ist es nicht mehr weit, nur noch an der Wilhelma vorbei und … da trifft es mich wie der Blitz. Ein heller Silberstreifen zuckt kurz durch meinen Körper.

Wäre das zu absurd? Wäre es. Natürlich. Aber auch wunderschön, oder? Ich muss es wissen.

Möglichst unauffällig drücke ich auf den Knopf, der die Fensterscheibe an meiner Seite runterlässt. Sofort erfüllt warme, frische Luft den Innenraum des kleinen Golfs.

»Musst du kotzen?«

Kerstin sieht mich ernsthaft alarmiert an und wird langsamer. 80 Stundenkilometer und damit verdammt nah an den vorgeschriebenen 70 Stundenkilometern dran. Ein Rekord.

»Vielleicht.«

Es kommt darauf an, was gleich passiert.

»Kotz ja nach draußen! Ohne Witz! Ich muss noch bis zum Bodensee.«

»Aber gerne doch. Kannst du ein bisschen langsamer fahren?«

Dann richte ich mich leicht auf, strecke meinen Kopf aus dem Fenster, und die angenehme Abendluft weht mir ins Gesicht. Mir wird beim Autofahren nie schlecht. Wenn ich mich hätte übergeben müssen, dann bestimmt viel eher bei einem ihrer waghalsigen Überholmanöver mit 220 Sachen und nicht hier auf einer zweispurigen Straße in der Tempo-70-Zone in Bad Cannstatt. Nein. Ich will einfach nur sehen, ob es noch da ist. Ich bete, dass es noch da ist.

In der Ferne sehe ich sie schließlich: die Brücke, die von der Wilhelma bis nach Bad Cannstatt reicht und die über alle vier Spuren und dem Grünstreifen in der Mitte führt. Der einzige Weg, um zu Fuß über die vielbefahrene Straße zu kommen, auf der sich niemand an das vorgeschriebene Tempolimit hält. Unsere Brücke. Sofort sausen tausend Erinnerungen wie kleine Glühwürmchen durch meinen Kopf. Jasper, der todesmutig über der Brüstung hängt, Ben, der ihn mit einem ziemlich zweifelhaft aussehenden Kletterseil sichert, und ich mit einer Taschenlampe und klopfendem Herzen. Genau wie jetzt.

Der Fahrtwind verschluckt Kerstins fragende Stimme aus dem Inneren des Autos, und ich schließe ganz kurz die Augen. Ich weiß noch zu genau, wie es ausgesehen hat. Unbewusst fahre ich mit dem Zeigefinger über die Innenseite meines linken Handgelenks – über diese eine Stelle, die sich etwas rauer anfühlt, weil eine Nadel vor Jahren dort schwarze Farbe unter die Haut geschossen hat. Inzwischen trage ich links oft breite Armreifen. Nicht, weil ich mich für das Tattoo schäme, sondern weil ich dann nicht immer die Hintergrundgeschichte erzählen muss und so viele Erinnerungen an die Oberfläche gespült werden. Erinnerungen an die Ella, die ich einmal war. Erinnerungen an die Freundschaft, die mein Leben verändert hat.

Als ich die Augen wieder öffne, spüre ich, wie sich ein Lächeln auf meine Lippen legt. Es ist noch da. Ich kann es trotz der leichten Dämmerung sehen. Da oben, an der Brücke, verblasst und nur noch für das wissende Auge erkennbar: eine umgefallene Acht in einem perfekten Dreieck. Das gleiche Symbol wie an meinem Handgelenk. So, wie wir drei immer hätten sein müssen: ewig.

Tor zur Vergangenheit

In meinem Kopf
gibt es so viele Fassungen von dem,
was ich dir sagen möchte.
So viele Worte …

Noch einmal tief durchatmen. Es ist nichts Wildes, nur ein Klassentreffen. Ich werfe einen Blick auf das orangene Schild über meinem Kopf, auf dem »Mos Eisley« steht. Eine Bar mitten in der Stuttgarter Innenstadt. Hier, wo sich die Theodor-Heuss-Straße von Lounges und Clubs gesäumt bis zum »Palast der Republik« hinzieht, hier, wo die Jungen und Schönen der Stadt ein und aus gehen und wo sich die noch nicht ganz volljährigen Mädels mit einem Lächeln auf ihren rot geschminkten Lippen an den Türstehern vorbei ins Innere schleichen. Hier stehe ich – und traue mich nicht rein.

Ich trage heute Abend keinen Lippenstift und habe auch keinen Türsteher vor mir, trotzdem fühlt es sich an, als müsste ich erst jemanden überreden, mich ins Innere zu lassen. Und zwar mich selbst. Da drinnen werde ich gleich auf die Menschen treffen, die mich von früher kennen, die wissen, wer ich war und was ich werden wollte. Wenige habe ich in meiner Freundesliste bei Facebook, viele habe ich ewig nicht mehr gesehen, und alle werden sofort wissen, dass ich versagt habe. Auf ganzer Linie.

Mein innerer Türsteher will mir den Eintritt verweigern, und ganz kurz spiele ich tatsächlich mit dem Gedanken, einfach zu verschwinden. Noch hat mich niemand gesehen, noch kann ich abhauen. »Mos Eisley, Raumhafen. Nirgendwo wirst du mehr Abschaum und Verkommenheit versammelt finden.« Das sagt schon Obi-Wan Kenobi zu Luke Skywalker in »Star Wars«, und obwohl ich da drinnen keinen Abschaum finden werde, habe ich die Hosen gestrichen voll. Zur Schulzeit wäre ich einfach reinmarschiert, hätte gelacht und getanzt – mit Ben und Jasper.

Kurz muss ich lächeln.

Los! Komm schon, Ella! Du hast eine Mission. Jetzt oder nie!

Und dann nehme ich all meinen Mut zusammen und schiebe die Tür auf.

Im Innern werde ich von retro-futuristischem Design, warmen Orangetönen und unaufdringlicher Musik empfangen, die mich unwillkürlich an Fahrstühle und Einkaufszentren denken lässt. Ich sehe Männer in Jeans mit Bügelfalte, Polohemden und Jacketts, Frauen in hohen Schuhen und hübschen Kleidern, mit denen sie ohne Weiteres an jedem Türsteher vorbeikämen, um in einen Club ihrer Wahl zu gelangen. Es geht ruhig zu, gediegen, erwachsen. Niemand tanzt ausgelassen. Gut, es ist erst kurz nach acht Uhr und das »Mos Eisley« hat gar keine Tanzfläche, trotzdem erinnere ich mich an Nächte, die wir hier zwischen den Tischen und Stühlen durchgefeiert haben.

Wo bin ich hier gelandet?

Zögernd bleibe ich im Eingangsbereich stehen. Ich glaube, ich habe mich schon lange nicht mehr so unwohl in meiner Haut gefühlt. Vielleicht sollte ich wirklich die Flucht antreten, bevor mich eine dieser fremden Gestalten entdeckt – und erkennt.

»Ella?«

Ich zucke nur selten bei der Nennung meines Namens zusammen, aber noch bin ich nicht ganz bei mir – oder überhaupt hier – angekommen. Außerdem kommt mir diese helle, leicht gekünstelte Stimme nur allzu bekannt vor.

»Ella Klippenbach?«

Und das ist kein Grund zur Freude. Keine drei Sekunden und schon steht sie vor mir: Denise Falkmeier. Die Art, wie sie die Frage stellt, soll offenbar verdeutlichen, dass sie sich nicht hundertprozentig sicher ist, ob es sich wirklich um mich handelt.

Bevor ich die Frage bejahen oder verneinen kann – was ich mir kurz tatsächlich überlege –, werde ich auch schon in eine herzliche Umarmung gezogen, die das Verhältnis zwischen Denise und mir in einem völlig falschen Licht darstellt.

»Mensch, Ella! Was für eine Überraschung! Ich hätte ja nie gedacht, dass du wirklich kommst.«

Denise drückt mich so fest an sich, dass sie kurz alle Luft aus meinen Lungen presst und ich die zweite Nahtoderfahrung des heutigen Tages erleben darf.

»Fast hätte ich es auch nicht geschafft.«

Wenn ich nur an Kerstins Überholversuch kurz vor Frankfurt denke. Uff!

»Umso schöner, dass du jetzt hier bist.«

Damit lässt sie mich los, und ihre klaren, schönen und überaus kühlen hellblauen Augen mustern mich von Kopf bis Fuß. Denise hat sich nicht wahnsinnig verändert. Sie braucht zwar ein bisschen mehr Make-up als früher, um so auszusehen, als hätte der Zahn der Zeit keine Spuren an ihr hinterlassen, ansonsten hat sie aber noch immer volles langes blondes Haar, hohe Wangen, schöne Lippen und das Lächeln eines Haifischs kurz vor dem Testbiss in die Extremitäten eines nichtsahnenden Surfers.

»Echt schön, dich zu sehen, Ella.«

Waren Denise und ich etwa mal befreundet? Und habe

ich das – neben so vielen anderen Dingen – einfach nur irgendwie verdrängt? Meine letzte Erinnerung an uns ist das Badminton-Match in der vorletzten Sportstunde, als sie alles darangesetzt hat, mich mit einem Schmetterball im Gesicht zu treffen. Noch blöder ist die Tatsache, dass ihr das auch gelungen ist. Nein, ich denke, Freundinnen waren wir nicht. Aber vielleicht hat sich das in den letzten Jahren ja auf magische Art und Weise verändert? Vielleicht weil wir nicht mehr zusammen durch die Gänge der Schule laufen müssen? Weil ich keine Konkurrenz mehr für sie bin? Oder weil sie weiß, dass ich hart auf dem Boden der Realität aufgeschlagen bin?

Noch immer betrachtet sie mich mit ihrem typischen Lächeln, während ihr Blick über mein Gesicht huscht, als würde sie eine Narbe oder eine rötliche Färbung an der Stelle erwarten, wo sie mich damals mit besagtem Schmetterball erwischt hat.

Ihr Lächeln, eben noch breit und übertrieben freundlich, wird jetzt kleiner. Ich weiß, was als Nächstes passieren wird. Bevor ich bis drei zählen kann, trifft mich ihr Blick mit einer großen Portion schlecht gespieltem Mitleid mitten in der Magengrube.

»Ich habe gehört, was passiert ist. Das tut mir sooo leid.«

Tut es ihr nicht. Trotzdem legt sie ihre Hand auf meinen Arm und nickt, als wüsste sie, wie es sich anfühlt, was ich durchgemacht habe, und als habe sie verstanden.

»Ja, das ... ist lange her.«

»Man sieht gar nichts.«

»Ja, ich habe mich ganz gut erholt.«

Ich winde mich aus ihrem Mitleidsgriff und bin mir nicht sicher, ob ich aufs Klo zum Heulen oder an die Bar zu einem Glas Schnaps flüchten soll. Zu einem ersten von vielen.

Natürlich nutzt Denise mein Zögern aus.
»Und was machst du jetzt? Ich meine, jetzt wo du ... Na, du weißt schon.«
Ah ja. Sie hat also einen genauen Plan, nach dem sie mich auseinandernehmen will. Sie arbeitet eine wunde Stelle nach der anderen ab und streut genüsslich Salz in die nicht heilenden Wunden.
»Jetzt, wo ich nicht mehr tanze?«
»Ja, irgendwelche neuen Perspektiven?«
»Nein.«
Meine Stimme klingt belegt, und ich muss mich zusammenreißen, weil das Aussprechen dieser Tatsache noch immer mein Inneres zu Eis gefrieren lässt.
»Schade. Ich habe ja immer darauf gewartet, dass du mal einen Oscar gewinnst.«
»Ähm. Für das Tanzen gibt es keinen Oscar.«
»Ach! Na ja, dann eben das, was auch immer man da so gewinnen kann.«
Sie nickt wieder und holt zum nächsten Freundlichkeitsschlag aus.
»Aber du siehst gut aus, hast dich kaum verändert.«
Das könnte ein Kompliment sein – würde es nicht von Denise »die Diva« Falkmeier kommen, die mich jetzt wieder intensiv mustert. So, als würde sie einen dritten Arm suchen, der mir in der Zwischenzeit auf dem Rücken gewachsen sein muss. Aber da wird sie nichts finden. Äußerlich bin ich tatsächlich noch immer die Ella aus der guten, alten Schulzeit. Ich habe weder zu- noch abgenommen, trage schwarze Skinnyjeans, ein dunkelrotes Top mit einem weiten U-Boot-Ausschnitt, bei dem man die grauen Träger des Tanktops darunter sehen kann, dazu schlichte schwarze Turnschuhe, und meine langen braunen Haare habe ich ohne großen Schnick-

schnack zu einem hohen Pferdeschwanz zusammengebunden. Wie früher.

Das heißt für Denise aber auch, dass ich noch immer wie die Ella aussehe, die sie nicht ausstehen kann, weil sie ihr die Show stiehlt. Zumindest manchmal. Auf jeden Fall bei Ben.

»Danke. Du übrigens auch.«

Meine Antwort scheint sie zu irritieren. Habe ich ihren versteckten Seitenhieb gar nicht bemerkt und ihn wirklich als Kompliment wahrgenommen? So kann sie das unmöglich stehen lassen.

»Und du bist also alleine hier, stimmt's?«

Da. Jetzt werden die Spitzen von Denise schon etwas weniger subtil.

»Ja, ich bin alleine hier. Und du?«

Ich sehe mich übertrieben groß um und zucke dann fast enttäuscht die Schultern, als ich ihre bessere Hälfte nicht entdecken kann. Sie lacht, und ich lache mit, habe allerdings die Pointe verpasst. Schnell reckt sie ihre Hand nach oben und streckt mir einen mit einem großen Diamanten besetzten goldenen Ring entgegen.

»Mein Verlobter muss arbeiten.«

»Natürlich muss er das.«

Und natürlich ist Denise verlobt – weil sie bald heiraten muss, um genug Zeit für eine zweite Ehe zu haben. So gerne ich behaupten würde, dass es nur eine gehässige Bemerkung meinerseits ist, so wahr ist sie leider. Es war immer ihr Lebensmotto, das sie stets gepredigt hat. Egal, ob man es hören wollte oder nicht. Die erste Ehe sei ein Testlauf. Deswegen wolle sie unbedingt vor ihrem dreißigsten Geburtstag verheiratet und geschieden sein. Das nenne ich mal ein Lebensziel.

»Und dein … Freund ist verhindert?«

Mein Freund. Der hat mich vor Jahren am Flughafen in New York verlassen, weil er mit der Fernbeziehung nicht zurechtkam und ich nichts gesagt habe, weil mir die Bühnen der Welt in dem Moment wichtiger waren.

»Nein.«

Ihr Blick schnellt zu meiner Hand – eindeutig auf der Suche nach einem Indiz dafür, ob ich womöglich ebenfalls schon verlobt oder sogar verheiratet bin. Aber da ist nichts. Als ihr das klar wird, sieht sie mich wieder mit ihrem eiskalten Gewinnerlächeln an.

»Sondern?«

Viel spannender kann ich es für sie nicht machen.

»Ich bin Single.«

»Echt jetzt?«

Sie scheint mit meiner Antwort höchst zufrieden und mustert mich erneut eingehend. Bin ich zu dünn? Zu dick? Zu brünett? Zu wenig Denise? Dann lacht sie gönnerisch.

»Ach, weißt du, Ella, ich habe ja immer gedacht, du wärst inzwischen mit Ben verheiratet und von Jasper schwanger.«

Kurze Zäsur.

»Oder andersrum.«

Ihr höhnisches Gelächter erfüllt den Raum. Ihr fieses Lachen. Ihr falsches Lachen, das mich schmerzhaft durchbohrt. Ich spüre, wie die Wut in mir hochkocht, und deute auf den minimalen Bauchansatz, der sich unter ihrem engen Kleid abzeichnet.

»Jetzt sehe ich es erst. Herzlichen Glückwunsch! Gibt es schon einen Geburtstermin?«

Denise sieht mich kurz irritiert an, dann kehrt der bösartige Blick in ihre Augen zurück, während sie die Arme vor der Brust verschränkt und mich fixiert.

»Ernsthaft jetzt?«

Die Maske fällt. Denise sieht mich mit unverhohlenem Hass an, so wie damals, kurz bevor sie zum Schmetterball ausgeholt hat.

»Ella, du bist echt noch genauso ätzend und arrogant wie früher.«

»Du hast dich in der Hinsicht aber auch nicht verändert.«

»Zumindest habe ich mich nie für was Besseres gehalten, nur weil mir alle erzählt haben, ich würde es bis ganz nach oben schaffen.«

»Nein. Das stimmt. Du hast dich einfach nur so für was Besseres gehalten.«

Da verzieht Denise ihre Lippen zu einem frostigen Lächeln.

»Kein Ben, kein Tanzen, keine Karriere. Hast du richtig gut hingekriegt, Ella.«

Denise macht einen kleinen Schritt auf mich zu, und nicht nur die Zehn-Zentimeter-High-Heels geben ihr das Gefühl, mich zu überragen. Sie lächelt noch immer, was mich wohl in Sicherheit wiegen soll. In Wahrheit holt sie nur zum nächsten Schlag aus. Buchstäblich. Er trifft mich erstaunlich hart über der linken Brust, und wieder bleibt mir kurz die Luft weg.

»Damit die Leute dich auch erkennen, abseits vom Walk of Fame, so ganz ohne Stern.«

Dann dreht sie sich weg und geht, während ich verwundert an mir hinunterblicke. An der Stelle, wo sie mich eben getroffen hat, klebt jetzt ein kreisrunder Aufkleber mit meinem Namen.

Da wird es mir plötzlich klar: Denise Falkmeier ist nicht hier, um alte Freunde zu treffen. Sie will nur wissen, wen es im Vergleich zu ihr schlechter erwischt hat. Irgendwie werde ich das dumme Gefühl nicht los, dass ich ganz oben auf ihrer Liste stehe. Ella Klippenbach, die als Sternchen die Schule verlassen hat und als Nobody zum Abitreffen zurückkehrt. Das wird dank Denise sehr schnell die Runde machen. Nicht nur hier und heute Abend, sondern auch im Newsletter, der rückblickend dieses Event beleuchten soll. Für alle, die es heute nicht hierher geschafft haben. Für alle, die schlauer waren als ich, und eine plötzliche Krankheit oder einen Todesfall in der Familie vorgetäuscht haben.

Ich gehe an die Bar und beobachte, wie in einiger Entfernung ein paar meiner ehemaligen Schulkameraden mit einer Polaroidkamera Schnappschüsse machen und diese dann in ein großes Buch kleben, das mir sehr bekannt vorkommt. Unser Abibuch. Offensichtlich soll es heute Abend aktualisiert werden. Ehrlich gesagt, ist das auch bitter nötig, denn ich erkenne hier kaum jemanden wieder. Was Frisuren und Klamotten doch alles verändern können. Wer sind diese Menschen? Und warum musste sich ausgerechnet Denise kein bisschen verändern?

Langsam sehe ich mich in dem Laden um und suche nach Leuten, die mir ein freundliches Lächeln schenken könnten. Ohne großen Erfolg. Ein paar Leute schauen kurz in meine Richtung, wenden sich dann aber schnell wieder ab, um mit ihrem Gegenüber weiterzusprechen ... der mir dann eigenartigerweise ebenfalls einen kurzen Blick zuwirft. Wunderbar. Ich kann mir schon vorstellen, über was sie sich jetzt gerade unterhalten. Schadenfreude ist doch die schönste Freude, sagt man. Viele Freunde, das wird mir wieder bewusst, hatte ich während der Schulzeit nicht. Auch wenige Bekannte. Nur zwei beste Freunde, aber die waren alles, was ich brauchte – und jetzt dringender denn je bräuchte.

Mein Blick scannt die breiten Rücken und kurzen Haare der Männer im Raum, immer auf der Suche nach einer bestimmten Person. Sein Profilbild bei Facebook hat er zwar seit letztem September nicht mehr aktualisiert, aber es gibt keinen Grund zur Sorge. Benedikt Handermann werde ich überall erkennen. Immer. Auch in einem Raum voll fremder Menschen werde ich seine Augen erkennen. Das strahlende Grün, wenn er aus vollem Herzen lacht, oder dieses einzigartige Funkeln, wenn er davon erzählt, dass er mal wieder »ganz oben« war. Am Gipfel.

Bei der Erinnerung huscht ein Lächeln über meine Lippen. Ben und seine Kletterei. Immer wollte er höher hinaus. Er hat hart dafür trainiert und träumte von den richtig großen Bergen, deren Namen ich nicht einmal aussprechen kann, deren Gipfel aber eines Tages sein Ziel sein würden. So wie es die großen Bühnen der Welt für mich waren. Wie um alles in der Welt konnte es passieren, dass wir uns unterwegs zu unseren Träumen verloren haben? Wo ist der Mensch, wegen dem ich eigentlich hier bin? Gibt es ihn überhaupt noch? Ist er das dort vorne? Nein. Fehlanzeige. Kein Ben. Und erst recht kein Jasper. Mein Herz zieht sich plötzlich schmerzhaft zusammen. Überall nur Fremde, die an den Tischen sitzen und sich stolz gegenseitig Fotos hin- und herreichen.

Ich brauche Alkohol, um zumindest die nächste Stunde zu überstehen. Wenn Ben bis dahin nicht aufgetaucht ist, gehe ich. Länger halte ich es hier nicht aus. Jahrgangstreffen sind idiotische Veranstaltungen, auf die man nur gehen sollte, wenn man echte Freunde von damals wiedersehen will. Oder seiner großen Liebe von damals noch etwas Wichtiges sagen muss.

Auf der ganzen Fahrt hierher habe ich mir immer wieder die vielen Dinge zurechtgelegt, die ich Ben sagen will. Dinge, die er schon viel früher hätte hören müssen. Dinge, die ich aufgeschrieben und nie abgeschickt habe. Jetzt, wo ich hier alleine stehe und nicht weiß, wie er auf mich reagieren wird, bin ich mir allerdings nicht mehr sicher, ob ich wirklich den Mut dazu finde – vor allem, wenn seine »Plus eins« danebensteht.

Bisher habe ich den Gedanken immer gut verdrängt, aber jetzt, wo ich hier bin, drängt er sich immer weiter in den Vordergrund. Wie soll ich ihm erklären, was damals war, wenn die neue Frau an seiner Seite steht und zuhört? Vielleicht kann ich Ben später kurz entführen, ihm vor der Tür alles sagen, was mir auf dem Herzen liegt, und ihn dann zurück zu ihr schicken. Zu ... seiner Partnerin? Verlobten? Ehefrau? Es ist traurig, dass ich nicht einmal weiß, ob er verheiratet ist oder nicht. Immerhin ist meine einzige Quelle eine eher nachlässig gepflegte Facebookseite. Gerade was Bens Beziehungsstatus angeht, ist sie höchst verdächtig. Ben war die letzten Jahre bestimmt nicht ununterbrochen »Single«. Was ich aber mit absoluter Sicherheit sagen kann, ist, dass Ben ein toller Ehemann sein wird. Jeder, der Ben kennt, weiß, wie wunderbar er ist. Seine »Plus eins« ist sich ihres Riesenglücks hoffentlich bewusst.

Wieder zieht sich mein Herz zusammen. Es will sich wohl verkleinern, ganz nach dem Motto: Noch immer zu groß für eine Single-Frau, da genügt ein Herz mit nur einer Kammer.

Bevor Denise oder sonst jemand die Tränen in meinen Augen sehen und sich über neuen Gesprächsstoff freuen kann, drehe ich dem Raum schnell den Rücken zu, bestelle erst einmal doch lieber nur ein Wasser und starre, während ich darauf warte, auf die Zapfanlage vor mir an der Bar, als würde ich den Mechanismus dahinter genau analysieren wollen. Ganz toll, Ella. Keine fünfzehn Minuten und schon sollte man dir keinen scharfen Gegenstand in die Hand geben.

Ich blinzele die Tränen weg und denke schnell an die

schönen Erinnerungen. An die Erinnerungen, die ewig bleiben. Ewig ... Kann man die Zeit nicht zurückdrehen und dann von vorne anfangen? Oder wenigstens die Highlights der Schulzeit noch mal erleben? Oder wenigstens den Abschied? Wo ist unsere zweite Chance?

Wiedersehen Plus eins

> Ich weiß ganz sicher,
> niemand sieht dich so,
> wie ich es tue.

»Ich wusste gar nicht, dass du mit der Falkmeier so ein inniges Verhältnis hast.«

Mein Herz setzt aus, meine Nackenhaare geben der Stimme neben mir Standing Ovations, Gänsehaut überfällt meinen gesamten Körper, meine Hände werden kalt, und mein Hirn legt eine kleine Pause ein. Alles zusammen müsste eigentlich zu einem überraschenden Tod führen, bei mir hingegen passiert nun das genaue Gegenteil: Die Stimme jagt eine Portion Lebensfreude durch meine Adern und zaubert ein Lächeln auf mein Gesicht. Fast so wie damals auf der Bühne, wenn die Musik eingesetzt hat.

Ich genieße den Augenblick. Koste ihn aus. Nur eine kurze Sekunde noch, bitte! Nur so lange, bis ich dieses wunderschöne Gefühl in ein emotionales Einmachglas packen kann und es nicht gleich wieder vergessen muss, wenn der Moment vorüber ist und der Realität Platz gemacht hat.

»Ella?«

Sein Sprachklang ist tiefer, reifer und rauer. Ich bin mir sicher, er könnte mit dieser Stimme beim Radio arbeiten oder auch Mitternachtsnachrichten vorlesen, und die Frauen würden extra dafür wach bleiben. Ich würde das jedenfalls tun.

Ich atme tief durch, bevor ich mich dem Gesicht zuwende,

zu dem diese wunderschöne Stimme gehört. Gleich, wenn ich ihn das erste Mal seit New York wieder live und in Farbe vor mir sehen werde. Meinen Ben!

Meinen Ben? Ich halte kurz inne. Habe ich überhaupt noch das Recht, ihn so zu nennen? Ist er nicht eher längst *ihr* Ben – wer auch immer sein »Plus eins« ist? Steht sie jetzt neben ihm? Passt sie besser zu ihm? Macht sie ihn glücklich? Obwohl ich die Zeit bis zur Beantwortung dieser Fragen gerne noch etwas dehnen will, fängt mein Körper an, sich zu bewegen, als könne er es nicht mehr abwarten, Ben endlich wieder gegenüberzustehen. Vielleicht sogar zu umarmen? Aber was, wenn er eben nicht mehr mein Ben ist? Weil ich nicht mehr seine Ella bin? Was, wenn er mir nur die Hand reicht? Mich kurz seiner »Plus eins« vorstellt und dann einfach geht? Halt! Körper, stopp! Bitte!

Zu spät.

Mein Blick trifft den Kragen seines schwarzen Hemdes, um den eine schmale, schwarze Krawatte gebunden ist. Zentimeter für Zentimeter wandert mein Blick hinauf zum Hals des Mannes, der näher als erwartet neben mir steht. Ich spüre plötzlich die Wärme seines Körpers, atme seinen Duft ein und streife sein Kinn, dann seine Lippen mit meinem Blick. Zu dem Rauschen in meinen Ohren gesellen sich jetzt lustige Rhythmen, die keinen wildgewordenen Bongotrommeln, sondern meinem Herzen entspringen. Seine schönen, vollen Lippen, die ich vor langer Zeit küssen durfte, zeigen ein zurückhaltendes Lächeln, das eine Lawine an Erinnerungen lostritt und mir gleichzeitig die Kehle zuschnürt. Die kleine Narbe über der Oberlippe, die er sich mal beim Klettern – beziehungsweise beim Abstürzen – zugezogen hat, würde ich noch immer sofort und überall erkennen. Dann findet mein Blick seine Augen. Das intensive Grün und die kleinen goldenen und blauen Punkte, die sich in seine Iris verirrt haben. Sein Blick leuchtet und strahlt eine angenehme Wärme aus, die sich warm um mein Herz legt. Plötzlich fühlt es sich gar nicht mehr so an, als hätten wir uns sieben Jahre nicht gesehen. Eher so wie gestern. Gerade als mein Herz einen Schnellschlagrekord aufstellen will, ist es aber genau dieser warme Ausdruck in seinen Augen, der mich beruhigt. So wie damals. Wie jetzt. Wie immer.

»Ben.«

Meine Stimme haucht so leise wie ein Flüstern.

Und Bens eben noch zurückhaltendes Lächeln wird echt. Strahlend. Entwaffnend.

»Schön, dich zu sehen.«

Vier kleine Worte, die eine große Lücke schließen. Bitte, Zeit: Bleib stehen! Eine kurze Pause. Ich muss ihn ansehen, muss den Mann von heute mit dem Ben in meiner Erinnerung vergleichen. Ja, er ist älter geworden, so wie wir alle, und erwachsener. Seine hellbraunen Haare trägt er kurz, oben etwas länger als an den Seiten, und er hat sich heute ohne Zweifel noch nicht rasiert, was einen interessanten Kontrast zu dem schicken, schwarzen Hemd und der Krawatte bildet, die er zu dunklen Jeans trägt. Er wirkt elegant, smart und leger. Eine erwachsene Version des Bens, der damals mit ausgewaschenem Kapuzenpulli und durchgewetzter Jeans zur Schule gekommen ist, den Rucksack lässig über der Schulter, ein fröhliches Lächeln im Gesicht. Meine Güte, er hat mir so sehr gefehlt. All die Jahre. Jetzt steht er vor mir, und ich möchte ihm plötzlich so vieles sagen, ihn so vieles fragen, mich entschuldigen und …

Doch bevor es auch nur ein Wort über meine Lippen schafft, greift Ben nach meiner Hand und zieht mich in eine Umarmung. Eine unbeschreibliche Umarmung! Eine von denen, die man sich an dunklen Novembertagen wünscht, wenn alles um einen herum kalt und grau ist.

Ich lehne mein Gesicht an seine Schulter, schließe die Augen und lege meine Arme um seinen Oberkörper. Dabei versuche ich, nicht zu sehr zu bemerken, wie vertraut er sich noch immer anfühlt.

»Lass dir von der Falkmeier nichts einreden, hörst du?«

Bevor er etwas anderes sagt, fängt er mich auf, verhindert den Niederschlag in der ersten Runde. So wie früher. Es ist nur ein Satz, trotzdem schiebt er damit einige der vielen zerbrochenen Teile in mir wieder näher zusammen.

Muss ich ihn jetzt schon wieder loslassen? Muss ich ihn jemals wieder loslassen? Ja, ich weiß, ich muss, und ich fürchte, dass jetzt sogar der richtige Zeitpunkt wäre – vor allem, wenn seine »Plus eins« danebensteht und bemerkt, dass ich Bens freundschaftliche Umarmung etwas zu sehr genieße!

Ungern löse ich mich schließlich von Ben und schaue mich möglichst unauffällig um, aber von seiner »Plus eins« ist nichts zu sehen. Als ich mich ihm wieder zuwende, sehe ich, dass er mich keinen Moment aus den Augen gelassen hat. Trotzdem sackt mein Herz ein bisschen ab. Er lächelt zwar noch immer, aber sein Blick ist nicht mehr ganz so warm wie eben, und ich kann mich täuschen, aber irgendwie wirkt er auf einmal auch nicht mehr ganz so froh, mich wiederzusehen. Habe ich irgendetwas verpasst?

»Du bist also doch hier.«

Okay, das ist jetzt auch nicht der Satz, den ich erwartet habe. Eher so etwas wie »Hallo, wie geht es dir?« oder »Hey, lange nicht gesehen!«, andererseits – was habe ich erwartet? Und warum verschwindet das warme Strahlen gerade ganz aus seinen Augen?

»Dein Name stand zwar auf der Liste, aber ich habe nicht gedacht, dass du wirklich kommst.«

Jetzt ist er es, der flüstert und keine Ahnung hat, was er mir damit antut. Ist er deswegen hier? Weil er dachte, ich wäre nicht da? Habe ich da eben etwas vollkommen falsch verstanden? Hat sich die Umarmung nur für mich so gut angefühlt?

Schnell rücke ich etwas von ihm weg und bringe uns auf sichere Distanz. Ich versuche zu lächeln und schaue zu den Leuten, die in einiger Entfernung gerade fröhlich Polaroidfotos voneinander knipsen. Die Tränen, die sich plötzlich durch ein leichtes Brennen in meinen Augen ankündigen, halte ich dabei schön in Schach.

»Ich lasse mir *das* hier doch nicht entgehen.«

Blödsinn. Auf das alles hier hätte ich gerne verzichtet. Das war ab dem Moment klar, als die Einladung in meinem Postfach lag. Aber ich wollte meine beiden besten Freunde wiedersehen. Zumindest hatte ich die leise Hoffnung, sie hier wiederzusehen. Deshalb habe ich meinen Namen schneller auf die Gästeliste gesetzt, als andere »Abiballkönigin« sagen können. Ich wollte sehen, ob Ben und Jasper trotzdem kommen würden – oder nicht, weil sie mich vielleicht noch immer nicht wiedersehen wollen. Meine offizielle Ankündigung hat ihnen jedenfalls die Entscheidung ermöglicht. Zum Teil scheint der Plan aufgegangen zu sein: Ben hat zwar offenbar damit gerechnet, dass ich im letzten Moment kneife, aber er ist hier. Jasper nicht.

Aua!

Der stechende Schmerz in meiner Brust passt kaum zu dem krampfhaft aufrechterhaltenen Lächeln in meinem Gesicht, während ich es noch immer vermeide, Ben anzusehen. Selbst das Atmen fühlt sich auf einmal schmerzhaft an.

»Klar, ich kann es auch kaum erwarten, mich mit den anderen über die gute alte Zeit zu unterhalten.«

Ben mustert mich, das spüre ich, also fasse ich mir ein Herz und wende mich ihm wieder zu. Seine Augen sind aufmerksam. Dann werden sie auf einmal immer trauriger, und der allerletzte Rest seines Lächelns fällt ganz in sich zusammen.

»Außerdem ...«

Er beendet den Satz nicht. Wir stehen einander gegenüber – und schweigen. Wieder einmal. Ich bin nicht blöd, und ich weiß genau, woran er gerade denkt. An das letzte Mal, als wir uns gesehen haben. In unseren Gedanken sind wir, ganz ohne Zeitreise, wieder am Flughafen in New York. Bei unserem missglückten Abschied.

»Außerdem?«

Das ist nicht alles, was ich ihn fragen will, aber ein ehrlicher Anfang für das, was ich seit Wochen mit mir herumschleppe. Ich schlucke schnell und hole tief Luft für den weltbewegenden ersten Satz, für meine große Entschuldigung und für ...

»Willst du vielleicht was trinken?«

Ben nickt kurz in Richtung Barkeeper, doch anstatt mich für ein Getränk zu entscheiden, hebe ich nur mein Wasserglas und lächele unsicher.

»Ich bin schon versorgt, danke. Und ... du?«

Ben hebt sein Bierglas. Aha. Somit ist das spannende Gesprächsthema »Wer trinkt was?« also erst mal abgrast, und schon wieder beginnt dieses schreckliche Schweigen. Irgendwie scheint der Moment für die großen Offenbarungen plötzlich verstrichen. Vielleicht lieber etwas Harmloseres?

»Und ... bist du schon länger hier?«

Smal Talk mit dem besten Exfreund der Weltgeschichte

fühlt sich reichlich bescheiden an. Die Umarmung ganz am Anfang war viel, viel besser als die Aussicht auf dieses unbeholfene Gespräch, bei dem ich die Worte, die ich eigentlich sagen will, zurückhalten muss, bis sich der richtige Augenblick ergibt.

»Nein, wir sind eben erst gekommen.«

Spitze. *Wir.* Das habe ich schon wieder verdrängt. Ben ist also wirklich nicht alleine hier, und gleich wird *sie* kommen und den ungestörten Moment beenden. Vielleicht für immer. Jetzt, Ella! Sag es endlich! Sag es und geh!

»Wo ist denn deine geheimnisvolle ›Plus eins‹? Und wer ist sie? Kenne ich sie?«

Nein. Nein! Das wolltest du nicht fragen, du Dussel. Du wolltest dich entschuldigen und deine letzte Chance für einen anständigen Abschied nutzen. Du wolltest sagen, was du zu sagen hast, ihn ein letztes Mal umarmen und dann gehen.

Ben sieht mich kurz sprachlos an, die Augenbrauen zusammengezogen, als würde ihn meine Frage ernsthaft überraschen. Dann dämmert ihm etwas, und er lacht kurz auf.

»Stimmt. Du weißt es ja noch gar nicht. Große Überraschung!«

Plötzlich beginnen seine Augen wieder zu strahlen. O Gott. Nein. Er ist verheiratet! Sie ist hier, mit Babybauch und Ehering! Darauf bin ich nicht vorbereitet. Ich habe es ja schon geahnt, aber … das hier … in echt. Wie soll man sich auf so etwas vorbereiten? Über eine vernachlässigte Facebookseite?

»Woher auch? Mit mir spricht ja niemand mehr.«

Das wollte ich so nicht sagen. Zumindest sollte es nicht so bitter, sondern eher wie eine lustige Bemerkung klingen. Trotzdem ist es die Wahrheit. Keiner spricht mehr mit mir, und Ben hat mich vergessen, jemanden geheiratet und geschwängert. Kann ich bitte doch einen Mojito haben? Oder nur den Rum? Pur? Und doppelt?

Plötzlich fühlt sich mein Herz tonnenschwer an. Abitreffen sind nie so lustig wie in den Filmen. Es regnet kein Konfetti von der Decke, es gibt keine einstudierte Choreografie und auch keine innigen Küsse mit der großen Liebe von damals. Nein, es weint nur immer jemand. Diesmal werde ich das sein.

Plötzlich blickt Ben auf etwas hinter mir – oder jemanden –, und ein Lächeln legt sich auf sein Gesicht. Oje, es ist so weit. Sie ist bestimmt wunderschön, wird mich anlächeln und mich vielleicht sogar kennenlernen wollen, während ich jetzt schon abschätze, wie viele Sekunden ich brauche, um den Ausgang zu erreichen. Fünf? Dabei sollte ich mich für Ben freuen, dass er jemanden gefunden hat, mit dem er den Rest seines Lebens verbringen will. Früher wäre ich für meine Freunde durchs Feuer gegangen. Damals. Heute? Möchte ich nur noch flüchten. Ben wird mich nicht mehr mögen, wenn er die neue Ella kennenlernt. Seine Frau passt bestimmt viel besser zu ihm. Natürlich passt sie viel besser zu ihm, immerhin wird er sie … Stopp. Ella, reiß dich zusammen. Tief durchatmen. Du bist nicht hierhergekommen, um Ben zurückzugewinnen. Schon vergessen? Du willst dich von ihm verabschieden, und weil du gerade den ersten richtigen Moment verpasst hast, musst du jetzt auf den nächsten warten – und vorher seine Frau kennenlernen. Alles wird gut.

Langsam drehe ich mich um und suche nach Fassung, falls gleich auch noch der kleine Seelenteil in mir zerbricht, den ich mit viel Erfolg über die letzten Jahre hinweg gerettet habe. Gleich werde ich Bens neues Leben sehen, in dem für mich nun wirklich kein Platz mehr ist.

Und dann höre ich auf zu atmen.

Da steht keine hochschwangere Frau, die sich meinen Ben geschnappt hat. Nein, da steht ein junger Mann, der kurz innehält und mich ansieht. Er kommt mir vertraut vor, und er gehört vielleicht in ein anderes Leben, aber ich kenne ihn. Ich kenne ihn gut. Besser als jeden anderen Menschen. Besser als mich selbst. Also … zumindest kannte ich ihn. Früher.

Als er sich jetzt wieder in Bewegung setzt und langsam auf mich zukommt, hat das breite Grinsen, das endlich von seinem Gesicht Besitz ergreift, über die Jahre nichts von dieser schelmischen Spitzbübigkeit eingebüßt. Ganz im Gegenteil. Seine Gesichtszüge sind etwas markanter geworden, wodurch das freche Lächeln nur noch stärker hervortritt, sogar noch jungenhafter wirkt. Dass mir außerdem ein riesiges Minnie-Mouse-Gesicht auf dem roten Cardigan entgegenlacht, den er über einem weißen T-Shirt trägt, unterstreicht seinen Peter-Pan-Look perfekt. Genauso wie die über und über mit Farbe vollgekleckste Chucks. Manches ändert sich eben nie. Auch seine dunklen Locken stehen, trotz des offensichtlich teuren Haarschnitts, noch immer in alle Himmelsrichtungen ab. So wie früher. Dann das Muttermal am Hals, die schmale Nase und die dunklen Augen, die all meine Schutzmauern durchbrechen und direkt in mich hineinblicken.

Jasper.

»Da ist sie also.«

Seine Stimme weckt noch mehr Erinnerungen, als ich an Ben habe. Erinnerungen an laue Sommernachmittage auf dem Fahrrad, an kalte Winterabende auf dem Heimweg vom Schlittenfahren, an geteilte Pausenbrote, aufgeschlagene Knie und selbst gemachte – und daher ungenießbare – Limonade und ... und ich kann es noch nicht ganz glauben, aber Jasper ist hier. In mir werden plötzlich so viele Endorphine ausgeschüttet, dass ich sicherlich gleich abhebe. Vielleicht wird dieser Abend doch noch einer der schönsten meines Lebens. Vor allem, wenn er mich weiterhin so ansieht.

»Hi, Ella.«

Jasper bleibt vor mir stehen, und plötzlich – aus der Nähe – meine ich, kurz so etwas wie Unsicherheit in seinen Augen aufflackern zu sehen, die gar nicht zu seinem breiten Grinsen passt.

»Hi, Jasper.«

Wir stehen einander gegenüber. Endlich. Soll ich ihn umarmen?

»Du bist also wirklich gekommen. Sehr gut.«

Er hebt seine Hand an meine Wange – und kneift hinein. Nein, Jasper und ich umarmen uns nicht zur Begrüßung. Das war noch nie unser Ding. Ich berühre nur kurz seinen Oberarm und schenke ihm lieber ein breites Grinsen.

»Klar, ich fiebere dem Klassentreffen schon seit Monaten entgegen. Außerdem stand mein Name schließlich von Anfang an auf der Liste, im Gegensatz zu deinem.«

»Ich war im Ausland.«

Er sieht mich an, als würde das alles erklären. Ben legt einen Arm um Jaspers Schulter und grinst amüsiert. Seine Augen strahlen in diesem hellen, warmen Grün, sein ungezwungenes Lächeln erobert mich und zerstückelt meinen letzten Zweifel.

»Jasper ist mein ›Plus eins‹. Ich wollte auf Nummer sicher gehen.«

Der Stein, nein, die Gerölllawine in meinem Inneren donnert so laut von meinem Herzen, dass alle Geräusche um mich herum kurz verstummen. Keine Verlobte. Keine Ehefrau. Dafür Jasper! Wir sind hier. Alle drei. Das ist absurd und schön und überfordert mich extrem.

»Und warum hat mir das keiner gesagt?«

Jasper lacht kurz auf.

»Weil das komplett langweilig gewesen wäre?«

Ich sehe Ben fragend an, der mir zuzwinkert und damit plötzlich diesen einen Punkt trifft, den nur er treffen kann, weil nur er weiß, dass er existiert.

»Vertrau uns einfach.«

Was passiert hier? Ich darf jetzt unter keinen Umständen aus diesem wunderschönen Traum aufwachen. Das muss die Realität sein. Nur dieses eine Mal darf es kein Traum sein.

»Freunde, ich habe dahinten schon mal den Misfits-Tisch reserviert: in Reichweite der Bar, Laufnähe zur Toilette, und der Ausgang ist im Fall eines spontanen Fluchtversuches auch leicht zu erreichen.«

Jasper reibt sich die Hände und geht davon, Ben nimmt meine Hand, und dann, ganz vorsichtig, ohne große Lichtshow oder Fanfare, mache ich einen Schritt nach dem anderen zurück in die Welt, die ich vor Jahren verlassen und seither jede Sekunde vermisst habe.

*Ich weiß, Gefühle verändern sich,
und nicht immer hat man Glück.*

Ich lasse mich gegenüber von Jasper und Ben auf die orangefarbene Sitzbank fallen.

»Alles fast wie früher.«

Das ist ein kleines bisschen gelogen, aber etwas Besseres ist mir gerade nicht eingefallen, und ich merke, wie sich plötzlich doch wieder etwas Unsicherheit in mir breitmachen will. Früher wusste ich nach nur einem Blick in die Gesichter der beiden, was sie denken und fühlen. Jetzt sitzen zwei junge Männer vor mir, die den Jungs von damals verdammt ähnlich sehen. Wen genau sie sehen, wenn sie mich betrachten, weiß ich nicht. Ich will es vielleicht auch gar nicht wissen, obwohl ich immer wieder zu Ben schaue, um herauszufinden, ob ich ihn noch an die Ella erinnere, die er damals in seinem Brief beschrieben hat. Wenigstens ein bisschen.

»Trotzdem. Ich glaube, wir haben ein paar Jahre aufzuholen.«

Ben nimmt einen Schluck Bier und sieht mich über den Rand des Glases hinweg an. Ich kann mich irren, mag es mir nur einbilden, aber … Obwohl sich etwas in seinem Blick verändert hat, fühlt es sich doch wieder ein bisschen wie früher an. Wenn er mich so ansieht, habe ich fast das Gefühl, dass ich noch immer die Ella von damals sein könnte. Wenn auch nur in seiner Nähe. Aber das ist im Moment okay.

Lange halte ich diesen durchdringenden Blick allerdings nicht aus. Stattdessen sehe ich lieber schnell zu Jasper, der entspannt in seinem Stuhl hängt, das Etikett von seiner Bierflasche puhlt und mich angrinst.

»Ich glaube fast, er meint dich, Ella.«

»Oh.«

Mein Blick schnellt zurück zu Ben, der mich noch immer aufmerksam ansieht.

»Also, die letzten Jahre? Das ist nicht besonders spannend. Wirklich.«

Ich nehme einen Schluck Wasser und vermeide es diesmal, Jasper anzusehen, weil er garantiert noch immer alle meine Lügen enttarnt und ich seinem prüfenden Blick nicht standhalten kann. Warum fühle ich mich plötzlich wie bei einem Verhör?

»Gut, dann fange ich an.«

Jasper lehnt sich nach vorne, und seine dunklen Augen beginnen zu funkeln.

»Ich wohne in Kapstadt und verkaufe Bilder, die ich vorher male. Die Leute hängen sie dann an ihre Wände und freuen sich darüber. Ende. Aus. Abspann.«

Dann deutet er mit dem Zeigefinger auf mich, und meine Gnadenfrist ist vorbei. Also entscheide ich mich, ihnen einfach die Wahrheit zu sagen und den unangenehmen Teil des Abends schnell hinter mich zu bringen. Update »Ella Klippenbach«, die nicht als gefeierter Ballettstar aus New York vorbeischneit, um kurz mal etwas Feenstaub und Glamour zu verteilen.

»Ich lebe in Hamburg, führe Touristen durch die Staatsoper und ... das war's.«

Schnell deute ich mit dem Finger auf Ben, so wie Jasper es eben bei mir gemacht hat, in der Hoffnung, den Spielball an ihn weitergeben zu können.

Ben zögert.

»Ich wohne in …«

Er wird plötzlich von einem unangenehmen Lachen unterbrochen. Von einem unangenehmen, falschen Lachen. Da taucht Denise auch schon neben Ben auf und lehnt sich möglichst verführerisch an seinen Stuhl.

»Ach nein, wie niedlich. Da sind sie also, endlich wieder vereint.«

»Dafür sind Abitreffen doch da, oder?«

Ben wirft ihr nur einen kurzen Seitenblick zu und schüttelt dann ungläubig den Kopf. Die Falkmeier und wir – das hat noch nie besonders gut funktioniert. Bis auf diese unendlich langen drei Monate, als sie und Jasper ein Paar waren. Der blanke Horror, auch rückblickend. Noch immer wird mir schlecht, wenn ich daran denke, wie sie knutschend in der Raucherecke der Schule standen. Vor allem, weil Denise sich – wie sich kurz darauf herausstellte – durch Jasper nur an Ben ranmachen wollte. Ohne Erfolg. Heute verflucht Denise sich sicherlich dafür, Jasper kurz vor unserer Abschlussklassenfahrt nach Italien eiskalt abgeschossen zu haben, weil sie ungebunden in das Abenteuer starten wollte. Vom Unterhalt, den sie nach der unausweichlichen Scheidung von Jasper bekommen würde, könnte sie fürstlich leben.

»Hi, Jasper.«

Ihre Stimme nimmt einen süßlichen Unterton an, und sie schenkt ihm das wahrscheinlich verführerischste Haifischlächeln, das die Welt je gesehen hat. Da ist sie wieder, die Denise, die auf den Jahrgangspartys alle Jungs bezirzen wollte und es nicht ertragen hat, wenn ich bei Ben und Jasper im Mittelpunkt der Aufmerksamkeit stand.

Mit einem breiten Grinsen dreht sich Jasper schließlich zu ihr.

»Hi, Denise. Bye, Denise.«

Dann winkt er ihr zum Abschied freundlich zu, und ich muss fast lachen. Nicht, weil Jasper gemein zu ihr ist und ihr Lächeln schneller in sich zusammenfällt als eine Bauruine nach der kontrollierten Sprengung. Nein, vielmehr, weil Jasper eben noch immer der Kindskopf von damals ist, dem egal ist, was andere von ihm denken. Eine Konstante im Leben sollte doch erhalten bleiben, oder?

»Ach, wollen die drei Musketiere lieber unter sich bleiben, ja?«

Jasper dreht sich überrascht noch mal zu ihr um, legt seine Hand auf sein Herz und schüttelt ungläubig den Kopf.

»Aber Denise! O nein, wie kannst du das nur annehmen? Unsinn! Wir wollen dich einfach nur nicht dabeihaben.«

Jetzt muss ich doch lachen, und auch Ben kann sich ein Grinsen nicht verkneifen, während sich Denise ohne ein weiteres Wort von uns abwendet und wütend an einen anderen Tisch verschwindet, wo sie sich sofort aufgeregt mit zwei ihrer alten besten Freundinnen unterhält.

»Die Frau ist ein Albtraum! Warum habt ihr mich damals nicht vor mir selbst bewahrt? Ich dachte, wir sind Freunde.«

Jasper sieht uns vorwurfsvoll an, bis ihm schließlich ein Lächeln entkommt.

»Jasper, das sind wir, aber sie war die erste Frau, für die du dich interessiert hast. Ella und ich haben uns schon Sorgen gemacht. Wir haben befürchtet, du würdest eines Tages als alter, schrulliger Junggeselle in schmutzigen Chucks und Minnie-Mouse-Jacke enden.«

Ben meint das nett, aber ich sehe, dass Jaspers Lächeln für einen Moment flackert, bevor er lacht und aufsteht.

»Darauf brauche ich erst einmal eine Orangina. Soll ich jemandem was mitbringen?«

Wir entscheiden uns aus nostalgischen Gründen jeweils für ein Orangina.

Während Jasper zur Bar geht, stelle ich etwas enttäuscht fest, dass Ben unauffällig auf seine Uhr sieht, die an einem breiten Lederarmband sitzt – und das Tattoo verdeckt, das auch sein Handgelenk ziert. Hat er heute noch etwas vor? Ist unser Wiedersehen für ihn gar nicht der Hauptact des Abends? Sollte ich den ruhigen Moment dann nicht lieber schnell nutzen? Solange Jasper nicht da ist?

Als Ben sieht, dass ich seinen Blick auf die Uhr bemerkt habe, zuckt er kurz entschuldigend die Schultern.

»Tut mir leid, alte Gewohnheit.«

»Nee, die ist neu, glaub mir. Hat der Kontrollfreak in dir am Ende also doch die Überhand gewonnen?«

Er sieht mich kurz irritiert an, muss dann aber grinsen.

»Ha. Ha.«

Ich mag es, wenn Bens Augen so strahlen. Das habe ich vermisst – und das wollte ich ihm heute auch noch sagen, neben so vielen anderen Dingen.

»Hast du heute noch was Wichtiges vor?«

Was ich eigentlich fragen will: Wie viel Zeit bleibt mir, meinen Mut zu sammeln, um mich von dir zu verabschieden? Oder bleiben wir noch ein bisschen? Und muss ich mich wirklich verabschieden? So wie der Abend gerade angefangen hat, könnte es ja sein, dass wir uns doch wiedersehen. Und dann würde ich jetzt alles mit meinen großen Abschiedsworten im Keim ersticken.

»Nein. Ich muss morgen nur früh raus. Neuer Job und … andere Sachen. In den letzten Wochen hat sich einiges getan.«

»Ach ja? Was denn?«

Er atmet tief durch.

»Wo soll ich anfangen?«

Da kommt Jasper mit den kleinen Oranginaflaschen zurück an den Tisch.

»Wisst ihr, was mir gerade wieder eingefallen ist? Die Physik-Stunden, nachmittags beim Beckmaier, waren die Hölle!«

Das waren sie wirklich. Deswegen bin ich nicht besonders scharf darauf, sie noch mal in Gedanken durchleben zu müssen. Ehrlich gesagt, würde ich mich im Moment auch lieber über Bens Abendplanung und seine letzten Wochen unterhalten und darüber, wie es mit uns dreien weitergeht. Ich würde lieber wissen, was die beiden machen und wie es ihnen eigentlich geht – und warum sie mich aus ihrem Leben ausgeschlossen haben und jetzt plötzlich so tun, als wäre nie etwas gewesen. Ich wüsste auch gerne, ob sie mich überhaupt vermisst haben – und warum wir jetzt hier zusammensitzen.

Und was sage ich wirklich?

»Die gute alte Zeit.«

Geht es noch schlimmer? Ben wirft mir einen kurzen Blick zu, der sich verdammt nach Enttäuschung anfühlt, und Jasper sieht auf die Flasche in seiner Hand. Plötzlich spüre ich, wie wackelig dieser ganze Abend in Wirklichkeit ist.

»Ich meinte ... als wir ... zusammen. In Physik. Die Schulzeit eben.«

Mein kläglicher Versuch zu retten, was noch zu retten ist, klingt nun wirklich eher nach einer miesen RTL-Vorabendserie. Dabei spüre ich plötzlich deutlicher als je zuvor, wie uns die Zeit davonläuft. Ich will sie nicht noch einmal verlieren.

»Du meinst, die Zeit, als wir dir noch wichtig waren?«

Dieser Satz aus Bens Mund trifft mich unvorbereitet und härter als alle Spitzen, die Denise abfeuern könnte. Noch schlimmer ist aber das, was ich jetzt plötzlich in seinen Augen sehe. Die Distanz. Es ist so, als würde er mich überhaupt nicht kennen, als würde er mit einer vollkommen fremden Person sprechen.

Sofort spüre ich, wie sich Tränen in meinen Augen sammeln.

»Ihr wart immer wichtig.«

Bens Blick zeigt klar, dass er daran zweifelt, und wenn sogar Jasper meinem Blick jetzt ausweicht, dann habe ich es so richtig vermasselt. Selbst mit ihnen fühle ich mich hier plötzlich nicht mehr wohl. Eher so, als würde mir jemand die Hände um den Hals legen, langsam zudrücken und mir das Atmen mit jeder Sekunde erschweren.

Plötzlich kommen mir die beiden unendlich fremd vor, und ich bekomme Angst. Was, wenn es den Ben und den Jasper von damals gar nicht mehr gibt? So wie es die alte Ella nicht mehr gibt? Was, wenn mir die beiden hier wirklich so fremd sind, wie sie sich gerade anfühlen? Was, wenn sich die neuen drei Versionen von uns gar nicht verstehen? Und was, wenn sie mich hier gar nicht wiedersehen wollen, um sich mit mir zu versöhnen?

Wenn ich etwas in den letzten Jahren gelernt habe, dann ist es das: Es gibt für das Leben kein Drehbuch. Niemand schreibt uns Happy Ends, niemand erlöst uns aus einer unangenehmen Situation mit dem Auftritt eines geliebten Protagonisten, niemand passt auf uns auf – und alles ist möglich. Vor allem das Unglück. Es ist sogar wahrscheinlicher.

Schnell stelle ich meine Oranginaflasche hin und stehe abrupt auf.

»Ich will euch wirklich nicht alles vermiesen. Nicht schon wieder. Tut mir leid. Es war eine dumme Idee herzukommen.«

Das war es, und da hätte ich auch mal früher draufkommen können. Die Blicke der anderen Mitschüler kann ich verkraften. Es ist Bens Blick von eben, der wirklich wehtut. Er darf mich nicht so ansehen. Nicht er.

Jasper greift über den Tisch nach meiner Hand und hält sie fest umklammert. Dabei sieht er mir in die Augen und schüttelt unmerklich den Kopf. Und plötzlich bin ich wieder vierzehn. Damals, wenn ich unsicher war, wenn alles zu viel wurde, wenn ich nicht mehr konnte, dann hat Jasper mich genau so angesehen. Danach wurde immer alles besser.

»Du bleibst.«

Es funktioniert noch immer.

»Jasper ...«

»Nein. Du bleibst.«

Schließlich greift auch Ben nach meiner Hand und komplettiert das Dreieck.

»Es tut mir leid, Ella. So habe ich das nicht gemeint. Bleib bitte.«

Bens Blick wird sanfter, und ich sehe, dass er das Gesagte zurücknehmen will.

»Ich möchte bleiben. Mehr als alles andere möchte ich bleiben, nur ... Es ist nur so, dass ...«

Als Bens Augen meine treffen, sind alle Worte wie ausgelöscht. Ja, wie ist es denn? Was habe ich schon groß zu sagen? Wie kann ich das, was ich zerstört habe, wieder reparieren? Mit Worten? Die sind nicht gerade meine Stärke. Irgendwie mache ich immer das Falsche oder ich sage das Falsche, sogar wenn ich nichts sage. Wie soll ich ihm erklären, warum ich damals nicht mit ihm zurück nach Deutschland bin, ohne ihn noch einmal zu verletzen?

Ben wartet, und mein Kopf ist noch immer wie leer gefegt.

Die Situation kommt mir zu bekannt vor, nur spielt sie sich diesmal eben nicht an einem Flughafen ab.

»Ich ...«

Ben lässt mich los und weicht meinem Blick aus, während Jasper meine Hand kurz drückt.

»Du ...? Du kannst nicht mehr sprechen? Und dir fehlen die Worte? Weil du die Sprache verloren hast?«

Er sieht mich mit gespieltem Entsetzen an. Ich wünschte, er könnte mich jetzt ernst nehmen. Aber das ist hoffnungslos, also nicke ich nur.

»Möchtest du uns dein Anliegen dann vielleicht lieber in einem Ausdruckstanz vortragen?«

Stille. Nur Jaspers freches Grinsen, seine Hand auf meiner und der Moment der Erlösung, als Ben loslacht und wieder zu mir sieht. Deswegen, genau deswegen brauche ich Jasper in meinem Leben. Weil er jedes Mal mit einem blöden Spruch das Drama aus den Szenen nimmt.

Ich ziehe meine Hand zurück, trete ihn sanft unter dem Tisch ans Schienbein und spüre ein Lächeln auf den Lippen.

»Gerne darfst du dich dabei sehr ausdrucksstark bewegen. Wenn es hilft und das Getanzte dann klarer verständlich ist, kannst du dich auch gerne mit Wasser übergießen oder dich langsam ausziehen.«

»Natürlich.«

Meine Mundwinkel schieben sich nach oben, meine Zweifel zerfallen, und ich nehme wieder Platz.

»Oder beides, wenn es dir die Sache erleichtert.«

»Du bist so ein Spinner, Jasper!«

»Deswegen bin ich doch da.«

Stimmt. Zum Glück. So oft habe ich mir gewünscht, er wäre da. In den unterschiedlichsten Momenten. Manchmal, weil ich genau wusste, dass er mit mir lachen würde. Manchmal, weil nur er manche Dinge verstehen würde. Und manchmal einfach, weil er mir gefehlt hat.

»Moment. Ich finde ja, wenn jemand das Recht hat, Ella nass und nackt zu sehen, dann bin ich das.«

Mein Blick schnellt zu Ben, nur weil ich sicher sein will, dass er das wirklich gesagt hat und mir meine Ohren keinen Streich spielen.

»Was denn? Sie ist meine Exfreundin. Ich finde, ich habe noch immer Rechte oder so was. Zumindest mehr als du.«

Jasper schüttelt den Kopf.

»Ich kenne sie länger als du. Die älteren Rechte liegen also bei mir.«

»Das mag ja sein, aber ich habe sie schon nackt gesehen.«

»Abermals: Ich habe sie auch schon *vor* dir nackt gesehen.«

Ben sieht mich überrascht an, und obwohl es egal sein sollte, habe ich das dringende Bedürfnis, das klarzustellen.

»Da waren wir Kinder. Sommer. Planschbecken. Das zählt nicht.«

»Und wie das zählt! Ich kenne sie also länger und habe sie *vor* dir nackt gesehen. Ella, wenn du jetzt also bitte für mich tanzen würdest.«

Wenn er wüsste, wie gerne ich das wirklich machen würde. Einfach lostanzen.

»Das geht nicht ... zu der Musik hier.«

Eine Ausrede und die Wahrheit zu gleichen Teilen. Die Musik hier ist eher einschläfernd, nicht gerade das, was mich zum Tanzen bringt. Falls ich überhaupt jemals wieder tanze.

Plötzlich sind hinter uns laut und deutlich die Worte »Ella«, »Tanzen«, »Versagerin« und »überheblich« zu hören, gefolgt von höhnischem Gegacker. Ich erkenne die Stimme sofort: Denise. Was habe ich ihr nur getan? Da ich im Moment allerdings etwas Besseres zu tun habe, als meinen Abend mit ihr zu vergeuden, versuche ich sie einfach auszublenden.

Ben sieht das offensichtlich anders. Sein Blick verdunkelt sich schlagartig, während er sich zu dem Tisch umdreht, an dem Denise sitzt, und dabei geräuschvoll den Stuhl zurückschiebt. Mein Herz setzt mehrere Schläge aus, und ich sehe dabei zu, wie Ben sich langsam erhebt.

»Hey, Falkmeier! Möchtest du Ella vielleicht etwas sagen?«

Denise verstummt augenblicklich. Zumindest höre ich nichts mehr von ihr. Genau genommen höre ich gar nichts mehr, außer der leisen Fahrstuhlmusik, die uns berieselt. Wir haben offensichtlich die Aufmerksamkeit des ganzen Lokals auf uns gezogen. Wunderbar.

Langsam wende ich mich von Ben ab, der inzwischen richtig wütend aussieht, und schenke der überraschend blassen Denise das breiteste Lächeln, das auf mein Gesicht passt.

»Also Ben meint, ob du es mir nicht lieber ins Gesicht sagen willst.«

Einen kurzen Moment will sie mir fast leidtun, als die Farbe komplett aus ihrem Gesicht weicht, nur um dann schlagartig zurückzukehren und ihre Wangen knallrot zu färben. Sie sieht mich mit großen Augen an, bleibt aber stumm. Die beiden Frauen neben ihr – mit denen ich in einem Grundkurs war, deren Namen mir aber nicht mehr einfallen – wechseln unsicher Blicke.

»Okay, fein. Hat sonst vielleicht jemand das Bedürfnis, Ella ins Gesicht zu sagen, was ihr euch hinter den perfekt maniküren Händen so erzählt?«

Keiner sagt ein Wort. Gut, so wie Ben die Frage stellt, wundert es mich nicht, dass die anderen nichts sagen. Schon früher wollte sich niemand wirklich mit ihm anlegen. Er war nie auf Streit aus, aber seine breiten Schultern haben immer deutlich gemacht, dass er sich auch im Falle einer Meinungsverschiedenheit, die handgreiflich enden könnte, wehren würde. Ben, das wissen die meisten, hatte nicht die entspannteste Kindheit und Jugend. Auch heute hat er nichts von seiner Ausstrahlung eingebüßt.

»Wenn dann niemand mehr was zu sagen hat, können wir uns ja alle wieder dem eigentlichen Sinn dieser Veranstaltung widmen, einverstanden?«

Abermals gibt es keine Widerworte.

»Moment. Ich würde dann doch gerne noch was loswerden, wenn das in Ordnung ist.«

Sofort muss ich grinsen, weil Jasper sich diese Chance auf ein Publikum natürlich nicht entgehen lässt und jetzt ebenfalls aufsteht. Er lächelt gewinnend, grüßt freundlich in die Runde, steigt auf seinen Stuhl und schließlich auf den Tisch, wo ich schnell unsere Getränke in Sicherheit bringe.

»Das muss jetzt einfach mal gesagt werden: Es ist so *wunderbar*, euch alle endlich wiederzusehen. Nach all den Jahren!«

Zu meiner Überraschung lächeln ihm die meisten Leute tatsächlich freundlich zu. Wahrscheinlich haben sie den Sarkasmus noch nicht bemerkt – oder ihn einfach ausgeblendet.

»Wie einige von euch wissen, habe ich in den letzten Jahren die Welt bereist, viele Leute kennengelernt und spannende Orte gesehen.«

Jasper hält kurz inne und blickt plötzlich überraschend ernst in die Runde.

»Aber ganz ehrlich: Nichts geht über Stuttgart. Nichts geht über unser Mörike-Gymnasium. Nichts geht über die Leute, mit denen man groß geworden ist, die Leute, die einen erst zu dem gemacht haben, der man heute ist. Ich wäre *nichts* ... ohne euch ... und ohne das Vertrauen, das ihr immer in mich gesetzt habt.«

Einige nicken zustimmend, andere prosten ihm zu.

»Und *nichts* geht über Benedikt Handermann. Ich durfte viele große Menschen kennenlernen, aber keiner war so wie Ben, *unser* Ben, meine Damen und Herren!«

Dann fängt er an, laut in die Hände zu klatschen. Obwohl niemand versteht, was hier gerade passiert ist – Ben und mich eingeschlossen –, kommt von den meisten Leuten ebenfalls Applaus. Jetzt von allen, einige johlen sogar. Okay, ganz ohne Zweifel hat Jasper in den letzten Jahren irgendwo unterwegs seinen Verstand verloren. Aber falls ich mich je gefragt habe, was meinem Leben gefehlt hat, dann weiß ich es spätestens jetzt ganz genau. Diese beiden Kerle hier stellen binnen weniger Minuten alles auf den Kopf.

Mit einem eleganten Sprung vom Tisch, einer formvollendeten Verbeugung und einem frechen Grinsen nimmt Jasper wieder Platz und sieht mich an, als wäre nichts gewesen.

»Wo waren wir?«

Keine Ahnung, wann man entscheidet, dass man beste Freunde hat, wann genau es passiert oder warum ausgerechnet diese Menschen uns besonders ans Herz wachsen. Aber ich bin froh, dass die Entscheidung vor Jahren gefallen ist.

Jasper hebt die Oranginaflasche zum Toast.

»Auf dich!«

Ich erwidere den Gruß.

»Nein. Auf uns!«

Jaspers Blick verändert sich nur minimal, trotzdem ist auf einmal alle Albernheit verschwunden, sein Lächeln verliert ein wenig an Glanz.

»Ohne dich gibt es kein uns.«

Eine Gänsehaut will mich überlaufen, denn jetzt sitzt endlich mein bester Freund vor mir. Das ist nicht Jasper, der Junge, den niemand ernst nimmt, der ewige Klassenclown, wie er gerade eindrucksvoll bewiesen hat. Es ist der Jasper, der mich gerade ansieht. Dessen Blick mit einem Schlag eine unendliche Tiefe haben kann.

»Auf uns!«

Ben setzt sich wieder zu uns, und das Klirren des Glases, als wir alle anstoßen, klingt fast wie ein Startschuss für ein neues Kapitel. Noch ist es nicht ganz so wie früher, denn ich habe mich verändert und sie sich auch, aber doch nicht so sehr, dass wir uns nicht wiedererkennen könnten. Nein, mit etwas Glück werde ich sie beim Abschied wieder in meinem Leben haben. Mit verdammt viel Glück.

Wir sehen uns an, und plötzlich kommt mir die Veranstaltung gar nicht mehr so schlimm vor, sogar die Fahrstuhlmusik gefällt mir plötzlich.

»Eigentlich doch ganz nett hier.«

Jasper leert seine Orangina und stellt sie geräuschvoll auf den Tisch.

»Wir müssen sie hier rausschaffen.«

Ein begeistertes Aufblitzen zuckt durch seine Augen, als er zu mir sieht. O nein. Ich kenne diesen Blick nur zu gut. Jede verrückte Idee, die Jasper jemals überfallen hat, hatte ihren Anfang in diesem Blick.

»Stimmt! Es wird höchste Zeit.«

Ben trinkt seine Orangina ebenfalls aus, steht auf und schiebt seinen Stuhl dabei so geräuschvoll zurück, dass einige zu uns sehen, woraufhin Jasper entschuldigend die Hände in die Höhe hält.

»Entschuldigt bitte, aber es handelt sich hier um einen akuten Notfall.«

»Jungs?«

Ben drückt schnell meine Hand und nickt mir beruhigend zu, so, als habe er alles unter Kontrolle. So wie immer.

»Ella, du kommst mit. Sofort.«

Jasper sieht sich wieder im Raum um, wo inzwischen die meisten Augenpaare auf uns gerichtet sind.

»Entschuldigt Leute, aber wir müssen unbedingt weg, bevor Ella hier zugrunde geht.«

Während er spricht, schnappt er sich seinen Rucksack und wirft Ben seine braune Ledertasche und einen vielsagenden Blick zu. Was soll das?

»Keine Sorge, wir haben die Situation unter Kontrolle! Alles im grünen Bereich. Wir müssen jetzt nur einfach los. Aber sie waren ein großartiges Publikum! Danke schön!«

Dabei schiebt er mich immer weiter in Richtung Ausgang.

»Und du wartest draußen.«

Damit befördert Jasper mich vor die Tür, wo ich etwas verwirrt stehen bleibe und mich frage, ob das gerade der uncharmanteste Rauswurf aller Zeiten war. Dann tritt auch Ben durch die Tür, ein geheimnisvolles Lächeln auf den Lippen.

Ich schüttele noch immer etwas fassungslos den Kopf.

»Ist Jasper jetzt komplett durchgeknallt?«

»Nicht mehr als sonst.«

> Mein Herz hat noch nie
> so schnell geschlagen
> wie bei dir.

Die Tür fällt schwer ins Schloss, und Jasper springt die Stufen zu uns herunter, den Rucksack über beide Schultern gezogen.

»Das war knapp. Fast hätten wir *ernsthaft* an einem Abitreffen teilgenommen!«

»Was war das eben, Jasper?«

Er bleibt vor mir stehen und sieht mich unschuldig an.

»Ben hat angefangen.«

»Ha-ha. Klar. Trotzdem: Was war das eben?«

»Deine Rettung. Bevor ich weiter dabei zusehen muss, wie du zum Takt der Fahrstuhlmusik nickst und wir uns mit Small Talk quälen, wähle ich lieber den polnischen Abgang.«

Was soll man darauf schon erwidern?

Wir stehen in einer angenehm lauen Sommernacht im Herzen Stuttgarts. Hinter uns liegt eine Kneipe voller ehemaliger Klassenkameraden, vor uns der Rotebühlplatz – und eine Nacht, die noch zu jung ist, um sie zu beenden.

»Und jetzt?«

Ich sehe Jasper fragend an und hoffe darauf, dass mein bester Freund einen Plan hat, der mehr beinhaltet als einen Happen nebenan bei Döner »Pinar«.

Er atmet tief ein und sieht uns vielsagend an.

»The game, Ladies and Gentlemen, is on!«

Dann geht er einfach los und lässt Ben und mich stehen.

Wir wechseln einen kurzen, ungläubigen Blick und folgen ihm.

Wie ungewohnt es sich anfühlt, neben Ben eine Straße entlangzugehen und nicht einfach nach seiner Hand zu greifen, ist wirklich erstaunlich. Als wären wir noch immer die gleichen Menschen, nur in einem Paralleluniversum, wo das nicht erlaubt ist. Obwohl es doch früher immer so war, dass er einfach meine Hand in seine genommen hat, ganz gleich, wo wir waren. Als wollte er der ganzen Welt zeigen, dass wir zusammengehören. Der Abstand zwischen unseren Körpern ist nicht besonders groß, es wäre nur ein Griff, eine kleine Geste. Als könnte Ben meine Gedanken lesen, sieht er mich an. Zwei seiner Finger haken sich bei meinen unter. Einfach so.

»Du sagst, wenn das nicht okay ist.«

Ich nicke etwas benommen und spüre das Kribbeln auf meiner Haut. Zuerst da, wo unsere Hände sich berühren, dann überall.

»Das ist absolut okay.«

Ben nickt lächelnd.

»Gut.«

Gut. Einfach so ist gerade alles ziemlich gut. Jetzt nur nichts Dummes sagen, Ella.

»Ich nehme an, du weißt nicht zufällig, was Jasper vorhat?«

Ben sieht vor uns hin, wo Jasper gut gelaunt ein uns unbekanntes Ziel ansteuert, und zuckt die Schultern, bevor er sich wieder zu mir dreht.

»Ich glaube irgendwie, dass das hier nur der Anfang ist.«

Weil Jasper immer Geheimpläne für uns und unsere Abende hatte. Heißt es nicht, manche Dinge ändern sich nie?

»Du denkst, er hat einen Plan?«

»Ich hoffe es.«

»So wie früher.«

Auf unserem Weg, den Jasper vorgibt, kreuzen wir den vieler junger Partygänger, die heute die Nacht ihres Lebens erleben wollen. So wie jedes Wochenende. Immer wieder verlassen sie das Haus ihrer Eltern in der festen Überzeugung, genau heute diese eine magische Nacht zu erleben, die ihnen auf ewig in Erinnerung bleiben wird. Wie oft liegen sie dann am nächsten Morgen auf dem Badezimmerboden, nachdem sie sich die Seele aus dem Leib gekotzt und damit auch alle Erinnerungen in die Toilette gespült haben? Gerne würde ich sie kurz anhalten und ihnen sagen, dass die beste Zeit ihres Lebens wirklich jetzt ist, weil nach der Schule das echte Leben anfängt und sie gar nicht merken werden, wann sie mit dem Rennen im Hamsterrad anfangen. Man merkt es erst, wenn einem die Puste ausgeht.

Kurz sehe ich zu Jasper, der fröhlich auf dem schmalen Bordstein vor uns herspaziert, als wäre das hier ein ganz normaler Abend.

»Und was sieht dein Plan so vor?«

Jasper dreht sich zu uns um und grinst.

»Ach, ihr wisst schon, nichts Wildes. Nur die beste Nacht unseres Lebens.«

Ben verlangsamt seinen Schritt.

»Jasper, ich muss morgen früh in Berlin sein.«

Ben muss also nach Berlin. Was macht Ben in Berlin? Arbeitet er dort? Wohnt er dort? Ich sehe Ben von der Seite an, aber so wie er Jasper gerade ansieht, wäre jetzt kein guter Moment, ihn danach zu fragen.

»Ja, ja, morgen früh ist morgen früh. Du kannst im Flugzeug schlafen. Heute Nacht ist heute Nacht!«

Schwungvoll dreht Jasper sich zu mir und sieht mich an,

als würde er eine Komplizin für ein gewagtes Verbrechen suchen.

»Oder musst du heute auch noch ein anderes Date einhalten, Ella?«

Ein anderes Date? Hat Ben einen Termin oder ein Date in Berlin? Gibt es vielleicht doch eine »Plus eins«?

Jasper sieht mich noch immer erwartungsvoll an – und ich sollte ihm schnell antworten, wenn es nicht eigenartig wirken soll.

»Ich bin frei.«

Und die Vorstellung, jetzt in mein stilles Hotelzimmer zurückkehren zu müssen, klingt auch nicht besonders reizvoll.

Ben wirft wieder einen Blick auf die Uhr. Wenn er morgen wirklich bei seiner Freundin in Berlin sein will, dann wird er auch in Berlin sein. Auf Ben war und ist immer Verlass.

Nach einem unendlich langen Moment nickt er schließlich und sieht zu uns.

»Okay, ich bin dabei. Um kurz nach acht geht mein Flug. Ich muss also um sieben am Flughafen sein. Das heißt, ich sollte um kurz nach sechs ...«

»Etwas mehr Begeisterung, bitte!«

Jaspers strafender Blick trifft zuerst mich, dann Ben, der seine Faust daraufhin lustlos in den Himmel reckt.

»Woo-hoo.«

»Im Ernst, Leute. Das ist vielleicht unsere letzte Chance, doch noch das zu erleben, was wir an unserem letzten gemeinsamen Abend ursprünglich vorhatten – bevor Ella abgehauen ist.«

Autsch! Jasper bemerkt meinen Gesichtsausdruck und zwinkert mir schnell aufmunternd zu.

»Nichts für ungut, Ella, aber dein Abflug nach New York war katastrophal getimt.«

»Ich weiß.«

»Wir haben es uns damals versprochen. Die Nacht unseres Lebens. Episch. Schon vergessen?«

Als ob ich irgendwas von damals vergessen hätte. Natürlich erinnere ich mich noch an den verrückten Plan, den mein Leben beziehungsweise mein Stipendium dann im letzten Moment durchkreuzt hat. Die epische Nacht. Direkt nach dem Abschiedstanz beim Abiball, eine Fahrt durch die Nacht, in feinster Garderobe, mit Jaspers Mixtapes, Bens 8-mm-Kamera und viel Getanze im »Schocken« und den Clubs dieser Stadt. Jetzt passt nichts mehr zusammen. Mixtapes gibt es nicht mehr, weil Playlists auf dem Handy gespeichert werden, gleiches gilt für Filme, und ... ich tanze nicht mehr.

»Klingt spitze, Jasper. Aber wir sind keine neunzehn mehr, und für den Abiball sind wir sieben Jahre zu spät.«

»Danke für diese kurze Auffrischung meiner mathematischen Fähigkeiten, Ella. Wir sind aber auch noch nicht tot oder in Rente – was irgendwie das Gleiche ist. Egal, denn das Beste an dem Plan ist: Wir können so tun, *als ob* und müssen heute nicht mal besonders erwachsen wirken. Keiner kennt uns hier. Die Stadt hat uns längst vergessen. Na? Lust auf eine kleine Zeitreise?«

Jaspers Begeisterung für seinen Plan springt in kleinen funkelnden Stücken immer mehr auf mich über, und auch Ben kann sich der Euphorie nicht so recht entziehen.

»Okay, aber wenn ich morgen mit einem weiteren Tattoo oder einem Piercing aufwache ...«

»Niemals, Ben. Ich passe auf dich auf.«

Wer soll sich schon gegen Jaspers Charme wehren können, wenn selbst Ben nachgibt, obwohl er morgen früh einen wichtigen Termin am anderen Ende von Deutschland hat?

Mich muss man jedenfalls nicht dazu überreden, einen letzten Abend mit meinen besten Freunden zu verbringen.

»In Ordnung. Ein bisschen mehr als sechs Stunden. Und was sieht dein perfider Plan so alles vor?«

»Du meinst meinen perfekten Plan? Eine tolle Zeit haben. Mit euch. Nicht mehr, aber auch nicht weniger. Damit der Abschied diesmal nicht wieder ganz so scheiße wird.«

Jasper gibt sich nicht mal Mühe zu verbergen, dass er das zuletzt Gesagte nicht mehr als Witz meint. Da ist er plötzlich schon wieder, der ernste Jasper, den nur Ben und ich kennen. Er sieht zu mir, und ich verstehe zum ersten Mal, dass ich bei dem ganzen Drama um Ben und mich gar nicht darüber nachgedacht habe, wie sich Jasper dabei fühlt. Zwischen ihm und mir ist nie etwas vorgefallen, was unsere Freundschaft beendet hat. Es gab keinen offiziellen Schlussstrich. Trotzdem haben wir uns seit meinem Abflug aus Stuttgart nicht mehr gesehen – oder gehört. In den ersten Wochen in New York hatte ich kaum genug Zeit zum Schlafen, und nach dem Ende mit Ben habe ich zwar versucht, ihn zu erreichen, aber er war einfach weg. Unerreichbar am anderen Ende der Welt. Auch wir haben einen schönen Abschied verdient, bevor wir morgen zurück in unsere Leben verschwinden.

»Also, ich bin dabei. Bei allem.«

»Danke, Ella.«

Wir drehen uns zu Ben, der inzwischen nicht mehr ganz so zerknirscht wirkt und zögerlich nickt, bis er sein Lächeln nicht mehr zurückhalten kann.

»Und ich kann euch beide schließlich nicht alleine losziehen lassen. Wer weiß, wo das endet.«

Mit einem Jubelschrei zieht Jasper uns in eine feste Umarmung, bei der ich irgendwie zwischen Ben und Jasper lande – und wieder dort bin, wo ich hingehöre.

Zeitkapsel auf vier Rädern

Für mich
wirst du immer
diese Ella bleiben.

»Das ist jetzt nicht dein Ernst.«

Wir stehen sprachlos vor Jaspers braunem Ford Taunus, von dem ich eigentlich annahm, dass er schon längst das Zeitliche gesegnet hätte. Aber er sieht noch immer so aus wie in meiner Erinnerung. Mir tat der Wagen schon damals irgendwie leid, weil er an jeder dritten Kreuzung stehen geblieben ist. Fast so, als würde der Motor sich stets tapfer bemühen, aber irgendwann einfach um den Gnadenschuss bitten, der ihm stets verwehrt bleibt. Einer von uns musste dann immer aussteigen, die Motorhaube öffnen und an einem bestimmten Hebel rütteln. Sicher, das Auto ist cool und irgendwie retro – solche Kastenformen findet man bei den neuen Designs nicht mehr –, aber … traue ich ihm nach Kerstins Autotrauma wirklich?

»Ich bitte dich, Ella. Er ist in Bestform. Mein Vater hat ihn in Schuss gehalten und jedes Mal durch den TÜV bekommen.«

Das macht den Taunus etwas vertrauenswürdiger. Aber nur etwas.

»Ist natürlich von Vorteil, wenn der Papa Kfz-Mechaniker ist, sonst wäre die Kiste schon längst von seinen Qualen erlöst worden und dürfte als quadratischer Haufen Schrott in Frieden ruhen.«

»Mit Sicherheit, aber man rettet eben das über die Zeit, was einem lieb ist.«

Dabei tätschelt Jasper die Motorhaube so liebevoll, als würde es sich nicht um ein altes Auto, sondern ein geliebtes Haustier handeln.

Ben läuft um das Heck herum und wirft einen prüfenden Blick auf die Plakette.

»Hat tatsächlich noch TÜV. Für dieses Jahr.«

Mit hochgezogener Augenbraue sieht Ben zu mir, als wolle er sich mit mir besprechen, ob das mit dem Wagen wirklich so eine gute Idee ist.

»Früher seid ihr doch auch sofort eingestiegen, wenn ich euch durch die Gegend kutschiert habe. Also bitte.«

Jasper öffnet mit einer ausladenden Geste die linke Hintertür und lächelt mir aufmunternd zu.

»Schwing deinen Hintern rein, Kleines.«

Ich gebe auf und steige ein. Im Inneren fühlt es sich noch an wie damals, als Jasper ganz frisch und vor uns anderen seinen Führerschein hatte und auch gleich voller Stolz diesen Wagen gekauft hat. Wir haben versucht, ihm davon abzuraten, weil die Kiste schon damals nicht gerade vertrauenerweckend aussah, und die dunkelbraune Lackierung war nun auch nicht besonders ansprechend, aber Jasper wollte nur diesen Taunus.

»Und wohin soll es gehen?«

Ben nimmt auf dem Beifahrersitz Platz und schnallt sich an in dem Wissen, dass das Auto lange vor der Erfindung des Airbags gebaut wurde. Früher saß er immer neben mir.

»Erst mal muss Musik her.«

Jasper beugt sich zum Handschuhfach und lässt es aufklappen, wobei die Halterung abbricht und Ben die Abdeckung auffängt, bevor sie ganz runterfällt.

»Nicht gerade besonders beruhigend.«

»Sagt der Kerl, der ohne Absicherung Felswände hochklettert.«

Von der Rückbank verfolge ich die Unterhaltung meiner besten Freunde und fühle mich mit jeder Sekunde, die ich in diesem Wagen sitze, wohler. Jasper wühlt im Inneren des Handschuhfachs und scheint etwas Bestimmtes zu suchen.

Ben dreht sich zur Fensterscheibe.

»Ich klettere schon seit Jahren nicht mehr.«

»Wie bitte?«

Ich lehne mich automatisch weiter nach vorne, sodass ich Bens Profil sehen kann. Selbst Jasper scheint von dieser Offenbarung überrascht. Ganze Wochenenden hat Ben früher in der Kletterhalle verbracht, weil er immer schneller nach oben kommen wollte.

»Na ja, die Zeit eben. Man wird erwachsen, oder?«

»Stressiger Job?«

Ben nickt, sieht noch immer nicht zu uns, und wenn ich ihn jetzt so von der Seite etwas genauer betrachte, meine ich, leichte Augenringe in seinem Gesicht zu erkennen.

»Ziemlich.«

Mein letzter Kenntnisstand zu Bens Karriere ist, dass er bei einer Produktionsfirma für Fernsehserien in München ein Praktikum gemacht hat. Danach ist er quasi von meinem Radar verschwunden.

»Ah! Da bist du ja! Nur nicht so schüchtern.«

Wie es scheint, habe ich mich vorhin geirrt. In Jaspers Universum gibt es so etwas wie Mixtapes tatsächlich noch immer. Er hält eine Musikkassette triumphierend in die Höhe und grinst zufrieden. Keine Ahnung, wann ich das letzte Mal eine echte Kassette gesehen, geschweige denn gehört habe. Vermutlich damals in diesem Wagen mit diesen beiden.

»Die Schätze der Vergangenheit.«

»Schon mal was von MP3 gehört?«

»Klugscheißer. Wie ihr beide euch vielleicht erinnert, hat das Baby hier nicht mal ein CD-Laufwerk, also muss eine Kassette her. Viel wichtiger ist aber: nicht irgendeine, sondern diese hier.«

Dabei hält er die Kassette so vorsichtig in der Hand, als könnte sie zerbrechen oder zu Staub zerfallen. Dann schiebt er sie in den Player, startet den Motor und setzt den Blinker.

»Es mag vielleicht kein DeLorean sein, aber mein Baby soll uns ja auch nicht in die Zukunft, sondern zurück in die Vergangenheit bringen.«

Als die Musik einsetzt, erkenne ich den ewigen Klassiker der Band Alphaville sofort und spüre die sanfte Gänsehaut. Selbst Ben muss lächeln und wirft mir einen kurzen Blick über die Schulter zu. »Forever Young«. Vielleicht gibt es ja doch eine zweite Chance für die Nacht unseres Lebens.

Als Jasper Gas gibt, krächzt der Motor des Wagens aber erst mal asthmatisch auf, und wir tuckern mit knapp 50 Stundenkilometern über die Straße. So wird das zwar eine verdammt lange Fahrt in die Vergangenheit, aber ich schnalle mich zur Sicherheit trotzdem mal an.

Schon nach wenigen Minuten weiß ich, wohin Jasper uns fahren wird. Damit erfüllt er das Klischee eines solchen Trips perfekt, was ich ihm aber nicht übel nehme. Ganz im Gegenteil. Es war damals – wenn ich mich nicht irre – unser Plan, die Nacht genau dort beginnen zu lassen. Am Abiball.

Es ist zwar viele Jahre her, aber ich erinnere mich trotzdem noch sehr genau an die enttäuschten Gesichter der Jungs, als ich ihnen eine Woche vor dem Abiball offenbart habe, dass ich direkt nach der Vergabe der Zeugnisse zum

Flughafen düsen muss, um meinen Flug nach New York zu erwischen. Da ich die Zusage für das Stipendium ganz kurzfristig im Nachrückverfahren bekommen habe, blieb nicht viel Zeit für eine ordentliche Planänderung. Ich hatte mein Abiballkleid schon gekauft, und alles war fest geplant, inklusive der besten Nacht unseres Lebens. Das Ende einer Ära, der Beginn einer neuen Freiheit. Ich weiß noch genau, wie ich mich damals nach der Zeugnisübergabe von den beiden verabschiedet habe. Das waren die schlimmsten Minuten meines Lebens. Oder die zweitschlimmsten.

Die Musik, die jetzt krächzend aus den Boxen zu mir dringt, passt in mein altes Leben. Songs, die wir damals gehört haben. Songs, die damals schon Klassiker waren.

»Ist das die Kassette, die du für unsere epische Nacht aufgenommen hast?«

»Ja.«

Jasper sieht über den Rückspiegel zu mir.

»Hast du sie all die Jahre im Handschuhfach gehabt?«

Er nickt.

»Es ist sozusagen ihre Jungfernfahrt. Ich habe das Tape nie abgespielt. Weiß gar nicht mehr, welche Songs drauf sind.«

Alles in diesem Wagen sieht noch so aus wie damals. Auf dem Armaturenbrett kleben einige Panini-Aufkleber von Nationalspielern der WM 2006 in Deutschland, neben mir im Fußraum des Rücksitzes befinden sich leere Farbdosen, die Jasper vor Jahren für seine Graffitis benutzt hat, und es würde mich nicht mal wundern, wenn hier noch irgendwo ein altes Bio-Lernbuch rumliegt. Es riecht sogar noch so wie früher. Dieser Wagen wird mehr und mehr zu einer Art Zeitkapsel. Wie oft haben Ben und ich nach Partys auf der Rückbank übernachtet, zusammengerollt und in unbequemen

Positionen, während Jasper auf dem Fahrersitz geschlafen hat. Damals waren diese Augenblicke nicht so wichtig, und ganz sicher hat keiner von uns geglaubt, dass sie später mal die Momente werden, die wir nicht mehr vergessen. Jetzt sehe ich das anders. Sicher, die großen und absurden Augenblicke haben als Kapitelüberschriften unserer gemeinsamen Zeit dauerhaften Bestand, aber es sind die Kleinigkeiten, die eine Geschichte erst rund machen.

»Ella, wo schläfst du heute eigentlich?«

Etwas überrascht sehe ich zu Ben, der die Frage einfach so und völlig zusammenhanglos in den Raum wirft.

»Im Hotel.«

Er nickt, sieht aus dem Fenster und knackt, wie schon früher, mit seinen Fingern. Das hat er immer nur dann gemacht, wenn er nervös war.

»Und dann geht es morgen zurück nach Hamburg, ja?«

»Ja.«

Mit einem leisen Quietschen bleibt der Taunus an einer roten Ampel stehen, und »Chasing Cars« von Snow Patrol knarzt nach kurzer Stille durch die Lautsprecher.

»Wieso hast du deinen Freund eigentlich nicht mitgebracht? Wir hätten ihn gerne kennengelernt.«

»Und genauestens unter die Lupe genommen!«

Jasper blickt konzentriert auf die rote Ampel.

»Wieso glaubt ihr, dass ich einen Freund habe?«

Langsam dreht Ben sich in meine Richtung, und mir bleibt nicht mehr viel Zeit, um einen passenden Gesichtsausdruck aufzusetzen. Einen, der ihm nicht unbedingt sofort all meine Gefühle offenbaren soll. Das Ergebnis: ein unheimliches Grinsen.

»Ich bin glücklicher Single.«

»Ich dachte ...«

Kurz halte ich die Luft an, weil ich wissen will, was Ben so alles denkt, aber er spricht nicht weiter, sieht nur zu Jasper, der weiter stur auf die Straße sieht und mit den Schultern zuckt. Keiner von beiden weiß viel über mein Liebesleben. Oder mein Leben generell.

Aber waren das nicht die neuen Spielregeln, die plötzlich für uns gegolten haben?

»Mein letzter Stand war, dass du einen Freund hast. Seit Jahren.«

Erst jetzt treffen Bens grüne Augen meine, und mich überrascht, was ich sehe. Ein winziges, kaum wahrzunehmendes Leuchten.

»Hatte ich, ist aber vorbei. Seit Jahren.«

Obwohl die Trennung von Karsten sich ein bisschen wie das nüchterne Auflösen eines Kontos angefühlt hat, habe ich geweint, als es vorbei war. Jede Trennung ist schmerzhaft, selbst ein Abschied, der befreiend ist. Wieso um alles in der Welt lächele ich dann jetzt?

Schlimmer noch, wieso lächelt Ben mich jetzt an? Nein. Nein, bitte. Das fühlt sich alles viel zu sehr nach Hoffnung an, die langsam in meinem Inneren wie ein warmer Heißluftballon aufsteigt.

»Das tut mir leid.«

Doch sein Lächeln verrät das Gegenteil, und spätestens jetzt muss ich den Notausstieg betätigen. Also, sollte ich. Zumindest gleich. Weil so, wie er mich gerade ansieht ...

»Mir übrigens auch, falls es jemanden interessiert.«

Jasper wirft mir einen kurzen Blick über den Spiegel zu und runzelt beim Anblick meines momentan wohl ziemlich eigenartigen Gesichtsausdrucks ungläubig die Stirn. Nein, ich habe auch keine Ahnung, was hier gerade passiert.

Dann ist der Moment vorbei. Kaum springt die Ampel

wieder auf Grün, gibt Jasper Gas, und Ben dreht sich zurück, um aus dem Seitenfenster zu sehen.

Ich lehne mich in das weiche Tigerfellpolster der Rückbank und versuche, die gemischten Gefühle in meinem Inneren mit viel Mühe zu kontrollieren und zu katalogisieren. Das vertraute Kribbeln in meinem Bauch, als Ben gelächelt hat, könnte bedeuten, dass ich will, dass er sich freut, dass ich Single bin. Doch die laute Alarmglocke in meinem Kopf warnt mich vor einer Wiederbelebung dieser Gefühle. Hoffnung und Enttäuschung liegen viel zu nah beieinander, und ich wollte mich heute doch eigentlich nur verabschieden. Verdammt!

Aber: Will ich, dass Ben sich freut, dass ich Single bin?

Na ja.

Es kommt darauf an.

»Seid ihr denn vergeben?«

An hübsche, kluge und wahnsinnig nette Frauen, die euch glücklich machen?

Natürlich ist die Frage vor allem an Ben gerichtet, aber der sieht, statt zu antworten, weiter schweigend aus dem Fenster, als hätte er mich über die lauten Gitarrenwände am Ende von »I Love You, I'm Going to Blow up Your School« der Band Mogwai hinweg nicht gehört, also dreht Jasper etwas leiser und antwortet.

»Ich bin Single. Leider. Wisst ihr, der ganze spontane und zwanglose Sex mit den Groupies ist ja ganz nett, aber die Eine ... war einfach nicht dabei.«

Jasper sieht auf die Fahrbahn und grinst vor sich hin, während sich Ben ihm zuwendet.

»Feste Beziehungen bieten sich bei deinen vielen Reisen rund um die Welt ja aber auch nicht so an, oder?«

Er ist also doch nicht spontan taubstumm geworden. Er

wollte nur einfach meine Frage nicht beantworten – was zu einem Sinkflug meines Heißluftballons führt.

»Korrekt. Außerdem fehlt Ella, die alle möglichen Anwärterinnen unter die Lupe nimmt. Nach der Falkmeier traue ich meinem Frauengeschmack keinen Zentimeter mehr über den Weg.«

»Nicht dumm und überraschend verantwortungsbewusst. Jasper, wirst du etwa erwachsen?«

Ben grinst Jasper an. Ich lächle nicht, weil keine Frau noch einmal einfach so in Jaspers Leben marschieren und ihm wehtun darf.

»Wobei die Falkmeier heute bestimmt Lust auf eine zweite Runde gehabt hätte.«

Okay, jetzt muss ich doch etwas sagen, sonst driftet das Gespräch in eine Richtung ab, in die ich wirklich nicht möchte.

»Ben, hör auf. Verderb uns bitte nicht den Abend, bevor er richtig angefangen hat.«

»Ach komm, Ella. War doch nur ein Witz.«

»Und keiner lacht.«

Oh, das kam ein bisschen bitterer raus, als ich gedacht hätte.

»Jetzt übertreibst du.«

»Können wir trotzdem bitter so tun, als würde es Denise Falkmeier nicht geben?«

Weil nicht mal im Nachhinein ist es eine lustige Anekdote. Jasper und Denise. Er hat es zwar nicht gezeigt, aber ich kann mir vorstellen, wie sehr sie ihn wirklich verletzt hat. Jasper ist gut darin, seine wahren Gefühle hinter einem Lächeln zu verstecken. Für mich fühlt es sich jedenfalls noch immer an, als hätte ich Denise früher durchschauen und Jasper besser beschützen müssen. Egal, ob ich dabei übertreibe oder nicht. Schon damals hat Ben mich immer damit aufgezogen, dass ich schlimmer als Jaspers Mutter sei, die auch immer behauptet hat, niemand wäre gut genug für ihn. Aber sind wir doch mal ehrlich: Jasper ist wirklich einer von den sehr Guten.

»Du kommst nicht darüber weg, dass ich mit Denise zusammen war, oder?«

»Ich? Doch. Das ist nicht das Problem. Schlimm waren nur ihre sehr plastischen Beschreibungen eures ersten Kusses und eures ersten ... Egal. In ihren nicht enden wollenden Erzählungen warst du jedenfalls immer der Hengst.«

Jasper wirft mir einen amüsierten Blick über den Rückspiegel zu.

»War ich ja auch, vor allem als ich ...«

»Stopp. Bitte. Lass es einfach.«

»Okay. Verstehe. Ben hätte sich die Geschichten über eure zahlreichen Liebesnächte auch sparen können.«

»Was? Ben! Du hast ihm davon erzählt?«

Sofort schnelle ich wieder nach vorn und sehe Bens Grinsen, als er möglichst unschuldig die Schultern zuckt.

»Hör mal, er ist mein bester Freund! Klar habe ich ihm davon erzählt.«

Ich lasse mich zurück auf die Sitzbank fallen.

»Toll. Ganz toll.«

»Ach, komm schon, Ella.«

Jetzt dreht sich Ben in seinem Sitz so, dass er mich wirklich ansehen kann, und noch immer muss ich mich zusammenreißen, wenn er mir direkt in die Augen sieht ... und dabei auch schon wieder so lächelt. Ein Blick – und der Sinkflug meines emotionalen Heißluftballons wird sanft gebremst. Bevor ich es verhindern kann, steigt er schon wieder, angefeuert von diesem Blick.

»Du warst mein Mädchen. Ich konnte das nicht für mich behalten.«

Er muss unbedingt aufhören, solche Dinge zu sagen, weil sie sich zu gut anfühlen. Er muss aufhören, so zu sein wie damals, als ich mich hoffnungslos in ihn verliebt habe. Sonst küsse ich ihn wirklich noch. Danke, Kerstin, für den Gedanken!

»Themawechsel! Ben ... Was macht der Job?«

Jasper wirft Ben einen kurzen Blick zu, der bei der Frage fast automatisch auf seine Uhr sieht.

»Noch scheine ich ihn zu haben.«

Begeisterung hört sich anders an.

Ben wollte nicht zum Fernsehen, und ich kann ihn mir noch immer nicht am Set einer Vorabendserie vorstellen – wenn er dort überhaupt noch arbeitet. Er wollte immer Dokumentarfilmer werden, hoch hinaus klettern, die Schönheit des Himalajas einfangen und die Ungerechtigkeiten in Tibet bekämpfen. Er hatte immer Träume, die in kein Soap-Format passen.

»Assistent von einem wichtigen Regisseur, ja?«

»Assistent von einem wichtigen Produzenten.«

Jasper weiß das alles natürlich schon längst. Er spielt dieses Spiel nur für mich, damit ich einen kleinen Einblick in Bens Leben bekomme, ohne selbst danach fragen zu müssen. Zu groß ist das Risiko, dass Ben mir wieder nicht antwortet.

»Film?«

»Fernsehen.«

»Gute Bezahlung?«

»Nein.«

Schön langsam kann er damit aber aufhören.

»Spannende Aufgaben?«

»Nein.«

»Klingt nach einem Traumjob.«

Ben nickt langsam und atmet kurz, aber heftig aus.

Das Spiel ist aus, und Ben hat verloren. Obwohl ich es nicht tun sollte, greife ich nach seiner Hand. Immer hat er sich zu viele Gedanken gemacht. Über sich, über uns, über seine Geschwister. Ben, der klassische große Bruder, der stets darauf geachtet hat, dass keines seiner vier Geschwister vergessen wurde. Wenn er sich nicht darum gekümmert hat, dass Jasper keine Dummheiten macht und ich pünktlich zum Tanzunterricht komme, dann war er damit beschäftigt, bei sich zu Hause den Überblick zu behalten. Nur sich selbst und seine Wünsche hat er dabei offenbar aus den Augen verloren.

Zu meiner Überraschung legen sich seine Finger langsam und sanft um meine. Seine Haut fühlt sich noch immer so gut auf meiner an. Und noch immer schlägt mein Herz zu schnell, wenn er das tut.

»Wie geht es Vanessa?«

Seine jüngste Schwester war früher eine kleine Rebellin, und Ben hat sie über alles geliebt, auch wenn er sich oft Sorgen um sie gemacht und gehofft hat, sie würde nicht auf die schiefe Bahn geraten. Aber ich weiß, dass er das niemals zugelassen hätte, und meine Sorge scheint in der Tat unbegründet, denn ein strahlendes Lächeln ergreift Besitz von Bens Lippen. Endlich sieht er mir wieder direkt in die Augen.

»Sie studiert in Mainz Medizin.«

»Wow!«

»Wem sagst du das!? Es war ein Kampf, aber sie hat es geschafft.«

Ben hält meine Hand noch immer in seiner.

»Und was macht Tim?«

Der Bruder, der immer ein bisschen in Bens Schatten stand, schüchtern und unsicher, und der am liebsten keinen Schritt ohne seinen großen Bruder machen wollte.

»Gut. Er macht ein Auslandsjahr in Schweden. Sammelt

Erfahrungen und wird erwachsen. Erklärtes Berufsziel: Produktdesigner. Ich wette, er packt das.«

Ich drücke schnell Bens Hand und lächele ihn glücklich an. Also doch noch ein paar Happy Ends in Bens Leben.

»Und die anderen beiden?«

»Versorgt und eingetütet. Die eine ist frisch verheiratet und arbeitet in einer Tierarztpraxis, und die andere hat gerade ihre letzten Klausuren hinter sich.«

»Du hast das gut hingekriegt. Sie haben euren Vater nicht vermisst, weil du da warst.«

Das meine ich ernst. Ben hat sich für alle immer zerrissen oder es zumindest versucht. Keiner der Handermann-Bande durfte auf der Strecke bleiben, und er hat es als seine Aufgabe angesehen, dafür Sorge zu tragen.

»Du kannst echt stolz sein.«

»Ja. Du hast dafür aber auch einfach ein Händchen. Sogar mich hast du damals irgendwie davon abgehalten, groben Unfug anzustellen.«

Jasper lächelt Ben kurz zu, der uns dankbar ansieht.

»Ich weiß.«

Der Taunus wird langsamer, bleibt stehen, und Jasper schaltet schließlich den Motor ab. Mit einer lässigen Bewegung löst er seinen Gurt und dreht sich zu Ben.

»Ein weiterer Grund, den heutigen Abend zu genießen.«

Jasper schiebt die Autotür auf und nickt nach draußen, als würden dort die Antworten auf die großen Fragen der Weltgeschichte liegen. Beim Aussteigen muss ich an all die großartigen Nächte denken, die genau so begonnen haben: mit diesem Wagen, mit einem absurden Plan und einem Mixtape. Wie jung wir damals waren. Dabei ist noch gar nicht so viel Zeit vergangen. Trotzdem gehört das Lächeln von damals in ein anderes Leben.

Alte Schule

Du hast mich verändert, Ella,
und ich hoffe,
dass ich dich niemals verliere.

Das Gebäude liegt im letzten Licht der bereits untergegangenen Abendsonne vor uns, und irgendwie sieht es fast ein bisschen unheimlich aus. So habe ich unsere alte Schule sehr selten gesehen, eigentlich nie. Dabei fand ich sie bei Tageslicht schon einschüchternd genug. Klassenzimmer an Klassenzimmer, graue Linoleumböden, der beißende Geruch jeden Montag, wenn die Reinigungskräfte ihren Job getan haben. Dazu das viel zu grelle Licht, das uns Schüler wachhalten sollte, während lustlose Lehrer an der Tafel ihren Stoff durchgepaukt haben, den sie Jahr für Jahr, Klasse für Klasse, Abschlussjahrgang für Abschlussjahrgang unterrichtet haben. Die Schulzeit wird rückblickend immer glorifiziert, immer schöner und größer in der Erinnerung abgespeichert, als sie eigentlich war. Die beste Zeit unseres Lebens – wenn man sie rückblickend durch einen dicken Weichzeichner betrachtet. In Wirklichkeit quält man sich zwischen Photosynthese und dem Satz des Pythagoras durch lange Tage, durch jede Menge Prüfungsstress und zu allem Überfluss noch mit den Problemen des Erwachsenwerdens. Was einen davon abhält, komplett verrückt zu werden? Beste Freunde, die einmal als Nachhilfelehrer, dann als Trostspender und schließlich auch noch als Seelenverwandte herhalten müssen. Sobald man am Ende das Schulgelände für immer verlässt, verlieren sich die meisten Freundschaften im Strudel des echten Lebens, und man kann sich glücklich schätzen, wenn ab und an genug Zeit für einen Blick zurück bleibt. Oder wie jetzt, sogar auf den Ort des Schreckens selbst.

Vor den hohen Mauern, die das Gebäude umschließen, bleiben wir stehen. Das große, gusseiserne Tor mit seinen vielen Gitterstäben und deren spitz zulaufenden Enden ist natürlich um diese Uhrzeit verschlossen. Trotzdem rüttelt Jasper wie verrückt an den Gitterstäben.

»Ich will da rein!«

Dann dreht er sich zu Ben und verschränkt die Arme vor der Brust.

»Dein Auftritt, Ben.«

Weder Ben noch ich kann Jaspers olympiareifem Gedankensprung folgen, stattdessen sehen wir ihn fragend an.

»Na, du kletterst einfach rüber und machst hinten das kleine Tor für die Fahrräder auf. Das war nie abgesperrt, und solange der alte Schmitt noch Hausmeister ist, wird sich daran auch nichts ändern.«

»Warum machst du das dann nicht selber?«

»Weil du der Kletterexperte bist. Du willst doch nicht, dass ich ausrutsche, mich aufspieße und vor meiner alten Schule krepiere. Das würde gar nicht gut in meinen Lebenslauf passen. Ich hatte eher an so etwas gedacht wie: Dann zog er sich in die Wildnis zurück, um über das Wesen der Kunst zu sinnieren, und ward nicht mehr gesehen. Oder: Todesmutig sprang er in die Flammen, um ein hilfloses Hundebaby …«

»Schon gut.«

Ben scheint kurz mit sich zu hadern. Ich nehme an, das letzte Mal, dass er über so etwas wie ein Tor geklettert ist, liegt einige Zeit zurück. Wenn Jasper jemanden allerdings so ansieht, wie er gerade Ben ansieht, ist es ziemlich schwer, Nein zu sagen. Sogar ich bin kurz davor, den Aufstieg zu wagen. Daher überrascht es mich wenig, als Ben sich schließlich zum Tor dreht und die beste Stelle für den Einstieg auslotet. Ich werfe einen prüfenden Blick auf seine schicken Lederschuhe, die mit einer glatten Sohle versehen sind und sich bestimmt nicht zur Besteigung eines Berges – oder eines Schultores – eignen.

»Nur du kriegst mich dazu, so einen Quatsch zu machen, Jasper.«

Als Ben jetzt mit zwei geübten und lächerlich leicht aussehenden Bewegungen tatsächlich auf der anderen Seite landet, leuchten seine Augen einen kurzen Moment auf, während er durch die Gitterstäbe zu mir sieht. Jasper applaudiert so lautstark, als würden wir uns hier nicht gerade am eher äußeren Rande der Legalität bewegen.

»Gar nicht schlecht. Du bist besser in Form, als ich gedacht habe.«

Damit drückt er den Griff am Tor runter, schiebt es auf und marschiert durch. Ich sehe wieder zu Ben, der Jasper überrascht ansieht, während ihm dieser beim Vorbeigehen kurz auf die Schulter klopft.

»Klettern ist wie Radfahren. Das verlernt man nicht.«

Ben wirkt ganz versteinert, als er ihm hinterherblickt. Dann verziehen sich seine Lippen zu einem Lächeln.

»Dieser verdammte Mistkerl.«

»Aber es hat funktioniert.«

»Nimm dich vor ihm in Acht, Ella Klippenbach. Am Ende drehst du heute noch Pirouetten.«

Jetzt bin ich es, die kurz zu Stein wird, und es fühlt sich an, als würde der Boden unter meinen Füßen leicht zu schwanken beginnen. Bevor Bens Satz zu lange in der Luft hängt und mir den heutigen Abend verdirbt, räuspere ich mich schnell.

»Nicht heute Nacht.«

Bens Lächeln verschwindet, und er knackt mit seinen Fingern. So ungezwungen wir gerne miteinander umgehen würden, so verkrampft sind wir, wenn plötzlich unser Klassenclown nicht mehr dabei ist.

Langsam folgen wir Jasper, wobei Ben eher zögernd losgeht. Dabei streift sein Arm meine Schulter. Es ist schon fast dunkel, und nur das leise Zwitschern der Amseln ist noch zu hören. Wir sind alleine. Dort, wo unsere Geschichte begonnen hat. Auf dem Schulhof. Hier habe ich ihn das erste Mal gesehen, und es hat mein Leben für immer verändert.

Plötzlich wird mir klar, dass es vielleicht nie wieder einen besseren Moment gibt. Mit einer Entschuldigung kann ich zwar nichts ungeschehen machen, das ist mir klar, aber noch länger zu schweigen und so zu tun, als würde dieser fette rosa Elefant nicht zwischen uns stehen, macht für mich auch keinen Sinn. Ich muss es jetzt loswerden. Mein Gehirn setzt aus, mein Herz übernimmt das Kommando. Spontan greife ich wieder nach seiner Hand und zwinge ihn auf diese Weise zum Stehenbleiben. Manche Dinge sollte man einfach aussprechen, weil perfekte Momente ungefähr so selten sind wie geflügelte Einhörner.

»Ben, es tut mir leid.«

Natürlich weiß er, dass ich damit nicht den Abend oder Jaspers Entführung oder das Klettern meine. Das sehe ich daran, wie sich sein Blick verändert. Er steht mit mir wieder dort, damals, am Flughafen in New York. Ich sehe ihn an, aber anstatt zu antworten, blickt er jetzt auf seine schicken Schuhe und nickt nur. Anders als damals, werde ich diesmal aber sagen, was mir auf dem Herzen liegt.

»Ben. Wenn ich die Zeit zurückdrehen könnte, würde ich es. Es hätte einen anderen Weg gegeben. Das weiß ich. Einen, den wir irgendwie zusammen hätten gehen können. Rückblickend ist man immer so viel schlauer, ich weiß. Es tut mir leid, dass ich nichts gesagt habe und du gegangen bist. New York war mir wichtiger, und das war falsch ...«

Ich lege meine Hand an seine Wange und hoffe, dass er nicht ausweicht. Tut er nicht. Stattdessen legt er seine über meine und sieht mich einfach nur an, und dieser traurige Blick sorgt sofort wieder für neue Risse in meinem Herzen. Schnell schlucke ich den Kloß herunter, bevor er meinen Worten den Weg nach draußen versperrt.

»Ich habe dir wehgetan, und das verfolgt mich jeden Tag. Ich weiß, wie beschissen ich mich gefühlt habe, und ich kann nur hoffen, dass du ... also, dass die Zeit doch irgendwie alle Wunden heilt. Zumindest bei dir. Weil ich so oft an dich gedacht habe und nicht will, dass es dir so mies ging wie mir. Nicht du, Ben. Dafür bist du zu ... gut. Dafür bist du mir zu wichtig. Immer. Bitte sag mir, dass es dir anders ging. Besser. Sag mir, dass du glücklich warst. Bitte sag mir, dass du mir verzeihen kannst.«

Er bleibt stumm, sieht mich einfach nur an, und durch sein Schweigen bricht er mir mit einer überwältigenden Wucht das Herz. Ein letztes Wort presse ich am Kloß in meinem Hals vorbei, auch wenn es so nur zu einem Flüstern reicht.

»Bitte.«

Seit Jahren renne ich diesem Moment hinterher. Innerlich bin ich ständig außer Atem. Immer. Seit damals am Flughafen. Ella, die immer in Topform war, die immer wusste, wie weit sie ihren Körper pushen konnte, hat gerade alle Grenzen überschritten und pumpt jetzt wie ein Marienkäfer.

»Ich würde wirklich gerne sagen, dass alles okay ist.«

Er streicht mit dem Daumen sanft über meine Hand.

»Das Dumme ist nur, das ist es nicht.«

»Ich weiß.«

Die erste Träne will sich still und heimlich aus dem Augenwinkel stehlen, aber ich verhindere ihren Absturz mit aller Kraft. Auch ohne Tränen kann Ben sehen, wie ich mich fühle.

»Ich wollte dich echt glücklich machen, Ella.«

Und dann ist da plötzlich dieses warme Lächeln. Es erscheint aus dem Nichts, so wie ein Sonnenstrahl, der urplötzlich durch die dicke Wolkendecke bricht. Selbst wenn es so traurig ist wie jetzt gerade. Immer wieder dieses Lächeln, das sich in den Jahren nicht verändert hat und mich noch immer in einem Sekundenbruchteil erobern kann.

»Und ich finde es so schade, dass du nicht glücklich bist.«

Gerade möchte ich Luft holen, um …

»Hey! Könnt ihr euer Geflirte mal für ein paar Minuten unterbrechen und mir helfen?«

Jasper taucht vor uns am oberen Ende der Treppe zum Haupteingang der Schule auf und deutet an, dass wir uns beeilen sollen.

»Komm schon, Ella. Helfen wir diesem Chaoten dabei, in unsere alte Schule einzubrechen.«

Dann greift er, ganz selbstverständlich, nach meiner Hand und zieht mich mit sich.

»Wisst ihr, was ich nie vergessen werde?«

Jasper kichert leise vor sich hin, als wir die nur vom Mondlicht erleuchteten Schulflure und zugleich verschiedene Erinnerungen unserer gemeinsamen Schulzeit durchwandern. Peinliche Situationen werden dabei ebenso wenig ausgelassen wie die großen Momente, die es in jede Hall of Fame der Schulzeit schaffen würden.

»Wenn jetzt Details von dir und der Falkmeier kommen ...«

Ich drehe mich gespielt angewidert weg und suche grinsend Schutz in Bens Armen, vergesse dabei für einen Augenblick, dass wir längst nicht mehr das Paar von damals sind, und bin überrascht, als er dennoch schützend einen Arm um mich legt.

Jasper bleibt grinsend am Eingang zum Kunstraum stehen, aus dem es leicht nach Wassermalfarben und Moder riecht.

»Blödsinn. Komm endlich drüber weg. Nein, was ich wirklich nie vergessen werde, ist Pfohlers Gesichtsausdruck, als er seinen Wagen gesehen hat, nachdem ich ihn verschönert habe.«

Herr Pfohler war unser Kunstlehrer, und er hat Jaspers Bilder entweder nie so recht verstanden oder ihn absichtlich schlecht benotet. Gut, Jasper hat nie einfach Dinge gemalt, von deren Schönheit man auf den ersten Blick begeistert war, und auch selten die Motive, die der Lehrplan vorgegeben hat. Nein, es waren eher Gesamtkunstwerke. Jasper hat meistens kleine Details gezeichnet, die erst miteinander verbunden das Kunstwerk ergeben haben. So hat er manchmal nur so vor sich hin gezeichnet, und ich habe mich gefragt, was die ganzen Skizzen von Holzbänken, Fingerspitzen und Schnörkel wohl bedeuten sollen. Erst wenn er mit einem Bild fertig war, hat er es mir zu Hause in seinem Zimmer gezeigt, und erst dort habe ich die liebevollen Details wiedererkannt: zwei alte Menschen, die nebeneinander auf einer fein gemaserten Holzbank sitzen und einander an den faltigen Händen halten, wobei Jasper die weißen Locken der Frau atemberaubend realistisch verewigt hat. Seine Bilder haben mich jedes Mal umgehauen. Ohne das Endergebnis konnte man die

Details allerdings nie einordnen oder richtig einschätzen. Das war das Problem des Kunstlehrers. Er hat Jasper allerdings auch nie gefragt. Als Pfohler ihm dann wegen einer Themaverfehlung nur zwei Punkte für die Abschlussarbeit und die Skizzen in seiner Arbeitsmappe gegeben hat, sah Jaspers Rache sehr viel Farbe, eine spontane Freistunde und Rückendeckung von Ben und mir vor.

Jasper hat Pfohlers Auto komplett bemalt – nicht beschmiert –, und wenn Pfohler ein bisschen genauer hingesehen hätte, hätte er viele Details aus Jaspers »Themaverfehlung« auf dem Wagen wiederentdeckt. Die Flammen, die Teufelshörner, den Dreizack, die spitzen Klauen. Seine ganze Wut über die ungerechte Benotung hat er in Kreativität umgesetzt und damit ein Meisterwerk geschaffen. Nur Pfohler, der hat das natürlich wieder nicht verstanden. Was folgte, war eine Menge Ärger für Jasper und viel Arbeit für Jaspers Vater, der – nicht ohne Stolz auf das Talent seines Sohnes – einwilligte, den Wagen wieder in die Ausgangsfarbe umzulackieren.

Aber die Erinnerung an Pfohlers fassungslosen Gesichtsausdruck zaubert uns auch heute noch ein zufriedenes Lächeln ins Gesicht.

»Heute wäre sein Wagen nach deiner Behandlung richtig viel Geld wert.«

Jasper winkt ab, und wir setzen unseren Weg durch das dunkle Schulhaus fort.

»Komm schon, Jasper. Du hast es geschafft! Deine Bilder verkaufen sich auf der ganzen Welt, sogar bei Sotheby's – und du hast schon mal Jared Leto getroffen! Es gibt außerdem einen ziemlich langen Wikipedia-Eintrag über dich.«

Jaspers Stirn legt sich in Falten, als er mich ungläubig von der Seite ansieht.

»Wikipedia, echt?«

»So was weißt du nicht?«

Ich muss über seinen fassungslosen Gesichtsausdruck fast lachen.

»Ich google mich nicht.«

»Ich google dich ständig. Sonst wüsste ich ja nicht, was du dauernd so anstellst.«

Dann stupse ich Ben sanft gegen die Schulter.

»Dich google ich übrigens auch.«

»Und? Habe ich auch einen Wikipedia-Eintrag?«

»Nein. Aber manchmal bist du zur Hälfte auf Fotos von Filmpremieren zu sehen.«

»So etwas findet man auch mit Google?«

Nein, so etwas finde ich auf den Facebookseiten von Bens Freunden, aber das sage ich ihm lieber nicht. Das eben frei herausposaunte Eingeständnis, meine besten Schulfreunde zu stalken, ist mir plötzlich sowieso schon etwas unangenehm.

»Okay. Ich bin also wenigstens zur Hälfte irgendwie berühmt.«

»Bilde dir darauf nichts ein, Handermann. Ich bin bei Wiki. Und du, Ella?«

Und ich? Ich war auf wunderschönen Schwarz-Weiß-Fotos in der *New York Times*, und meine Eltern haben einen ganzen Ordner mit Berichten über meine Auftritte im Staatstheater. Von damals. Jetzt findet man so gut wie nichts mehr über mich. Wieso auch?

»Ich bin nicht berühmt. Ich bin ... ein Niemand. Nicht mal Google findet mich.«

Immer dann, wenn ich etwas besonders locker klingen lassen will, verwandelt sich meine Stimme in die eines jungen Mädchens, das gerade erfahren hat, dass Take That sich aufgelöst hat.

»Klar bist du jemand. Du bist sogar ein ziemlich großartiger Jemand.«

Das Unangenehme an diesem Satz ist nicht, dass er mir schmeicheln soll. In Jaspers Augen bin ich tatsächlich jemand, und ich habe keine Ahnung, wieso. Auch er hat inzwischen mitgekriegt, dass ich aufgegeben habe, gescheitert und geflohen bin, bevor ich überhaupt richtig angefangen habe.

Wenn ich Jasper jetzt betrachte, dann sieht er mich noch immer mit dem gleichen Blick wie damals an, als ich die Hauptrollen getanzt habe. Als ich auf der Bühne stand und einfach glücklich war.

»Ich bin nur die, die nicht mehr tanzt.«

Denn das ist die bittere Wahrheit, und sie würgt das Gespräch gnadenlos ab.

Wir sind inzwischen wieder am Haupteingang der Schule angekommen, und Jasper hält mir die Tür auf, während er mich keine Sekunde aus den Augen lässt. Es kostet zu viel Kraft, ihn anzusehen.

»Wieso hast du aufgehört?«

Gerne würde ich es ihm erklären, wenn die Zeit dafür reif ist und es nicht mehr so wehtut, wenn ich es besser in Worte fassen kann. Irgendwann ... Vorerst muss er sich mit der Kurzversion zufriedengeben.

»Eigentlich war es reine Dummheit. Proben für Schwanensee. Kurze Unachtsamkeit.«

Wie ein Stummfilm läuft die Szene in meinem Kopf ab. Ein *Grand Jeté*, anspruchsvoll, aber nichts Besonderes. Ich hatte den Spagatsprung schon tausendmal getanzt. Immer mit höchster Konzentration. Nur nicht an diesem Tag. Es heißt, wenn du bei einer Sache wirklich gut bist, lenkt dich auch kein Erdbeben ab. Das stimmt. Neben mir hätten Häuser einbrechen und Kriege ausbrechen können, ich hätte jede Figur, jede Drehung, jede Choreografie bis zum Ende getanzt. Trotzdem war ich an diesem Tag abgelenkt, wenn auch nur für den Bruchteil einer Sekunde. Der Absprung war noch perfekt. Die Landung war es nicht mehr. Der Schmerz zuckte durch meinen Knöchel. Ich wusste, dass ich diese Aufführung verpassen würde. Und die danach und alle anderen auch ... Selbst ohne vorher einen erlitten zu haben, wusste ich sofort, dass sich so ein Bänderriss anfühlt, der Albtraum einer jeden Tänzerin. Klar, Bänderrisse heilen natürlich, dafür gibt es zahlreiche Geschichten mit Happy End, aber ebenso viele mit der traurigen Wahrheit, die auch meine werden würde.

»Der Bänderriss ist nicht ganz so gut verheilt wie erhofft und – *long story short* – das war es dann auch.«

Natürlich lasse ich die Tränen, die Schmerzen, den Abschied vom großen Traum und alles andere weg, und kürze es rasant und möglichst emotionslos ab.

»Ende. Aus. Rückflugticket.«

Das auf meine Geschichte zwangsläufig folgende Lächeln habe ich perfektioniert. Es zeigt einen Hauch »überwundenes Bedauern«, gemischt mit einer Prise »war vielleicht auch besser so« und einem hoffnungsvollen Schimmer »das wird schon«, als würde ich damit inzwischen so wunderbar klarkommen, weil das Leben ja weitergeht. Zu oft habe ich es gelächelt, zu oft habe ich Leute damit getäuscht, und jetzt muss es zum ersten Mal wirklich funktionieren.

Aber Jasper sieht zu Boden, Ben starrt auf einen Punkt irgendwo dahinten bei den Basketballplätzen, die in den großen Ferien ebenso verlassen sind wie heute Abend.

»Das tut mir sehr leid.«

Wie oft ich das schon gehört habe, weiß ich nicht mehr.

»Halb so schlimm.«

Wie oft diese Antwort schon über meine Lippen gekommen ist, weiß ich auch nicht mehr. Jedes Mal, wenn ich das sage, verstummt etwas in meinem Inneren, und es fühlt sich an, als würde mir jemand die Hand über den Mund legen und den Schrei unterdrücken.

Mein Lächeln ist plötzlich harte Arbeit, und mein Körper fühlt sich taub an, während wir über den Schulhof gehen. Ben sieht zu mir und wirkt dabei so traurig, wie ich mich damals gefühlt habe. Wie ich mich meistens noch immer fühle. So soll er mich aber nicht ansehen. Er soll mich so sehen wie früher. Worte schießen durch meinen Kopf. *Seine Worte.*

Weil es ohne dich kein »uns« gibt, weil du alles ewig machst und mich jeden Tag aufs Neue verzauberst.

Ich blicke zu Jasper und werde von seinem Blick aufgefangen. Es tut gut, darin keine Trauer oder Enttäuschung oder tragisches Mitgefühl zu sehen. Nein, Jasper lächelt mich an … bis daraus ein schelmisches Grinsen wird. Sein Blick, der immer voll kleiner wilder Funken ist, zündet schon wieder. Was kommt als Nächstes? Er lässt mich keinen Moment aus den Augen, als er in seinen Rucksack greift und einen großen schwarzen Edding hervorzaubert.

»Wir können jedenfalls nicht von hier verschwinden, ohne eine kleine Erinnerung zu hinterlassen.«

»Willst du schon wieder Wände beschmieren, Jasper?«

In Bens Stimme schwingt endlich wieder ein Lächeln mit.

»Dafür hast du damals schon nachsitzen müssen.«

»Niemals! Ich dachte eher an diese Tischtennisplatte hier. Setzt euch, setzt euch, das kann ein bisschen dauern.«

Ben und ich setzen uns auf die eine Hälfte der Tischtennisplatte, während Jasper sich über die andere beugt und beginnt, etwas zu zeichnen, das ich nicht auf Anhieb erkennen kann, das aber mit jedem Strich deutlicher wird, bis ich lächeln muss. Er zeichnet eine umgefallene Acht, an der ein kleiner Ballettschuh hängt. Dann setzt er sich neben sein neuestes Kunstwerk und sieht zu mir.

»Für mich wirst du immer tanzen, Ella. Mit jedem deiner Schritte.«

Doch kein freches Lächeln begleitet diesen Satz, kein Funken Spaß.

»Danke, Jasper. Das ist …«

Meine Stimme versagt, weil ich nicht weiß, wie ich mit den Gefühlen, die plötzlich durch mein Inneres toben, umgehen soll.

Doch Jasper zwinkert mir nur zu, greift in seine Hosentasche und zieht eine Zigarettenschachtel heraus. Und ich bin zu überrascht, um sie ihm einfach aus der Hand zu schleudern.

»Du hattest doch aufgehört!«

Nickend zieht er eine Kippe heraus und steckt sie sich zwischen die Lippen.

»Und dann wieder angefangen.«

Dabei hat er es mir damals versprochen. Ben beobachtet ebenfalls, wie er sich die Zigarette anzündet und einen tiefen Zug nimmt.

»Warum?«

»Alte Gewohnheit.«

Das ist die dümmste Erklärung überhaupt. Ich werfe Ben einen kurzen Blick zu, als ob er Jaspers Rauchen verhindern oder ändern könnte. Alte Gewohnheit. Verdammt!

»Schlechte Gewohnheit!«

Jasper hebt beide Hände zum Himmel, als wolle er die Götter beschwören, ihm zu vergeben.

»Ich weiß, Rauchen kann tödlich sein! Ich bin verloren!«

Dann lächelt er mich mit der Zigarette im Mundwinkel an, und ich will wirklich nicht der Spielverderber sein – aber ich möchte auch nicht aufgeben, ihn davon zu überzeugen, wie bescheuert das alles ist.

»Wenn du es weißt, wieso zündest du dir dann eine Kippe an?«

»Wieso nicht?«

Ben hat schon aufgegeben und sieht sich auf dem verlassenen Schulhof um. Ich lehne mich mit einem säuerlichen Gesichtsausdruck an Bens Schulter, während Jasper im Schneidersitz auf der anderen Seite des Netzes sitzt und seine Zigarette weiterraucht.

»Weil es tödlich ist.«

»Tödlich. Weißt du, Ella? Es kann auch tödlich sein, in einen Bus zu steigen. Oder in einen Zug. Oh, oh! Ein Flugzeug! Es kracht runter, und alles ist vorbei. Und weißt du was? Ich steige trotzdem gerne in Flugzeuge.«

»Dein Vergleich hinkt gewaltig, mein Lieber.«

Ben sieht ihn strafend an, so wie er früher seine jüngeren Geschwister angesehen hat, wenn die ihm erzählen wollten, dass ihre Zimmer doch eh nur wieder schmutzig würden, selbst wenn sie jetzt aufräumen.

»Okay, gebt mir *einen* guten Grund, und ich höre sofort mit dem Rauchen auf.«

Jasper hält die Zigarette über den Rand der Tischtennisplatte und sieht mich abwartend an, bereit, sie jede Sekunde fallen zu lassen.

»Du ... lebst länger, wenn du nicht rauchst.«

Das ist zumindest der Grund, der allgemein als Grund Nummer eins genannt wird. Aber Jasper grinst nur, führt die

Zigarette langsam zurück an seine Lippen und nimmt einen tiefen Zug.

Ben schnauft verächtlich aus und greift nach seiner braunen Ledertasche.

»Du wirst nicht mehr erwachsen, oder?«

»Hey, ich binde mir alleine die Schuhe zu. Wie viel erwachsener muss ich denn bitte noch werden?«

Damit bläst Jasper den Rauch wieder in die Luft und grinst weiter.

Früher hat sich Jasper auch schon um nichts Sorgen gemacht. Jeden Tag hat er als neue Chance für weitere Abenteuer gesehen. Auch wenn mal was schiefgelaufen ist, hat er den nächsten Tag mit einer positiven Einstellung begonnen. Ein neuer Tag, ein neues Glück. Inzwischen sollte er allerdings etwas weiter als nur bis morgen denken, finde ich.

Ben öffnet die Tasche und wühlt sich durch einen Stapel an Papier, der sich im Inneren befindet.

»Hast du einen Kopierladen überfallen?«

Jasper schnippt endlich die Zigarette weg und beugt sich neugierig vor.

»Ha-ha. Nein. Das ist das Drehbuch für einen neuen Blockbuster. Ich muss das morgen persönlich nach Berlin bringen. Topsecret und so.«

»Ben. Du bist so verdammt wichtig geworden.«

Doch mein mit einem breiten Grinsen vorgebrachtes Kompliment schmettert Ben mit einem amüsierten Augenrollen so gekonnt zurück wie Venus Williams einen Ball von Lindsay Davenport im längsten Wimbledon-Finale aller Zeiten.

»Aber das suche ich gerade gar nicht ... Ich will ... Tadah! Und jetzt rückt mal zusammen.«

In seiner Hand erkenne ich eine Polaroidkamera, und sie

sieht der Kamera, die vorhin noch auf dem Tisch im »Mos Eisley« gelegen hat, verdächtig ähnlich.

Ich muss lachen und schüttle ungläubig den Kopf.

»Hast du die mitgehen lassen?«

»Geliehen.«

Wenn Ben so grinst, wirkt er fast wieder so jugendlich wie damals, als ich ihn das erste Mal gesehen habe.

»Und eines steht fest: Ich werde sie zurückgeben beziehungsweise zurückschicken. Nur eben ohne Film. Den knipsen wir heute voll.«

Ben, der ewige Freund von 8-mm-Kameras und Polaroids, der alles dokumentieren muss. Selbst jetzt, da jeder seine Selfies und Kurzvideos mit dem Smartphone macht, lässt er eine Sofortbildkamera mitgehen, um buchstäblich *einzigartige* Aufnahmen zu machen. Den Tick hatte er schon früher. Ich frage mich, was wohl aus der ganzen Sammlung geworden ist.

Dann rückt er neben mich und lehnt sich an meine Schulter. Jasper klettert über das Stahlnetz, das die Tischtennisplatte in zwei Hälften teilt, zu uns und tut es ihm gleich.

»Bitte recht dämlich!«

Ben betätigt mit einiger Mühe den Auslöser, und der helle Blitz schießt uns ins Gesicht. Einen kurzen Moment später spuckt die Kamera ein Polaroid aus, das wir mit angehaltenem Atem anstarren und beobachten, wie sich langsam die Umrisse unserer Gesichter darauf abzeichnen. Jasper schielt, Ben streckt die Zunge raus, und ich übertreibe den Kussmund exorbitant. So viel also zum Thema »Erwachsenwerden«.

Spotlight

*Wenn du mich lässt,
werde ich ewig
für dich da sein.*

Obwohl ich jederzeit in einen Zug steigen und hierherkommen kann, weiß ich, dass es wahrscheinlich das letzte Mal sein wird, als wir von der Tischtennisplatte klettern und ich zu dem Gebäude blicke, das mir heute zugleich so vertraut und doch so fremd ist. Unzählige Stunden haben wir hier verbracht und geglaubt, dass uns nach der Schule die ganze Welt gehören würde – und zwar uns alleine. Wir waren voll Mut, hatten verrückte Pläne und diesen Durst nach dem Erwachsenwerden, den ich schon lange nicht mehr verspüre. Jetzt wünsche ich mich fast zurück in die Zeit, als ich wegen der blöden naturwissenschaftlichen Fächer fast sitzen geblieben wäre und nicht selten die letzte Stunde geschwänzt habe, um mit Ben und Jasper im Schlosspark in der Sonne zu liegen, bevor es zum Ballettunterricht ging.

Es ist noch angenehm warm hier draußen und ruhig. Ben packt die Polaroidkamera zurück in seine Ledertasche, zückt sein Telefon und verzieht leicht das Gesicht.

»Ich muss mal kurz telefonieren. Verpasster Anruf. Ist wichtig.«

Dann entfernt er sich einige Meter und beginnt ein leises Gespräch, während Jasper neben mich tritt. Sein Blick folgt meinem nach oben zu den dunklen Fenstern.

»Physik beim Beckmaier habe ich echt gehasst.«

»O ja. Das waren beinahe körperliche Schmerzen.«

Ich höre Jasper neben mir leicht auflachen, dann schweigen wir kurz.

»Vermisst du es?«

Ich spüre seinen Blick auf mir.

»Kein Stück. Ich bin froh, dass ich es in der Elften abgewählt habe. Physik wäre mein Untergang gewesen.«

»Das meine ich nicht.«

»Ich weiß.«

Noch immer kann ich ihn nicht ansehen, weil das, was ich eigentlich sagen will, und das, was meine Augen verraten würden, nicht zusammenpassen.

Statt auf Jaspers Frage wahrheitsgemäß zu antworten, nicke ich lieber schnell zu Ben, der noch immer telefoniert. Es muss sich um einen wichtigen Menschen aus der Filmbranche handeln, wie ich seiner Haltung und dem ernsten Gesichtsausdruck entnehmen kann. Wahrscheinlich geht es um das Drehbuch in seiner Tasche, auf die er gerade schützend seine Hand legt.

»Meinst du, er ist glücklich?«

Jasper folgt meinem Blick und mustert ihn eine kleine Weile stumm. Ben nickt immer wieder, die Stirn in Falten gelegt. Jetzt hat er plötzlich so gar nichts mehr von dem Freund, den wir kennen. Dabei kann ich nicht sagen, was genau sich verändert hat. Aber der Mann mit dem Telefon am Ohr und der angespannten Körperhaltung könnte auch ein Fremder sein.

»Nicht so, wie er es verdient hat.«

Ben Handermann, der immer so große Pläne hatte, scheint seinen Weg zu gehen, egal, wohin er ihn führt und welche Stolpersteine das Leben ihm in den Weg legt. Aber ist er dabei glücklich? Das Lächeln, das ich so an ihm liebe, kommt heute

Abend jedenfalls viel zu selten durch. Er hat sehr an Leichtigkeit verloren.

»Er ist so richtig erwachsen geworden, oder?«

Jasper nickt.

»Ekelhaft.«

»Ja, erschreckend.«

Ich sehe zu Jasper und bin überrascht, kein Lächeln in seinem Gesicht zu entdecken.

»Fehlt er dir?«

Jasper nickt langsam.

»Viele Dinge sind einfacher, wenn man weiß, dass Ben sie wieder hinbiegen wird.«

Wir beobachten ihn, wie er telefoniert und bestimmt gerade wieder für irgendwen irgendwas hinbiegt. Ben war immer für uns da. Wenn Dinge wirklich schiefgelaufen sind, haben wir ihn angerufen, weil er stets einen Ausweg wusste. Oder sich einen hat einfallen lassen. Vor allem für Jasper. Da der ein Einzelkind ist, überrascht es mich nicht, dass er Ben sofort als seinen großen Bruder adoptiert hat.

Ich zögere kurz, muss die Frage aber doch endlich stellen.

»Warum hattet ihr eigentlich keinen Kontakt mehr?«

»Wir hatten Kontakt.«

Der Stich, den seine Antwort meinem Herz versetzt, trifft überraschend tief und schmerzhaft. Nur ich war also ausgeschlossen.

»Ach ja?«

»Ja, seit einem halben Jahr, seit der Sache mit dem Klassentreffen. Danach ist es allerdings wieder ein bisschen eingeschlafen und hat sich darauf beschränkt, dem anderen mitzuteilen, wenn einem etwas auf der Facebookseite des anderen gefallen hat. Ben mag viele tolle Sachen.«

Okay, sie hatten also doch keinen Kontakt.

»Ihr habt euch die ganzen Jahre über nicht getroffen? Oder mal telefoniert? Oder ...«

»Nein.«

Plötzlich meine ich, die Trauer, die Jasper überfällt, beinahe körperlich spüren zu können.

»Und du? Bist du glücklich, Jasper?«

Kurz zucken seine Mundwinkel und lassen ein Lächeln aufblitzen, das aber sofort wieder verschwindet.

»Meistens.«

Vielleicht ist meine Frage zu groß für eine echte Antwort.

»Und wann bist du nicht glücklich?«

Er atmet tief durch und sieht mich überraschend ernst an.

»Wenn ich weiß, dass es dir nicht gut geht.«

»Es geht mir gut.«

Eine Standardantwort, auf die ich keinen Einfluss habe. Scheinbar habe ich mir diese Schnellantwort als vorprogrammierten Schutzmauer-Mechanismus angewöhnt, um fremde Menschen von meiner echten Gefühlslage fernzuhalten. Nur bei Jasper funktioniert das natürlich nicht im Geringsten. Früher haben wir immer gesagt, dass wir unsere gegenseitigen Lügendetektoren sind. Wann immer Jasper geflunkert hat, habe ich es gesehen, und er durchschaut mich auch jetzt einfach so mit einem Seitenblick. Daran hat sich also nichts geändert.

»Wenn du glaubst, dass du uns weismachen kannst, dass bei dir alles okay ist und du alles im Griff hast, dann muss ich dich leider enttäuschen. Du bist wie ein Kreuzworträtsel für Anfänger mit Lösungsbuch.«

Mit einem echten Lächeln legt er seinen Arm um mich, zieht mich zu sich, und ich lehne meinen Kopf an seine Schulter, schließe kurz die Augen. Darauf habe ich gar keinen bewussten Einfluss. Es ist wie bei den Kleinkindern mit dem

Greifreflex. Es fühlt sich einfach richtig an. Ich hatte ganz vergessen, wie das ist – wie gut sich mein altes Leben angefühlt hat und wie gut es sich jetzt anfühlt, Jasper neben mir zu spüren.

»Mir fehlt die Ella von früher. Jeden Tag.«

»Mir auch.«

Meine Stimme klingt dünn. Ich wollte das nicht laut aussprechen, weil es bisher nur ein Gedanke in meinem Kopf war, nicht mehr und nicht weniger. Jetzt ist es plötzlich die Wahrheit.

Jasper drückt mich kurz und fest an sich und legt seine Lippen an meine Stirn.

»Meinst du, sie könnte heute Nacht zum Spielen rauskommen? Für mich?«

»Aber sie muss vor Sonnenaufgang wieder zu Hause sein.«

Ich spüre sein Nicken und drehe mich jetzt in seine Umarmung. Ich habe ihn so vermisst. Meine Arme legen sich um seinen Oberkörper, und ich halte ihn so fest, wie ich nur kann. Es sind die Menschen, mit denen man sich umgibt, die das Leben mit Farbe und Musik füllen. Wie grau und still mein Leben in letzter Zeit war, das merke ich erst in dieser Umarmung wieder so richtig.

»Leute, wollen wir weiterziehen?«

Ben hat sein Telefonat beendet und steckt das Handy wieder in die Hosentasche. Er wirkt noch immer angespannt und wirft einen flüchtigen Blick auf die Uhr.

»Wieso? Hast du es eilig?«

Jasper löst sich nicht aus unserer Umarmung, was Ben mit einem kurzen Stirnrunzeln wahrnimmt.

»Ich befürchte, wir werden die Nacht doch etwas beschleunigen müssen.«

Jasper atmet genervt aus.

»Man kann eine epische Nacht nicht beschleunigen, du Genie! Sie dauert so lange, wie sie eben dauert.«

»Okay, fein. Dann müssen wir sie eben abkürzen?«

»Nein! Sie dauert so lange ...«

»... wie sie eben dauert. Schon klar. Du kannst ja auch ausschlafen. Ich habe morgen aber noch eine Vorbesprechung für den Termin in der Zentrale in Berlin und einen neuen Flug um zwanzig nach sechs, und wenn ich den verpasse ...«

Ben bricht ab, als ihn mein Blick trifft. Klar, er könnte jetzt gehen, und ich würde ihn wieder jahrelang nicht sehen, keinen Kontakt haben. Das wäre machbar. Das haben wir ja schließlich schon mal überstanden. Aber ich tue jetzt nicht so, als wäre das okay.

Jasper geht es da offenbar ähnlich.

»Was passiert dann? Verlierst du deinen Job? Landest du auf der Straße? Nehmen sie dir dein schickes Handy weg?«

»Sei jetzt kein Arsch, Jasper. Okay?«

Plötzlich wirkt Ben unendlich müde. Nicht von seiner Anreise oder von der Uhrzeit. Auch nicht so, wie man nach einer durchfeierten Nacht mit genialer Musik, tollen Cocktails und den besten Freunden am nächsten Morgen platt ist. Nein, es ist die Art von Müdigkeit, die einen Menschen alt werden lässt. Es ist eine Energielosigkeit, die mindestens einen Monat Urlaub braucht, um zu verschwinden.

Jetzt löst sich Jasper aus unserer Umarmung und macht einen Schritt auf Ben zu, der wie erschlagen an der Tischtennisplatte lehnt.

»Ich bin kein Arsch, ich finde nur, es sollte für dich machbar sein, diese eine Nacht mit deinen besten Freunden zu verbringen.«

»Glaub mir, das wünsche ich mir auch.«

»Dann mach es doch einfach!«

»Klar. Mach ich. Einfach. Das muss irre toll sein, wenn sich die eigenen Bilder richtig gut verkaufen und man sich um gar nichts Sorgen machen muss, oder?«

Ben meint das nicht böse. Er ist nicht der Typ, der eifersüchtig auf den Erfolg anderer ist. Das hat ihn immer nur angespornt, noch härter an sich zu arbeiten, noch weiter voranzukommen und nicht aufzugeben. Jetzt klingt es eher so, als würde Ben sein Leben sofort für das von Jasper eintauschen.

Jasper legt seine Hände auf Bens Schultern, die gar nicht mehr so kräftig wirken wie gerade eben noch.

»Diese Nacht. Okay? Du bist mein bester Freund, Ben. Du fehlst mir. Da, ich habe es gesagt.«

Schnell fährt Ben sich über das Gesicht, als könne er sich einen Schatten vor den Augen wegwischen und ein Lächeln wie früher hervorzuzaubern. Er versucht sich an einem Grinsen, aber ganz gelingt ihm auch das nicht.

»Jasper …«

»Okay. Eine Location noch. Eine. Oder zwei. Um zwanzig nach sechs sitzt du ausgeruht im Flugzeug nach Berlin.«

Ben sieht zu mir, und ich kann sehen, wie sehr er mit sich ringt.

»Was meinst du, Ella? Nehmen wir das Angebot an?«

Ich nehme eine übertriebene Denkerpose ein, was endlich zu einem echten Lächeln seinerseits führt. Ein Anfang.

»Tja. Wärst du nur irgendein Bekannter, würde ich dich nach Hause schicken und dir eine gute Nacht wünschen.«

»Aber?«

Er beobachtet mich dabei, wie ich langsam auf ihn zugehe, vor ihm stehen bleibe und mit der Krawatte spiele, die noch immer um seinen Hals baumelt.

»Wir sind Freunde. So einfach kommst du uns nicht davon.«

Je länger er mich ansieht, desto klarer wird mir, dass ich ihn nie mehr verlieren will. Keinen von beiden. Die Zeit, die wir gerade miteinander verbringen, fühlt sich viel besser an als die beste Party der letzten Jahre. Keine Gehaltserhöhung, kein Geburtstagsgeschenk und kein Luxusurlaub schenkt mir dieses Gefühl, das ich gerade hier erleben darf.

»Außerdem … schuldest du ihr noch einen Tanz, mein Lieber.«

Jasper verschränkt die Arme vor der Brust.

»Einen Tanz?«

»Ja, das war der ursprüngliche Plan: ein Lied auf dem Abiball und dann los.«

Er greift nach seinem Rucksack und wirft ihn über die Schulter. Offensichtlich eine Geste, mit der Jasper deutlich machen will, dass wir jetzt aufbrechen sollen.

»Am Ende waren wir nicht dort, haben alles verpasst, euren großen Moment inklusive.«

Jaspers Augen funkeln, allerdings nicht wie sonst, nicht amüsiert, sondern ernst. Erinnerungen spiegeln sich in seinem Blick.

Während wir zurück zum Ausgang gehen, spricht Jasper weiter.

»Ihr zwei wart mal ein Traumpaar, und ich habe jeden Kuss, jede Flirterei und alle ätzenden Details ertragen. Ich will jetzt endlich das Happy End!«

Ein kurzes Lächeln huscht über Bens Gesicht, bevor es sofort wieder verschwindet.

»Aber sie tanzt nicht mehr.«

Jasper nickt zum Eisentor vor uns.

»Und du kletterst nicht mehr. Schon klar.«

Fast Tanzen

Wie deine Augen funkeln,
wenn du tanzt.
Wie wunderschön du bist,
wenn ich dich aus der Ferne beobachte.
Wie einzigartig,
wenn du alle anderen überstrahlst.

Als wir am Parkplatz vor der Schule ankommen, bleibt Jasper stehen.

»Los!«

»Hier?«

Ben und ich stehen uns unsicher gegenüber, weil diese Situation mehr als absurd ist – und enorm beängstigend, was weniger mit der Tatsache zu tun hat, dass wir hier auf einem unbeleuchteten Parkplatz irgendwo im Nirgendwo stehen, als vielmehr damit, was wir hier gleich machen sollen.

»Entschuldigt, aber soll ich euch jetzt auch noch einen Tanzsaal herzaubern?«

Jasper schnappt sich Bens Tasche, ignoriert seinen Protest und marschiert an uns vorbei, während ich spüre, wie Panik in mir aufsteigt.

»Bleibt genau hier stehen!«

Damit läuft er zum Ford Taunus und steigt ein.

»Wenn der jetzt mit meiner Tasche abhaut ...«

»Keine Sorge, ich habe Geld für ein Taxi dabei.«

Ich beobachte, wie Jasper im Handschuhfach irgendwas sucht, und frage mich, wieso er das alles tut. Er weiß ebenso wie ich, dass Ben und ich kein Paar mehr sind. Trotzdem will er uns ein Happy End schenken. Er weiß genau, dass ich nicht tanze, trotzdem ...

»Ella?«

Ben steht auf einmal dichter vor mir, als ich dachte. Falls wir keine Musik finden, könnten wir auf den hektischen Rhythmus meines Herzens einen Cha-Cha-Cha tanzen.

»Hm?«

Atme ich zu schnell? Aber ein Blick auf Bens Lächeln katapultiert mich zurück zum Abiball, auf dem wir nie waren, der immer nur in meinem Kopf stattgefunden hat. Ben hat in meiner Phantasie dabei immer einen schwarzen Anzug mit schmal geschnittener Krawatte getragen, fast so eine wie heute. So schön diese Vorstellung auch war, es ist unmöglich, dass Ben jemals herzzerreißender ausgesehen hat als jetzt genau in diesem Augenblick: hier auf dem Parkplatz unserer alten Schule im Stuttgarter Süden.

Und in genau diesem Moment schaltet Jasper die Scheinwerfer des Wagens an. Wir stehen im Spotlight, dann setzt die Musik ein. Leise und unaufdringlich. »The Blower's Daughter« von Damien Rice.

»Darf ich um diesen Tanz bitten?«

Fast schüchtern greift Ben nach meiner Hand. Zu viele Dinge passieren hier und jetzt. Gleichzeitig. Zu viele Emotionen von damals vermischen sich mit Gefühlen von heute und ergeben einen Cocktail, der meinen Kopf ausschaltet und meinem rasenden Herzen die absolute Kontrolle übergibt, die es aber gleich darauf wieder verliert. Denn ohne mein Zutun entscheidet mein Körper, dass dieser Ort der richtige ist. Also nicke ich und lege meine Hand auf Bens Schulter, spüre, wie er seinen Arm um meine Hüfte legt und mich das letzte Stück näher an sich zieht.

Die Musik hüllt uns ein, wir fühlen uns wie in einem Kokon, aus dem wir ohne Zweifel nicht mehr als die gleichen Menschen heraustreten werden. Als ich aufsehe, empfängt mich Bens zärtliches Lächeln. Ich liebe es, wie er mich ansieht und wie das Licht der Scheinwerfer seine grünen Augen zum Leuchten bringt.

Weil keine Frau so ist wie du – und das nicht nur dann, wenn dich alle sehen können, nicht nur dann, wenn du auf der Bühne stehst und die Menschen das Offensichtliche – nämlich dein Talent – bestaunen, sondern dann, wenn du neben mir aufwachst, bevor die ganze Welt dich haben darf und ich dich mit ihr teilen muss.

Noch immer stehen wir da, Arm in Arm, und Ben wartet, bis ich bereit bin, den ersten Schritt zu wagen. Den ersten zurück zu mir.

Doch mit jedem Einsatz, den wir verpassen, spüre ich, wie sich etwas verändert, wie meine Angst zurückkommt. Erst nur ganz kurz, dann noch einmal, dann noch einmal. Jetzt spüre ich, wie eiskalte Panik meinen Rücken raufkriecht. Ich möchte den ersten Schritt tun, doch etwas hält mich zurück. Klammert sich an mir fest, hält beide Füße am Boden. Ich bekomme plötzlich nur noch schlecht Luft und muss mich an Ben festhalten.

»Alles okay bei dir?«

Nein, nichts ist okay. Mein Körper wird zu Eis, während ich innerlich verbrenne. Das Blut dröhnt in meinen Ohren.

»Ella?«

»Ich kann nicht.«

Meine Hände sind eiskalt, mein Mund trocken, und ich wage es nicht, Ben ins Gesicht zu sehen. Trotzdem darf er mich jetzt nicht loslassen, denn sonst gehe ich zu Boden. Vielleicht für immer. Aber er hält mich.

Als die letzten Akkorde des Songs von der Nacht verschluckt werden, lässt Ben mich noch immer nicht los. Stattdessen hält er mich noch einen Moment länger fest. Seine Lippen finden mein Ohr.

»Alles wird gut, Ella.«

Ich schließe die Augen. Wie soll das gehen? Ich werde nie wieder tanzen. Wie soll ich jemals wieder tanzen? Wenn es nicht einmal mit Ben geht?

Dann mache ich einen ersten Schritt – weg von ihm. Ich lasse ihn los und kann ihm noch immer nicht in die Augen sehen. Stattdessen stolpere ich aus dem Scheinwerferlicht und auf den Ford Taunus zu. Ich sehe, wie Jasper in seinem geliebten Ford Taunus sitzt und mich ansieht.

Die Straßenlichter ziehen an uns vorbei, als Jasper den Wagen wieder in Richtung Stadtmitte lenkt. Der Song aus den Boxen liefert den ruhigen Soundtrack für diese Fahrt, die wir schweigend verbringen. Mein Kopf ist voller Worte, die nicht für die Außenwelt bestimmt sind. Ben hat den Kopf an die Scheibe gelehnt. Jasper starrt auf die Straße. Ich sitze auf der Rückbank und kann die Tränen nur mit größter Mühe zurückhalten. So hatte Jasper sich das sicherlich nicht vorgestellt.

Als wir an einer vereinsamten Kreuzung zum Stehen kommen, gibt auch noch der Motor des Taunus' seinen Geist auf. Die Musik stoppt, und eine merkwürdige Stille erfüllt das Wageninnere. Niemand sagt etwas.

Der Taunus hat sich tatsächlich die einzige komplett verlassene Kreuzung in ganz Stuttgart für diesen Zusammenbruch ausgesucht.

»Er macht das also noch immer?«

Ben sieht überrascht zu Jasper, der nur die Schulter zuckt und dann das Armaturenbrett tätschelt, als würde er ein Pferd beruhigen wollen.

»Manche Dinge ändern sich eben nicht.«

Ben löst den Sicherheitsgurt und öffnet die Beifahrertür.

»Ich krieg das schon wieder hin.«

Jasper schnallt sich ebenfalls ab.

»Ich weiß nicht, ob ich dir diese komplizierte und verantwortungsvolle Aufgabe wirklich übertragen kann.«

Sie sehen sich kurz an, bis Ben ein kleines Grinsen entwischt.

»Zwing mich bitte nicht, den ADAC zu rufen.«

Auf Jaspers Gesicht erscheint ebenfalls ein kleines Lächeln. Er seufzt und schnallt sich wieder an.

»Weißt du denn überhaupt noch, was du machen musst?«

Auch Ben wirkt plötzlich wieder gelöster, und ich bin gespannt, wohin die Unterhaltung führen wird.

»Klar. Ist ja jetzt auch nicht so, als müsste ich den Hyperraumantrieb des Millennium-Falken reparieren.«

Jasper hebt grinsend die Hände und nickt.

»Okay, okay! Dann mal raus mit dir, Chewie.«

Ben hält inne.

»Wieso bin ich Chewbacca?«

Jasper sieht Ben an, als hätte er ihn gerade gefragt, ob Anakin Skywalker wirklich Darth Vader ist.

»Weil ich Han Solo bin. Ich fahre, du reparierst. Also Chewie, wird das heute noch was oder muss die Prinzessin aussteigen und schieben?«

Ben schüttelt den Kopf. Dann wirft er mir, als er aussteigt, einen amüsierten Blick zu, und ich beobachte, wie er uns ein Lächeln durch die Windschutzscheibe schenkt, bevor er die Motorhaube hochhebt und dahinter verschwindet.

Ich lehne mein Kinn auf den Fahrersitz, und Jasper dreht sich zu mir um.

»Falls du dich beschweren willst, behalte bitte im Hinterkopf, dass dieses Auto schon einige Jahre mit uns auf dem Buckel hat.«

»Wann genau bin ich zu Prinzessin Leia geworden?«

Er zuckt die Schultern und mustert mein Gesicht.

»Als ich Han Solo wurde. Aber, hey, du hättest auch die Rolle von R2-D2 auf der Rückbank erwischen können. Willst du dich etwa beklagen?«

Ich spüre, wie eine schwere Last von meinem Herzen gleitet und ein Lächeln wieder möglich macht.

»Nein, ich will mich bedanken.«

»Für die Erhebung in den Adelsstand?«

Wie immer, wenn man Jasper ein ehrliches Kompliment machen will, zieht er die Szene ins Lächerliche und wird vom Jasper zum Kasper, was ich diesmal nicht zulassen werde.

»Du weißt, wofür.«

Ich nicke nach draußen, wo Ben noch immer mit dem Motor kämpft. Kurz scheint Jasper mit sich zu ringen: Soll er ernst bleiben oder albern werden? Schließlich lächelt er mich schief an.

»Das habe ich gerne gemacht.«

»Ich weiß.«

Ich betrachte jetzt sein Profil, weil er nicht mehr in der Lage ist, mir ins Gesicht zu sehen.

»Und früher hat es auch wirklich geholfen, wenn es mir schlecht ging und ich einfach mit jemandem tanzen konnte.«

Jetzt wirft er mir doch einen kurzen Blick zu, und ich weiß zu genau, woran er denken muss: an die Nacht vor der letzten Abiprüfung und an meinen panischen Anruf bei ihm, weil ich an plötzlicher Biologie-Amnesie gelitten habe und den kompletten Stoff zum Themenbereich »Genetik« vergessen hatte. Er ist mitten in der Nacht zu mir rübergeschlichen, hat mich in den Arm genommen, und wir haben einfach dagestanden, uns so lange nur minimal nach links und rechts gewiegt, bis ich wieder richtig atmen, klar denken und die Mitose von der Meiose unterscheiden konnte. Zumindest konnte ich das, bis wir uns fast … Mein Blick kippt kurz auf seine Lippen.

»Er hat echt hart gearbeitet, um sich die Schritte für den großen Auftritt mit dir zu merken.«

Spricht er jetzt über Ben und den Tanz auf dem Abiball, der nie stattgefunden hat? Ist er gar nicht in der gleichen Erinnerung wie ich versunken?

»Jasper?«

»Hm?«

»Unser Tanz damals … vor Bio.«

»Ebenfalls gern geschehen! Und ewig her, Ella.«

Noch immer sieht er nicht zu mir. Er wirkt plötzlich unglaublich konzentriert, so gar nicht wie der durchgeknallte Jasper von früher, der mit einem frechen Spruch den Ernst jeder Lage entschärft hat. Hat der ernste Jasper inzwischen doch mehr zu sagen als der immer lustige Kasper? Oder ist das ein neuer Jasper, den ich noch gar nicht kenne? Wer sitzt da gerade vor mir?

»Kannst du das auch sagen, während du mir in die Augen siehst?«

Kurz zögert er, womit ich gerechnet habe, dreht sich dann aber doch wieder ganz zu mir um und wirkt plötzlich wie ein trotziger Junge, dem man vorgeworfen hat, er würde sich nicht trauen, vom Dreimeterbrett zu springen. Seine dunklen Augen sehen mich herausfordernd an. Sein Lächeln wirkt gewollt. Seine natürliche Leichtigkeit ist wie weggeblasen.

»Ich wollte dich damals einfach nur von deiner Bio-Panik ablenken – und dich sicher durchs Abitur bringen, damit wir drei unsere epische Nacht feiern können, was wir heute endlich nachholen. Das ist alles.«

Ich glaube ihm kein Wort, und er weiß es.

»Okay?«

Ich halte seinen Blick und nicke. Also werden wir auch heute nicht darüber reden.

»Okay.«

Erst jetzt wird sein Lächeln wieder weicher, und er sieht erleichtert aus, so wie ein Schauspieler, wenn die Vorstellung vorbei ist und er aus der Rolle fallen darf. Es stimmt mich traurig, dass Jasper glaubt, er müsse sich ausgerechnet bei mir verstellen.

»Ich finde nur, du solltest wissen, dass ich den Tanz nie vergessen werde.«

Warum mich meine Stimme unterwegs fast im Stich lässt, will ich gar nicht so genau wissen. Gerade als ich mich wieder zurücklehnen will, legt Jasper seine Hand auf meine Wange und streicht sanft mit dem Daumen über meine Haut. Ein leises Gefühl von damals will sich in mir ausbreiten, aber ich verrammele sofort die Tür zu diesem Ort in meinem Inneren. Darin habe ich Übung. So etwas weiß ich zu verhindern, bevor auch nur eine winzige Emotion den Weg nach draußen findet. Es wäre allerdings viel leichter, wenn Jasper mich dabei nicht so ansehen würde, als ob er den Weg zu diesem Ort in meinem Inneren finden würde, ganz ohne Landkarte oder Navigationssystem – weil er mich zu gut kennt.

Die Motorhaube wird zugeschlagen und Jaspers Berührung verschwindet, als wäre sie nie da gewesen, als hätte ich mir das alles nur eingebildet. Ben streckt triumphierend den Daumen in die Luft und grinst.

»Und wohin geht es als Nächstes?«

Ben lässt sich beschwingt in den Beifahrersitz fallen und sieht Jasper neugierig an.

»Als Nächstes? Als Nächstes wird es heiß und voll und laut.«

Ben wirft mir einen amüsierten Blick zu.

»Ich bin dabei.«

Ich werfe einen Blick zwischen den beiden Jungs hin und her. So unterschiedlich sie sind, so haben doch beide eines gemeinsam: mein Herz.

Perfekter Schnappschuss

> Dann, wenn es nur uns beide gibt.
> Dann bist du perfekt.

Der »Schocken«: Schauplatz vieler durchfeierter Nächte und zahlreicher Partys, als wir endlich alt genug waren, um Alkohol zu bestellen. Perfekt in der Innenstadt gelegen, nicht besonders weit vom Stuttgarter Westen entfernt, mit Döner-Imbissen für den nächtlichen Hunger und Kneipen für einen letzten Absacker in der Nähe. Hier haben wir uns fast jedes Wochenende auf den stets vollen Tanzflächen der beiden Etagen des Clubs ausgetobt oder in den kurzen Verschnaufpausen auf der Empore dazwischen die tanzende Meute beobachtet, während überall eine wilde Musikmischung aus den Boxen dröhnte.

Jetzt treten wir in dieser Nacht einmal mehr eine Reise in die Vergangenheit an. Doch als ich von Ben und Jasper flankiert im Inneren ankomme, fühle ich mich nicht nur mit einem Mal ziemlich antiquiert, sondern auch irgendwie vollkommen fehl am Platz. Bevor mein leichtes Zögern aber zu einer echten Weigerung werden kann, nimmt Jasper meine Hand und zieht mich hinter sich her, während ich schnell nach Ben greife.

Kaum sind wir durch die Tür zu den Treppen nach unten, erwartet uns dort auch schon eine für diese Uhrzeit schon recht gut gefüllte Tanzfläche. Die Musik pulsiert durch den Raum, zuckt durch die Körper der Menschen auf der Tanzfläche, die mit blauen Lichteffekten erhellt wird. Fast könnte man den Eindruck gewinnen, wir wären in eine absurde Unterwasserwelt eingetaucht. Die blauen Lichtkegel wandern über die Körper der Feiernden. Es riecht nach einer Mischung aus Bier, Schweiß und dem einzigartigen Gefühl, dass heute Nacht etwas Großartiges passieren könnte.

Dieses Gefühl ist überraschend ansteckend. Auf einmal spüre auch ich, wie der schwere Bass meinen ganzen Körper vibrieren lässt. Kurz gebe ich beinahe dem Impuls nach, dem Beat zu folgen und mich einfach treiben zu lassen. Wie damals. Aber da zuckt plötzlich, fast wie eine Art Phantomschmerz, ein stechender Blitz durch meinen Knöchel, als wolle er mich daran erinnern, dass ich es ja nicht wagen soll, auch nur einen Moment ernsthaft darüber nachzudenken. Augenblicklich erstarre ich zu Eis. Obwohl ich weiß, dass dieser Schmerz in die Vergangenheit gehört und nicht real ist, reicht der Gedanke daran, und ich verliere jegliches Gefühl für die Musik. Sie entzieht sich mir vollkommen und wird zur reinen Geräuschkulisse, vor der die anderen Leute wie wild vor sich hin zappeln.

Die meisten Gesichter, die sich glücklich grinsend zur Musik bewegen, sind um einiges jünger als ich. Kurz beneide ich sie, aber nur so lange, bis mir bewusst wird, dass auch sie eines Tages da stehen werden, wo ich jetzt stehe – oder vielmehr herumgeschubst werde. Am Rand.

Plötzlich schiebt sich eine junge Frau mit roten Wangen und vom Schweiß verklebten dunklen Haaren zwischen Jasper und mich und zwingt ihn somit, mich loszulassen, woraufhin mein Griff um Bens Hand noch fester wird. Sie tanzt mit den Armen über ihrem Kopf und ist ganz im Moment gefangen. Sie wirkt, als wäre es ihr egal, ob ihr jemand dabei zusieht oder nicht. Das mag nicht besonders elegant aussehen und ihre Bewegungen sind alle ein bisschen neben dem Takt, aber das Lächeln auf ihrem Gesicht spricht eine sehr deutliche Sprache. Ich kenne die junge Frau nicht, aber ich weiß, dass sie in diesem Augenblick glücklich ist. Jeder Mensch ist bei irgendwas glücklich. Sei es nun beim Tanzen oder beim Stricken. Es spielt keine Rolle. Nur in genau dem Gefühl und dem Lächeln da gleichen wir uns alle. Dieses Lächeln, das will ich irgendwann zurückhaben.

Da taucht Jasper wieder neben mir auf und sieht mich mit großen, funkelnden Augen an.

»Willst du tanzen?!«

Er muss schreien, damit ich ihn verstehe.

»Ich lasse ausnahmsweise sogar irres Gehüpfe als Tanzen durchgehen! Nur für dich!«

Dann setzt der Bass erneut ein, und Jasper springt wie verrückt auf und ab, was nicht besonders sexy aussieht, mich aber zum Lachen bringt. Er sieht so albern aus, und ich weiß ganz genau, dass er das nur für mich macht. Da spüre ich, wie Ben meine Hand loslässt. Zu gerne würde ich den beiden diesen Gefallen tun.

»Komm schon! Du kannst das auch als Gymnastik sehen! Als Vorstufe zum Tanzen!«

Jasper springt noch etwas wilder umher, macht den Hampelmann, verrenkt dabei seine Arme, schüttelt den Kopf und bringt seinen ohnehin schon unordentlichen Wuschelkopf nur noch mehr durcheinander.

»Ach, komm schon, Ella! Lass uns ein bisschen rumhüpfen!«

Dann hält er plötzlich inne, sieht mich mit leuchtenden Augen an und streckt mir seine Hände entgegen. Der Anblick bricht mir fast das Herz.

»Ich ...«

Wenn er wüsste, wie gerne ich seine Hand nehmen würde, aber ich kann nicht.

»... muss aufs Klo.«

Das muss als Erklärung reichen. Ich drehe mich schnell weg und kämpfe mich durch die Menschenmenge, ohne mich einmal umzusehen. Erst jetzt merke ich, wie mir mein Pulsschlag in den Ohren dröhnt und dass ich kaum noch Luft bekomme.

Endlich komme ich beim Zigarettenautomaten in der Nähe der Toiletten raus. Wenigstens ist hier Platz und die Luft um einiges besser. Doch noch bevor ich den inoffiziellen Schutzraum aller Nachtclubs erreiche, spüre ich, wie jemand meine Hand nimmt und mich festhält.

»Ella, warte.«

Ich drehe mich um und sehe, dass es Jasper ist. Schnell befreie ich mich aus seinem Griff und mache einen Schritt zurück.

»Jasper, ich weiß, was du vorhast, und das ist wirklich lieb von dir, aber ... ich brauche jetzt keine Ablenkung. Keine Panik. Alles ist gut. Ich muss wirklich nur schnell aufs Klo.«

Er weiß, dass ich lüge.

»Ich will dich nicht ablenken.«

Er sagt die Wahrheit, aber ... Will er nicht?

»Ich will ...«

Er macht einen Schritt auf mich zu und steht jetzt direkt vor mir. Sein Blick huscht über meine Lippen und findet schließlich meine Augen. Sanft nimmt er mein Gesicht in seine Hände und zwingt mich so, ihn anzusehen, was ich auch tue, weil mich die Art, wie er mich ansieht, magisch anzieht.

Nein, er will mich nicht ablenken, er will mich ganz offensichtlich völlig durcheinanderbringen, meine Gedanken und Gefühle in einen großen Mixer werfen und dann mit etwas Eis zu einem lebensverändernden Cocktail werden lassen. Vor Jahren hätte ich ganz kurz beinahe an ebendiesem Cocktail genippt, wenn ich gedurft hätte.

Mein Mund ist mit einem Mal so trocken. Da höre ich das Klicken in meinem Kopf, das eine Schranktür zu einer anderen Zeit öffnet und Erinnerungen weckt, die ich fest verschlossen gehalten habe. Erinnerungen an diesen einen Moment.

Ein schiefes Grinsen legt sich auf Jaspers Lippen.

»Es ist, wenn man es genau nimmt, gar nicht so schwer, weißt du?«

Ich glaube, in seinem Flüstern einen leisen Vorwurf zu hören.

»Wenn du willst, können wir mit etwas Einfachem anfangen. Stehblues zum Beispiel. Den kann jeder, und es ist auch eigentlich kein Tanz. Eher ein gemeinsames ... Rumstehen.«

Da lässt er mein Gesicht los, greift nach meinen Händen und zieht mich an sich. Bevor ich den Kopf schütteln kann, legt er meine Hände an seine Schultern, und ganz so, als hätten sie ein Eigenleben, fahren meine Finger von dort aus zaghaft weiter hinauf und verschränken sich hinter seinem Nacken.

Alles um uns herum verschwimmt, das blaue Licht hüllt uns ein, entführt uns in eine Zeitblase, ganz weit weg von hier. Jaspers dunkle Augen, auf mich gerichtet, jetzt, so wie damals. Mein Körper seinem so nah wie damals. In meinem Zimmer.

»Und? Darf ich bitten?«

Jaspers Blick ist mit einem Mal durchdringend. Plötzlich bin ich mir nicht mehr sicher, ob das pulsierende Geräusch um uns herum der Beat ist oder mein Herz, das viel zu schnell gegen meine Rippen hämmert, als würde es einen Ausweg aus meinem Körper suchen – und zwar direkt in Jaspers Arme. Ein Gedanke, der eine unerwartet heftige Hitzewelle meinen Rücken nach oben jagen lässt.

»Komm schon. Nur rumstehen und ein bisschen hin- und herwiegen.«

Zumindest glaube ich, dass er das sagt, denn hören kann ich seine Stimme bei dem Lärm, den mein Herz gerade veranstaltet, nicht so recht. Hat der Raum gerade enorm an Temperatur zugelegt und die Luft rapide an Sauerstoff verloren? Mein Kopf fühlt sich komisch an, als würde sich mit einem Mal alles drehen, nur ich nicht. Sosehr ich auch versuche, mich auf die lebenserhaltenden Körperfunktionen – wie zum Beispiel das Atmen – zu konzentrieren, ist alles, was ich spüre, Jaspers Körper an meinem, seine Hände auf meinem Rücken, ich in seinen Armen. Fast wie damals. Nein. Anders. Besser.

Da werde ich plötzlich ruhig. Die Welt um mich herum hört auf, sich zu drehen. Ich atme langsam aus, schließe die Augen und lehne meinen Kopf an seine Schulter. Ich weiß nicht, wann ich mich das letzte Mal so gefühlt habe. So sicher. Wahrscheinlich am Abend vor meinem Bio-Abitur.

Und dann, fast wie von alleine, beginnen meine Beine, sich zu bewegen. Nicht viel, nur wenige Zentimeter. Zu einem Lied, das nur in mir zu hören ist. Sofort spüre ich, dass Jasper sich meinem Tempo anpasst. Nach den ersten paar Bewegungen, die sich noch irgendwie steif und unsicher anfühlen, finden wir unseren Rhythmus, und ich vertraue meinen Füßen zum ersten Mal seit unendlich langer Zeit wieder. Mein Herz lässt seinen Schutzschild langsam sinken, und ich spüre ein vertrautes Gefühl in mir aufsteigen. Obwohl ich mir nicht sicher bin, ob man das hier wirklich als

»tanzen« bezeichnen kann, ist es doch mehr, als ich mir je zu träumen erhofft hatte.

Ich halte Jasper fest, während er mich sanft zur Musik hin- und herwiegt. Als er meine Hand nimmt, sie über meinen Kopf hebt und zur ersten Drehung ansetzt, will ich am liebsten den Atem anhalten. Passiert das gerade wirklich? Als ich mich von ihm löse, wollen meine Augen sich mit Tränen füllen, aber Jaspers Lächeln erinnert mich daran, dass es keinen Grund dafür gibt, denn ich tue das, wofür ich geboren wurde. Ich tanze. Nach der Drehung lande ich wieder sicher in seinen Armen, und unsere Lippen sind mit einem Mal so verdammt nah. Sein ganzer Körper ist mir plötzlich viel näher als erwartet, seine Brust an meiner, und ich glaube fast, sein rasendes Herz spüren zu können.

In Zeitlupe huscht ein blauer Lichtkegel über sein Gesicht, spiegelt sich in seinen Augen, und ich sehe, wie wir mit großer Geschwindigkeit auf diese uns bekannte Situation zusteuern. Ich kann sehen, dass Jasper ähnliche Gedanken hat, sein Blick legt seine Gefühle viel zu offen. Er wird mich küssen. Jetzt. Weil er es damals verpasst hat. Weil er es bis heute bereut.

Doch dann bricht etwas in seinem Blick. Jaspers Lächeln wird melancholisch, und ich weiß, der Moment ist vorbei. Das Leben reißt mich mit einer brutalen Wucht zurück in die Realität, und er lässt mich langsam wieder los. Der Abstand, der dadurch zwischen unseren Körpern entsteht, fühlt sich mit einem Schlag wie eine frostige Eisdecke an. Genau an den Stellen, wo ich eben noch seinen Herzschlag gespürt habe. Und das schmerzt.

Genau deswegen wollte ich einer Wiederholung der Situation von damals aus dem Weg gehen. Jasper wird mich nicht küssen. Niemals.

»Hey, da seid ihr ja. Was wollt ihr denn ...«

Ben! Sofort lasse ich Jasper los und drehe mich zu ihm um, als hätte er uns bei irgendwas ertappt. Als würde das eine Rolle spielen. Als wären wir nicht erwachsen. Als wären wir noch ein Paar.

»... trinken?«

Ben, den Geldbeutel in der Hand und die braune Ledertasche über der Schulter, steht zwischen all den feiernden Menschen und wirkt etwas irritiert. Wenn er schon irritiert ist, soll er sich mal fragen, wie ich mich gerade fühle. In meinen Augen dürfte sich die Situation von eben nämlich gerade in Endlosschleife und für jeden offensichtlich wie auf einer Kinoleinwand abspielen.

»Also?«

Ben sieht zwischen Jasper und mir kurz hin und her, dann zeigt sich ein amüsiertes Lächeln auf seinen Lippen.

Jasper zuckt die Schultern und bestellt wieder ein Bier. Klasse Idee, Alkohol. So vertreibt man unausgesprochene Dinge natürlich besonders gut.

»Also zwei Bier. Und was willst du, Ella?«

Was ich will? Wasser. Eiswasser. Um mich und meine Gefühle abzukühlen. Oder eine Pausetaste. Zeitlupe würde mir auch schon reichen. Kann man ein Time-out beim Leben anfordern? Moment, natürlich kann man.

»Ich geh die Getränke holen. Du willst also auch ein Bier?«

Ben schüttelt nur leicht den Kopf und stellt sich mir grinsend in den Weg.

»Keine Chance. Die Runde geht auf mich.«

»Weißt du was? Ihr geht auf die Tanzfläche, ich hole die Getränke, und du zahlst. Okay?«

Ohne seine Antwort abzuwarten, greife ich nach Bens

Geldbeutel und kämpfe mich durch die vielen Körper, die immer wieder vor mir auftauchen, um mir die Flucht zu erschweren. Bei klarem Kopf wäre es bestimmt einfacher, den direkten Weg zur Bar zu finden, aber so? Ich weiche unzähligen Armen, Beinen und Ellenbogen aus, während ich etwas planlos umherirre, mein Körper laut nach Sauerstoff schreit und meine Knie verdächtig weich werden. Jetzt bloß nicht umfallen, Ella!

In meinem Kopf war der »Schocken« immer ein Laden, in dem wir zum fröhlichen Feiern hergekommen sind. Früher, als es noch Gründe zum Feiern gab. Manchmal war es nur eine überstandene Matheklausur. Oder das Leben allgemein. Und ich war einfach nur froh, mit meinen besten Freunden einen schönen Abend erleben zu dürfen. Mit meinen einzigen Freunden. Von damals. Ach, Kerstin ... Ausgerechnet Kerstin! Wieso sie mir jetzt wieder einfällt, ist offensichtlich.

»Na, dann weißt du zumindest, wen du heute Abend noch küssen wirst.«

Ha-ha. Wenn es doch nur so einfach wäre. Das Leben ist aber nicht einfach und das Gefühlsleben schon gar nicht. Da gibt es keine Vereinsfarben, denen wir zujubeln können, und keine Choreografie, die wir verinnerlichen, perfekt beherrschen und uns deshalb keinen Fehltritt leisten. Nein, überall sind Stolpersteine und fehlende Sprossen auf der Leiter nach oben oder unten oder seitwärts. Falls ich eines Tages rückblickend ein System dahinter verstehe, werde ich hoffentlich auch wissen, wozu das alles gut war. Bis dahin muss ich mich einfach auf das verlassen, was ich erahne, aber nicht weiß.

Als ich endlich die Bar erreiche und kurz darauf mit Bens Geldbeutel in der Hand auf die zwei Biere und meine Cola warte, packt mich plötzlich die Neugier. Geldbeutel und

Männer ... Das ist so wie Handtaschen und Frauen. Sie verraten so viel über einen Menschen. Bevor ich aber einen genaueren Blick riskiere, schaue ich schnell unauffällig zur Tanzfläche, wo ich die beiden entdecke, wie sie gerade ausgelassen auf den schrecklichen Remix von »Big in Japan« aus den 80er-Jahren tanzen. Niedlich.

So, so. Kreditkarten, Payback-Karte, eine Kinokarte für einen spanischen Film, den ich nicht kenne. Außerdem eine dieser Minikalenderkarten mit eingeschweißtem Kleeblatt, die man an Supermarktkassen bekommt. Dann noch Führerschein, Personalausweis, einige Visitenkarten und Kassenbelege. Nichts Besonderes. Die Brieftasche eines Jedermann.

Gerade als ich mich etwas enttäuscht für den Zehneuroschein entscheiden will, um die Getränke zu bezahlen, entdecke ich es. Ich fische es zwischen dem ganzen uninteressanten Kram heraus. Es könnte nichts sein. Oder aber alles! Meine Hände zittern, nicht weil mein Kreislauf schon wieder verrücktspielt, sondern weil eine leise Hoffnung die Oberhand gewinnt. Es ist definitiv ein Foto. Wer hat heute noch Fotos im Portemonnaie? Aber das hier ist nicht einfach ein Foto, es ist ein Polaroid – und als ich es aufklappe, lächeln mich drei Gesichter aus einem anderen Leben an. Nein, sie strahlen. Jung sehen sie aus. Obwohl das Bild leicht verblasst ist, erkennt man die Details nur zu gut. Den längst aus der Mode gekommenen Klamottenstil, die Frisuren, für die man sich heute schämen würde, und die Posen, die bemüht cool wirken. Wir waren Jugendliche, keine Kinder mehr, aber auch noch nicht erwachsen. Rein optisch haben sich meine Jungs seit damals doch stark verändert. Sie sind reifer und rauer geworden. Aber wenn ich mir jetzt ansehe, wie Ben und Jasper ausgelassen auf der Tanzfläche herumspringen, kommt es mir so vor, als hätten sie es irgendwie geschafft, diese kleine

Flamme Verrücktheit, die wir alle in uns tragen, lebendig zu erhalten.

Das Foto in meiner Hand fühlt sich federleicht an. Jasper, Ben und ich. Ein Sonnenaufgang irgendwo draußen, nach einer Nacht voller Erinnerungen. Wir wollten das perfekte Sprungfoto per Selbstauslöser schießen, aber so ganz gelungen ist es uns nicht, was es rückblickend allerdings erst perfekt macht. Dieses Foto ist ein Unikat: Jasper feuert mit wilder Frisur und seiner zur Pistole umfunktionierten linken Hand in den Himmel, mir sieht man bei diesem Sprung sicher nicht an, dass ich eine vorzügliche Ballettausbildung genossen habe, und Ben streckt die Arme in die Höhe, als wäre er frei von allen Sorgen, allen Gedanken und Problemen. Da erst fällt mir ein, dass wir uns an dem Abend unsere Tattoos stechen lassen haben, und ich spüre, wie sich meine Mundwinkel heben. Wie lange habe ich dieses Foto nicht mehr gesehen? Ehrlich gesagt, habe ich nicht mal gedacht, dass es noch existiert. Ben hat es aber all die Jahre aufgehoben. Mehr als das, er hat es immer bei sich.

Mit den Getränken im Arm versuche ich, möglichst unbeschadet zu Ben und Jasper zu kommen. Schon von Weitem habe ich ihre Arme in der Luft gesehen, was mich erahnen lässt, dass sie noch immer jede Menge Spaß auf der Tanzfläche haben. Zum Glück recht nahe am Rand, wie ich gerade feststelle. Ohne allzu viel von meiner Cola zu verschütten, die ich zwischen den beiden Bierflaschen balanciere, erreiche ich sie schließlich. Grinsend und verschwitzt nehmen sie mir die Flaschen ab.

»Das hat ja ewig gedauert!«

Freundlich lächelnd gebe ich Ben seinen Geldbeutel zurück.

»Ja, ich habe noch eine Lokalrunde geschmissen.«

Er sieht mich gespielt schockiert an und nimmt einen großen Schluck. Auch Jasper gönnt sich erst mal etwas Bier, bevor er meinen Blick bemerkt und lächelt.

Wenn Jasper so lächelt, ist zwischen uns beiden alles wieder gut. In manchen Freundschaften gibt es Ausrutscher, so wie bei Kerstin und ihrem besten Freund, den sie im Vollsuff geküsst hat. Jasper und ich sind jetzt ganze zwei Mal irgendwie kurz von der Spur abgekommen, aber bevor es zu einem echten Frontalzusammenstoß kommen konnte, haben wir mit quietschenden Reifen schnell wieder eingelenkt. Gut, er hat eingelenkt. Beide Male. Blöd, dass ich noch immer nicht die volle Kontrolle über das Lenkrad meines Lebens habe.

Ben legt seinen Arm um mich und führt seine Lippen an mein Ohr.

»Und jetzt? Ich nehme an, du willst noch immer nicht mit uns tanzen?«

So, wie er die Frage stellt, lässt er mir die Möglichkeit offen, doch noch urplötzlich zum Beat zu steppen und alles abzulegen, was mich davon abhält. Aber für heute habe ich genug getanzt. Ich werfe Jasper einen kurzen Blick zu und sehe, dass er mich beobachtet. Kurz gerät mein Herz ins Stolpern. Mit den verstrubbelten Haaren und dem weißen T-Shirt, das jetzt an seiner Brust klebt, sieht er nämlich unverschämt gut aus.

»Danke! Nein, ich brauche eher eine Abkühlung!«

Ich schreie es gegen die Musik an, damit auch Jasper hören kann, dass ich hier raus möchte. Er nickt, legt ebenfalls einen Arm um mich und sieht mich jetzt wieder an, als wären wir einfach nur beste Freunde und nicht zwei Menschen, die sich vor wenigen Minuten fast geküsst hätten.

Dann trinkt er sein Bier aus und strahlt mich an.
»Da habe ich eine ganz ausgezeichnete Idee. Planänderung!«
Oh, oh.

Der Turm

> Dann bist du mutig,
> ehrlich, wunderschön.

»Das ist jetzt nicht dein Ernst.«

»Logo ist das mein Ernst!«

Wie immer, wenn Jasper das sagt, ist die Idee ohne Zweifel zugleich genial und extrem bescheuert. In der Vergangenheit waren solche Ideen aber wenigstens noch legal. Also, zumindest meistens. Jetzt steigen wir aus seinem Ford Taunus und gehen etwas näher an den Zaun, der recht hoch und Respekt einflößend wirkt. Auf der anderen Seite funkelt das Wasser dank der auch zu dieser späten Stunde noch angeschalteten Poolbeleuchtung wie ein verheißungsvolles Versprechen.

Die verlockende Aussicht, etwas Verbotenes zu tun und sich mit einem breiten Lächeln im Gesicht wie ein Teenager zu fühlen, will mich überfallen.

»Entschuldige, wolltest du nicht eine Abkühlung?«

Jasper schultert seinen Rucksack und macht sich daran, den Zaun zu erklimmen, als ich nach seinem roten Cardigan greife und ihn zurückziehe.

»Jasper, das kannst du nicht machen! Das ist ... Einbruch! Der zweite in weniger als drei Stunden!«

»Unsinn.«

Er verdreht die Augen wie ein kleiner Junge, dem man das Lieblingsspielzeug wegnehmen will, und sieht mich an, als müsse er mich darüber aufklären, dass wir über eine »Du kommst aus dem Gefängnis frei«-Karte verfügen. Über die wir nicht verfügen.

»Höchstens Hausfriedensbruch.«

»Ach so, ja dann. Nur Hausfriedensbruch. Eine Straftat!«

Das Schlimme ist, dass ich sofort bereit für diesen Einbruch mit ihm wäre, weil es nach verdammt viel Spaß klingt.

»Ella, kannst du heute nicht ein Mal dein hübsches Köpfchen ausschalten und einfach nur Spaß haben?«

Er tippt mir sanft mit dem Zeigefinger an die Stirn.

»Könnte ich schon.«

»Halleluja! Dann tu es. Bitte.«

»Echt jetzt, ihr zwei seid immer nur am Quatschen.«

Ben zieht seine Tasche über die Schulter und klettert, ohne lange zu zögern, über den Zaun. Kurz halte ich die Luft an, weil ich auf ein lautes Sirenengeräusch warte und auf unzählige über den Boden huschende Lichtkegel und auf die aus einem Megafon gebrüllte Aufforderung, stehen zu bleiben, während sich schwarz gekleidete Männer von Hubschraubern abseilen. Doch nichts passiert. Eigentlich schade. Ich schaue eindeutig zu viele TV-Serien!

Ben klettert einfach so über den Zaun, erleidet keinen Elektroschock und verbucht nur einen kleinen Riss in der Jeans als Schaden.

Als er mit leuchtenden Augen auf der anderen Seite landet und sich zufrieden umsieht, ist es um mich geschehen. Ich will da auch rüber. Kann man es mir verübeln? Haben wir nicht alle den Wunsch, für eine Nacht in einem Süßigkeitenladen oder einem Schwimmbad eingesperrt zu sein? Und dann alles für einen alleine zu haben?

Jasper deutet zu ihm, als wäre Ben das Beweisstück A in seinem Plädoyer.

»Siehst du? Der dritte Zwilling der Huberbuam ist schon drüben.«

Ben lehnt sich lässig an den Zaun und grinst mich frech an. Dabei hätte ich eigentlich gerade von ihm etwas Widerspruch erwartet. Immerhin ist er doch der Erwachsene.

Jasper greift nach meiner Hand und zieht mich etwas näher an den Zaun.

»Siehst du das da? Ein ganzes Schwimmbad nur für uns. Freie Platzwahl und niemand, der einem übers Handtuch läuft.«

Wie niedlich, dass er annimmt, mich noch immer überzeugen zu müssen. Dabei habe ich in meinen Gedanken schon eine Arschbombe vom Dreimeterbrett hingelegt.

»Komm schon, Ella. Ich pass auf uns auf.«

Ben berührt meine Hand durch die Maschen des Zaunes, das warme Lächeln von früher kehrt zurück und schenkt mir einen kurzen Blick auf den Ben von damals, in den ich mich unsterblich verliebt habe. Ben, der immer einen Teil meines Herzens haben wird.

»Okay. Ich bin dabei.«

Jasper legt eine erstklassige Imitation der weltberühmten Beckerfaust hin.

»Das ist meine Ella! Los, hoch mit dir!«

Ja. Das könnte jetzt eher ein Problem werden. Ich werfe einen prüfenden Blick auf die Oberkante des Zaunes und versuche mir vorzustellen, wie schwer es sein wird, unbeschadet auf der anderen Seite zu landen, wenn man kein Huberbua ist.

Jasper zwinkert mir zu.

»Keine Sorge, ich helfe dir hoch.«

»Und ich fang dich auf.«

Ben lächelt mich durch die Maschen hindurch aufmunternd an.

Kann, solange ich mit diesen Menschen zusammen bin, überhaupt etwas schieflaufen? Sollte ich nicht endlich alles über Bord und mich komplett und ohne weitere Vorbehalte in dieses kleine Abenteuer werfen? Was, wenn wir wirklich nur diesen einen Abend haben und danach nur noch ein Polaroid in Bens Geldbeutel an uns erinnert?

Manchmal habe ich Angst, nur noch eine entfernte Erinnerung für dich zu sein. Ein Gesicht aus der Vergangenheit.

Bens Worte aus dem Brief dröhnen so laut in meinen Ohren, dass sie kurzzeitig alles andere übertönen. Für den Fall, dass unser Dreigestirn wirklich verblasst und von dieser Freundschaft nur eine Erinnerung bleibt, will ich zumindest noch einige Andenken für einsame Tage in Hamburg sammeln.

Außerdem: ein Zaun. Es ist nur ein einfacher Zaun, keine breite Schlucht oder ein loderndes Meer aus Feuer.

Jasper verschränkt die Finger ineinander und schon ist die Räuberleiter fertig, während Ben auf der anderen Seite die Arme ausbreitet. Ich lege meine Hand auf Jaspers Schulter und stelle meinen Fuß auf seine Hände. Ich sehe ihn an und merke, dass sich unsere Gesichter schon wieder viel zu nahe sind. Ich müsste jetzt nur ... Aber mit etwas Schwung wuchtet er mich nach oben, und ich greife schnell nach der Zaunkante, um mich festzuhalten. Obwohl die ganze Konstruktion aus Körperteilen etwas wackelig ist, habe ich mich noch nie sicherer gefühlt. Ich stemme mich hoch, schwinge ein Bein über den Zaun, dann das andere, danach lasse ich mich hinabgleiten und spüre auch schon Bens Hände an meinen Hüften, der mich sicher auf der anderen Seite in Empfang nimmt. Es überrascht mich, mit welcher Leichtigkeit Ben meinen Körper hält. Als wäre ich ein Fliegengewicht.

Er setzt mich langsam auf dem Boden ab, und meine Hände landen auf seinen Schultern, mein Blick bleibt an seinen Augen hängen. Da ist es wieder: das strahlende Grün, in dem sich zahlreiche kleine goldene Punkte wie Sterne am Himmel tummeln.

»Willkommen zu Hause.«

Es fühlt sich so gut an, wie er das sagt, und ich löse mich nur ungerne von ihm.

Hinter uns klettert Jasper über den Zaun und landet neben uns, ganz ohne sich seine Kleidung zu ruinieren.

»Und? Turm? Jetzt?«

Wie ansteckend Jaspers Energie ist, bemerke ich, als Ben voller Begeisterung zum Sprungturm blickt, der hoch über dem Schwimmbecken in die sternenklare Nacht ragt. Dieser Turm war immer und wird immer eine Herausforderung für Ben sein. Wie oft ist er früher unter dem Jubel der anderen Jugendlichen an der Turmfassade hochgeklettert. Die Stufen konnte ja jeder nehmen. Zuerst ist er bis zum Dreimeterbrett geklettert, von dort aus noch einmal höher zum Fünfmeterbrett und dann, während wir alle die Luft angehalten haben, noch mal ein Stockwerk höher und noch eins, bis er in zehn Metern Höhe über uns stand. Wie leicht es bei ihm aussah und wie oft er dafür zum Bademeister zitiert worden ist. Einmal musste ihn sogar seine Mutter abholen, weil er es trotz mehrfacher Ermahnungen doch wieder gemacht hatte. Immer gab es Ärger, einen ganzen Sommer hatte Ben deswegen Hausverbot, was ihn aber nicht davon abgehalten hat, es im kommenden Sommer wieder zu tun. Ben, der sonst so sehr darauf geachtet hat, dass wir keinen Quatsch machen, hat hier wohl seinen speziellen Kick gesucht.

»Oh, oh! Ich ahne, was jetzt gleich kommt.«

Jasper scheint meine Gedanken zu teilen, denn auch er

kennt diesen Ausdruck in Bens Gesicht. Der lockert gerade die Krawatte, nimmt sie schließlich ab und stopft sie in seine Hosentasche. Vorbei ist es mit dem seriösen Look. Mit einer schlichten Bewegung streift sich Ben die Umhängetasche ab und reicht sie Jasper.

»Lass sie nicht aus den Augen, ja?«

Dann setzt er sich langsam in Bewegung.

»Ich sehe euch dann oben.«

Jasper und ich beobachten, wie Ben auf dem Weg zum Sprungturm seine Schuhe und Socken auszieht, dann sein Hemd aufknöpft und es achtlos zu Boden gleiten lässt.

»Jasper? Wenn er wirklich so lange nicht mehr geklettert ist, dann ist ein Zehnmeterturm im Schwimmbad vielleicht nicht gerade der richtige Ort, um wieder damit anzufangen, oder?«

Ich sehe Jasper besorgt an, der weiterhin Ben ansieht.

»Mach dir keine Sorgen. Er kann das.«

Es soll überzeugend klingen, damit ich mir keine Gedanken über das Worst-Case-Szenario mache, doch Jasper vergisst, wie gut ich ihn kenne – und wie eine kleine Nuance in seiner Stimme, in seinem Blick oder in seiner Körperhaltung reicht, um ihn zu verraten. Nicht für die ganze Welt, nur für mich.

»Er packt das. Glaub mir.«

Als Ben am Turm ankommt, atmet er kurz durch, sammelt sich und sieht einen Moment stumm nach oben. Ich lasse meinen Blick über seinen muskulösen Rücken gleiten. So viel nackte Haut hatte ich heute Nacht nicht erwartet. Vertraute Bilder tauchen, auch wenn sie so viele Jahre zurückliegen, überraschend lebendig vor meinem inneren Auge auf. Ich erkenne noch immer die Kleinigkeiten an seinem Körper wieder, die ich damals entdeckt habe. Die kleine Narbe an der

Schulter, das herzförmige Muttermal unter dem Schulterblatt. Der reine Anblick von Bens Rücken reicht jedenfalls aus, um ein nostalgisches Lächeln auf mein Gesicht zu zaubern.

Gleichzeitig macht sich allerdings auch ein kühleres Gefühl in mir breit, und während ich Ben dabei beobachte, wie er mit der Hand einen sicheren Einstieg sucht, legt sich ein kleiner Schalter in meinem Kopf um. Näher werde ich Bens Haut nicht mehr kommen. Näher als heute Abend werde ich Ben in nächster Zeit wahrscheinlich überhaupt nicht mehr kommen. Realistisch betrachtet. Egal, mit welcher Hoffnung ich auch in diesen Abend gestartet sein mag, eines liegt plötzlich so glasklar offen vor mir: Ben und ich, das wird für immer eine Erinnerung bleiben.

Als er sich sicher und gekonnt in Bewegung setzt, schlägt mein Herz trotzdem doppelt so schnell. Er zieht sich bis zum ersten Querbalken hoch, wo er einen sicheren Stand findet. Obwohl nur Jasper und ich hier unten stehen, meine ich plötzlich, die Jubelschreie der anderen Jugendlichen zu hören. Es ist wie damals und doch so anders. So real. So gefährlich! Plötzlich kann ich nicht mehr hinsehen. Stattdessen betrachte ich Jaspers Profil, der mit zusammengezogenen Augenbrauen Bens Aufstieg genau beobachtet. Da entdecke ich etwas, was ich so noch nie bei ihm gesehen habe: Sorge. Er macht sich echte Sorgen.

»Er ist noch immer dein bester Freund, hm?«

Jasper lässt ihn keine Sekunde aus den Augen, als wäre sein Blick das Sicherheitsseil, das Ben jetzt fehlt. Als könne er ihn im Notfall damit auffangen.

»Es gibt keinen besseren Freund.«

So albern Jasper sonst sein kann, so verrückt seine Gedankensprünge und Aktionen immer waren, so ernst ist er jetzt.

»Weißt du, ich habe unendlich viele Leute kennengelernt.

Alle wollen deine Freunde sein, aber alle verschwinden irgendwann wieder. Keiner von denen ist da, wenn du sie wirklich brauchst. Ben ist da anders. Ich weiß, dass er jederzeit alles stehen und liegen lassen würde und nach Kapstadt geflogen käme, wenn ich ihn bräuchte. Weil er einfach Ben ist. Weißt du noch, wie er früher immer auf uns aufgepasst hat?«

»Natürlich. Wie könnte ich das jemals vergessen?«

»Egal, an welche Hauswand ich etwas malen wollte, auf welches Dach, unter welche Brücke. Immer war Ben dabei. Wenn ich zu viel getrunken habe, hat er mich nach Hause gebracht. Wenn ich irgendwelche Idioten provoziert habe, hat er sie vertrieben. Wenn ich Probleme gemacht habe, hat er sie gelöst. Er ... hat sich immer wegen Dingen den Kopf zerbrochen, die ich nicht mal auf dem Schirm hatte.«

Ob Jasper noch mit mir spricht, kann ich nicht recht hören, denn seine Stimme ist so leise, als hätte er vergessen, dass ich noch immer anwesend bin.

»Ben war immer da.«

Weil ich nicht weiß, was ich sonst machen soll, drücke ich schnell seine Hand.

»Du warst auch für ihn da.«

Erst jetzt scheint Jasper sich daran zu erinnern, dass ich neben ihm stehe. Ein Lächeln huscht über sein Gesicht.

»Sicher, wenn er mal die Hausaufgaben nicht hatte. Aber weißt du, Ella, wann war ich wirklich für ihn da? Ich meine, wann habe ich ihm mal so richtig aus der Scheiße geholfen?«

Wenn Jasper mir mehr Zeit zum Antworten geben würde, würde ich sicher ein Beispiel finden, das aufzeigt, wie wichtig auch er für Ben war.

»Siehst du? Ich bin kein besonders hilfreicher bester Freund. Ich war für ihn weder Robin noch ... Batgirl.«

»Batgirl wäre ja auch schwer möglich gewesen.«

Jasper grinst mich kurz an und klimpert mit den Wimpern.

»Und wenn ich mich angestrengt hätte?«

Ich muss kurz lachen und schlage ihm leicht gegen die Schulter.

»Bleiben wir bei Robin. Ich finde, du warst ein toller Robin.«

Doch er schüttelt nur den Kopf. Das Grinsen ist verschwunden, und seine Augen sind wieder ernst und auf Ben gerichtet.

»War ich nicht.«

Auch ich sehe wieder zu Ben hinauf, der bereits auf dem Weg zum Siebenmeterbrett angekommen ist.

»Du warst nach New York für ihn da.«

Ja. Das war er. Nachdem ich alles kaputt gemacht habe, weil mir das Tanzen wichtiger war. Weil ich dachte, wir würden uns gegenseitig ausbremsen. Weil Ben das alles verstanden hat, auch wenn ich kein Wort gesagt habe. Jasper hat danach die Scherben aufgesammelt.

»Du hast ihm echt das Herz gebrochen, Ella.«

»Ich weiß.«

Ich spüre Jaspers Blick auf mir und wende mich ihm zu. Er sieht mich stumm an. Seine sonst so warmen dunkelbraunen Augen sind jetzt beinahe schwarz, und ich habe Angst vor dem, was er gleich sagen wird. Am liebsten würde ich die Zeit anhalten und so verhindern, dass ich hören muss, was er wirklich über mich denkt.

»Uns beiden.«

Eine verbale Ohrfeige trifft mich, die so laut schallt, dass spätestens jetzt der Wachdienst auf uns aufmerksam werden muss. In Sekundenschnelle treibt es mir die Tränen in die

Augen, denn es liegt auf einmal so viel Trauer und Schmerz in seinem Blick, dass es mir das Herz zusammenzieht. Erst jetzt, in diesem Augenblick, beginne ich zu ahnen, wie Jasper sich damals wirklich gefühlt haben muss. Und es tut mir unendlich leid.

Da erlöst uns ein lautes Grölen aus diesem unerträglichen Moment. Zeitgleich drehen wir unsere Köpfe zu der Stimme, die uns von oben erreicht.

Ben reckt die Arme in den sternenklaren Nachthimmel. Sein Lächeln ist so breit wie den ganzen Abend noch nicht.

Jasper reckt die Faust in den Himmel, seine Augen strahlen stolz.

»Yeah! Du kannst es also doch noch, alter Mann!«

Wie schön muss es sein, wenn der Kontakt nicht abgerissen ist. Wenn man keine Fehler gemacht hat. Wenn man seinen besten Freund nicht für immer verloren hat.

»Verdammt einsam hier oben! Schwingt eure sexy Hintern endlich hier rauf!«

»Unterwegs, Captain!«

Wie schnell es Jasper gelingt, von »traurig« zu »unbekümmert« zu switchen, verunsichert mich. Es ist plötzlich irgendwie so, als hätte nur ich diesen bitteren Moment eben erlebt. Oder als wäre er nie passiert. Aber das ist er. Noch immer spüre ich das kalte Brennen in meiner Brust. Benommen nicke ich, kämpfe gegen die Tränen und reiße mich zusammen. Ich will diesen Abend nicht auch noch kaputt machen.

Jasper setzt sich in Bewegung, und ich folge ihm.

»Weißt du, was das Tolle an besten Freunden ist, Ella?«

Nein, woher soll ich das auch wissen? Offenbar habe ich meinen unterwegs verloren. Aber falls jetzt der nächste Tiefschlag in die Magengrube kommt, bin ich dafür noch nicht bereit. Den ersten habe ich ja noch kaum verdaut.

»Hm?«

Als wir am Absatz der Treppe ankommen, bleibe ich stehen. Jetzt sag es schon. Jasper bleibt ebenfalls stehen und dreht sich zu mir um, doch ich weiche seinem Blick im letzten Moment aus.

»Man verzeiht sich alles, und man kommt immer zurück. So wie dieser Aschevogel.«

Zögernd sehe ich zu ihm auf.

»Der Phönix?«

»Sag ich doch. Also, was meinst du, Ella? Bereit für den Aufstieg?«

Er darf es nicht einfach nur so sagen, um mich zu trösten. Er muss es auch so meinen. Aber sein mildes Lächeln lässt mich aufatmen, und die Umarmung, in die er mich jetzt zieht, fühlt sich ehrlich an. Liebevoll.

»Raus aus der Asche.«

Ich wische mir schnell über die Augen, weil jetzt keine Zeit für Tränen ist und weil es diesen Abend und diese Nacht nur heute gibt. Weinen kann ich auf der langen Heimfahrt im Zug nach Hamburg noch genug, denn dass ich noch einmal zu jemandem wie Kerstin ins Auto steige, ist ausgeschlossen.

Jetzt genieße ich den Rest der letzten Nacht mit meinen beiden besten Freunden.

»Wer als Erster oben ist!«

Und dann renne ich los, als könnte ich der Vergangenheit entfliehen, als würde oben die Zukunft auf mich warten.

Eine leuchtende Zukunft.

So wie wir waren

Um das zu beschreiben,
was alle sehen — was so
offensichtlich ist
und dich dennoch nicht einmal
im Ansatz ausmacht.

Ben liegt mit geschlossenen Augen auf dem Boden der obersten Plattform, die Arme hinter dem Kopf verschränkt, als Jasper und ich völlig außer Atem und ziemlich zeitgleich oben ankommen.

»Warum hat das denn so lange gedauert? Habt ihr euch verlaufen?«

Ein Lächeln huscht über seine Lippen, als er die Augen öffnet und zu uns sieht. Jasper lässt Bens Tasche auf dessen Bauch fallen und steigt über seinen Oberkörper, um einen besseren Blick nach unten zu haben.

»Ich wäre ohne das zusätzliche 300-Seiten-Gewicht erheblich schneller gewesen.«

Vorsichtig wirft er einen Blick über den Rand, wo unten still und hell beleuchtet der Pool liegt.

»Sind wir früher wirklich von hier oben runtergesprungen?«

Ben schließt die Augen wieder, und das zufriedene und entspannte Lächeln kehrt auf seine Lippen zurück.

»Jap, sind wir. Immer und immer wieder.«

»Wieso haben wir uns das angetan?«

»Weil ihr Angeber wart.«

Ich lasse mich neben Ben nieder.

»Wir wollten dir eben imponieren.«

Wenn die beiden wirklich glauben, dass sie mir zu irgendeinem Zeitpunkt unserer Freundschaft mit einem Sprung von hier oben hätten imponieren müssen, dann haben sie sich geirrt. Es waren und sind die Kleinigkeiten, die sie für mich unersetzlich gemacht haben. Okay, als Jasper mit sieben ein Baumhaus für mich bauen wollte und sich dabei den Arm gebrochen hat, hat mir das auch sehr imponiert. Oder als Ben seiner kleinen Schwester das Fahrradfahren beigebracht hat, war ich auch ziemlich beeindruckt.

Ich werfe einen Blick nach oben, wo die Sterne heute den Nachthimmel so zahlreich erleuchten wie die Handys und Feuerzeuge von Take-That-Fans auf einem Konzert. Wohin man auch blickt, überall strahlen die glitzernden Perlen. In der Stadt kann man Sterne nicht so gut sehen, fast gar nicht.

»Hätten wir doch nur Musik dabei, dann wäre die Stille hier oben auszuhalten.«

Jasper setzt sich neben mich und reibt sich die Hände, als würde die Zugabe von Musik den Spaßfaktor in jeder Lebenslage enorm erhöhen. Jaspers Leben verdient aber nun mal einen eigenen Soundtrack, einen, der jeder Szene angemessen erscheint und dieses Gefühl unterstreicht.

Ben richtet sich auf.

»Mit Musik kann ich nicht dienen, aber ein bisschen Unterhaltung kann ich anbieten.«

Jasper verzieht angewidert das Gesicht und schüttelt heftig den Kopf.

»Nein! Bitte nicht noch einen Strip! Auch wenn unserer lieben Ella die kleine Einlage eben sichtlich gefallen hat, muss ich dich wirklich nicht nackt erleben!«

»Sehr witzig, Jasper. Nein, ich dachte eher an das hier ...«

Ben greift nach seiner Tasche und zieht, nicht ohne eine kurze Spannungspause, die alte Abizeitung heraus.

»Du Kleptomane!«

»Jasper hat mich dazu angestiftet! Außerdem: Die meisten Leute, die auf dem Abitreffen waren, wollten doch sowieso nichts mehr von der Vergangenheit wissen. Denen ging es nur darum, wer die größeren Erfolge, die schnellere Karre und die hübschere Frau hat.«

Jasper schlägt sich mit der Hand gegen die Stirn.

»Verdammt, wir haben ein topsecret Erfolgsdrehbuch in der Tasche, die coolste Karre *ever*, und vor allem haben wir zweifellos die schönste Frau des heutigen Abends an unserer Seite. Wir hätten auf jeden Fall gewonnen!«

Ich verneige mich geehrt und winke so, wie man es von den Teilnehmerinnen der Miss-Amerika-Wahl eben kennt.

»Danke. Ich fühle mich geehrt, auch wenn das maßlos übertrieben ist.«

»Höchstens, was den Wagen angeht.«

»Sehr witzig, Herr Handermann.«

Jasper wirft Ben einen nur halbbösen Blick zu, bevor er plötzlich die Hand in die Höhe reckt, so wie er es im Schulunterricht früher getan hat.

Ben nickt ihm zu.

»Nowak?«

»82.«

»Was?«

»Das ist die Antwort auf die Frage, wo wir letztes Mal stehen geblieben sind.«

»Von was redest ...«

Da sehe ich, dass Ben versteht, und ich spüre plötzlich, wie sich eine leichte Gänsehaut auf meinem Unterarm bildet. Eigenartig, wie manches im Gehirn gespeichert bleibt, auch wenn wir es lange nicht benutzen. Dann reicht ein kleiner Schubs, und es spult sich wie selbstverständlich ab.

Ben öffnet die Abizeitung auf »unserer« Seite 82, und als er das Foto erblickt, bricht er in schallendes Gelächter aus. So laut, dass sogar Jasper ihn zum Stillsein ermahnt.

»Schhhht! Willst du, dass alle mitkriegen, dass wir hier sind?«

»Entschuldige bitte, aber diese Frisur ...«

Er dreht die Zeitschrift so, dass Jasper und ich ebenfalls einen Blick auf unser altes Foto werfen können. Jasper beugt sich etwas nach vorne, um das Bild besser betrachten zu können. Dabei streift er meine Schulter. Eine zufällige Berührung. Nichts weiter.

Ich greife nach der Abizeitung und muss sofort lächeln. Ähnlich wie das Polaroidfoto ist auch dieses Bild hier eindeutig aus einer anderen Zeit.

Jasper, Ben und ich sitzen auf dem kleinen Holzzaun, der den Roller-Parkplatz vor unserer alten Schule umschließt, und wir grinsen wie verrückt in die Kamera. Jasper trägt ein helles T-Shirt, das er mit Farbe beschmiert hat, um es dadurch zu einem Kunstwerk zu machen. Seine Haare reichen ihm bis knapp über die Ohren und hängen ihm vorne in wilden Strähnen in die Stirn. Der Glanz in seinen dunklen Augen weist eindeutig darauf hin, dass er im nächsten Moment etwas Albernes vorhat, und sein Lächeln strahlt, weil er sich um nichts in der Welt Sorgen macht. Seinen Arm hat er um mich gelegt.

O Gott, ich hatte ganz vergessen, wie ich auf dem Foto aussehe! Das ärmellose Top mit einer tanzenden Katze als Brustmotiv wirkt aus heutiger Sicht – vorsichtig ausgedrückt – eher speziell, obwohl es damals mein Lieblingsshirt war. Das wirklich Überraschende an dem Foto ist aber, wie glücklich ich darauf aussehe. So habe ich mich schon lange nicht mehr gefühlt.

Bevor ich aber gleich zu weinen anfange, wandert mein Blick schnell zu Ben. Er trägt ein schwarzes T-Shirt, das zeigt, dass er damals in Topform war. Kein Wunder, dass er zahllose schmachtende Mädchenherzen gebrochen hat, als er mit mir zusammengekommen ist. Bei dem Lächeln.

Während ich das Bild von uns ansehe, dreht mein Herz Pirouetten, die selbst Nurejew vor Neid erblassen lassen würden. Ich liebe das Gefühl, das die Erinnerungen an die Zeit in mir auslösen.

»Ihr habt mich gehasst, oder?«

Ben und ich sehen Jasper verständnislos an.

»Warum habt ihr mich sonst mit dieser Frisur auf die Straße gelassen?«

Ich fahre Jasper kurz durch seine Haare und lächele so, wie Mütter es machen, wenn sie ihre Kinder bis auf die Knochen blamieren wollen.

»Eine durchaus berechtigte Frage. Ich fürchte nur, du hättest damals nicht auf uns gehört. Außerdem hast du damit irgendwie niedlich ausgesehen.«

»Niedlich. Das erklärt natürlich einiges.«

»Herrschaften, zurück zum Thema bitte.«

Ben nimmt mir die Abizeitung wieder aus der Hand, wirft einen Blick auf die Seite und räuspert sich bedeutungsvoll, als würde er die Unabhängigkeitserklärung vortragen.

»Jasper Nowak.«

»Hier.«

»Berufswunsch ... Peter Pan? Ernsthaft?«

Jasper zuckt unschuldig mit den Schultern.

»Klar. Er ist der Boss und kann fliegen. Das mit dem Nicht-alt-Werden ist auch nicht schlecht.«

»Stimmt. Mal sehen, was die anderen so über dich geschrieben haben: Chaot, kann nicht ernst sein, Träumer, verrückt, Künstler, aufgedreht, nie ohne Ben und Ella, Mixtape-Jasper, Farbenfreak, Poet, wird nie erwachsen, durchgeknallt, albern, eigenartig, nett aber anstrengend, lustig, immer gut gelaunt ...«

Natürlich, all diese Dinge sind wahr, und ich stimme bei allem zu, aber sie beschreiben Jasper nur halb. Sie haben ihn nie so kennengelernt, wie ich es getan habe. Nie haben sie gesehen, wie er voller Selbstzweifel seinen halben Keller auseinandergenommen hat, weil sein neues Bild nicht so geworden ist, wie er es sich vorgestellt hat. Sie haben nicht gesehen, wie er mich in den Arm genommen hat, als unsere Katze überfahren wurde und ich wie ein Baby geweint habe. Sie haben nie hinter die Maske des aufgedrehten Spinners gesehen.

»Und so weiter und so fort ... Oh, das hier ist gut: süßer als man auf den ersten Blick glaubt.«

»Großartig. Ich war also nicht nur niedlich, sondern auch noch süß. Du bist dran.«

Jasper reißt Ben die Abizeitung aus der Hand und beginnt zu lesen.

»Benedikt Handermann. Berufswunsch: Dokumentarfilmer.«

Ich werfe Ben einen kurzen Blick zu und sehe, dass sein Lächeln kurz flackert.

»War ja klar ... Hat die schönsten Augen des Jahrgangs, hat das schönste Lächeln des Jahrgangs, hat einen eigenen Fanclub in der Unterstufe, VfB ein Leben lang, Reinhold Messner, klettert mal eben so an der Fassade der Turnhalle hoch, Sportler durch und durch, Ben und Ella das Traumpaar, Ben und Jasper das Traumpaar, Polaroid-Ben, Kamera-Ben, Filmfreak, kennt jeden Film auswendig und ... Stimmt! Das hatte ich ganz vergessen: Fliegt aus Kino, weil er alle Texte mitspricht. Da sind wir aus der Matinee von ›Lost in Translation‹ rausgeflogen, oder? Witzig, das hatte ich ganz vergessen. Ben, die Souffleuse.«

Ben schüttelt den Kopf, aber sein Lächeln wirkt plötzlich etwas gezwungen. Er nimmt Jasper die Abizeitung wieder ab und sieht mich an.

»Ella Klippenbach. Berufswunsch: Tänzerin.«

»O Gott, muss das sein? Können wir nicht einfach ...«

Jasper rutscht näher zu mir, legt seinen Arm um mich und hält mir sanft den Mund zu, als hätte ich die spannendste Szene in dem Film »The Sixth Sense« unterbrochen. Dann nickt er Ben auffordernd zu, der sofort weiterliest.

»Die anderen schreiben ...«

Was keiner der beiden ahnt, während sie über das lachen, was meine ehemaligen Klassenkameraden über mich geschrieben haben: Mein Gehirn wird durch Jaspers harmlose Berührung komplett außer Gefecht gesetzt. Ich kann mich auf nichts außer seinem Oberkörper, seinem Arm und seiner Hand auf meinen Lippen konzentrieren. Ich bekomme weder mit, was Ben vorliest, noch was Jasper dazu sagt. Ich bekomme gar nichts mit. Außer Jaspers Hand an meinen Lippen. Das ist nicht gut. Das ist ganz und gar nicht gut. Außerdem schlägt mein Herz viel zu schnell.

»Oh, und das hier kann ich nur bestätigen: schönstes Lächeln des Jahrgangs, bei ihrem Lachen muss man mitlachen, die längsten Beine *ever*. Du hast wirklich tolle Beine. Musik-Junkie, Tanzmaus, prima Ballerina, tanzt immer und überall, Traumpaar Ella und Ben, Vorsicht: wo Ella ist, da ist auch Jasper, wird mal ganz groß rauskommen, *a star is born*, New York ...«

Okay, jetzt fängt es an zu schmerzen. Zu gerne würde ich Ben unterbrechen und ihn bitten, nicht weiter mit dem Finger in der alten Wunde zu bohren. Aber bevor ich etwas sagen kann, erlöst Jasper mich von meinem Leid.

»Moment mal. Über wen schreiben die da bitte?«

Er zieht seine Hand zurück und sieht mich nachdenklich von der Seite an.

»Doch nicht etwa über die ernste junge Dame hier neben mir, oder? Ein Lachen, bei dem man mitlachen muss? Da muss eine Verwechslung vorliegen. Sind Sie Ella Klippenbach?«

Als Antwort stoße ich ihn leicht mit dem Ellenbogen in die Rippen, was aber nichts weiter ist als ein Versuch, wieder mehr Abstand zwischen unsere Körper zu bringen.

»Autsch!«

Als Rache zwickt er mir in die Seite, obwohl ich ausweichen will.

»Hey, hey, Kinder! Nicht ins Gesicht!«

»Sie hat angefangen.«

»Habe ich nicht!«

Ben straft uns mit einem strengen Blick und klappt dann die Abizeitung zu. Jetzt folgt die Standpauke, keine Frage. Aber bevor er loslegen kann, ergreift Jasper das Wort.

»Gut. Hier steht also Aussage gegen Aussage. Dann lasst uns zunächst herausfinden, ob es sich bei der Anwesenden wirklich um Ella Klippenbach handelt.«

Ich weiß, er meint das nett und will mich zum Lachen bringen, aber ich kann mir vorstellen, auf was das Ganze in spätestens zwanzig Sekunden hinauslaufen wird. Um nicht schon wieder das zu hören, was ich in meinem Kopf immer wieder und vor allem dann höre, wenn ich eigentlich schlafen sollte, hole ich tief und hörbar Luft.

»Okay, entschuldigt, dass ich mich in den letzten Jahren so verändert habe. Aber in meinem Leben ist auch einfach nicht mehr so wahnsinnig viel Lustiges passiert. Ich lache trotzdem noch immer. Nur nicht mehr so oft.«

Jasper zieht nachdenklich die Augenbrauen zusammen.

»Ziehst du dich dafür in bestimmte Räume unterhalb der Erdoberfläche zurück?«

»Nein, meine Wohnung hat kein Kellerabteil.«

Jasper sieht daraufhin zu Ben, der jetzt ebenfalls grüblerisch wirkt.

»Watson, korrigieren Sie mich, wenn ich falsch kombiniere, aber haben wir Ella heute schon herzhaft lachen hören?«

»Nein, Sherlock. Sie liegen mit Ihrer Analyse richtig.«

»Hm-hm. Interessant. Also entweder sind wir einfach nicht lustig …«

»Oder Ella ist inzwischen zu erwachsen für unsere Scherze.«

»Oder, mein lieber Watson, Ella hat ihr Lachen verkauft, um erwachsen zu werden!«

Ich muss zwar nicht lachen, aber dafür ist mein ungläubiges Lächeln echt.

»Ihr seid solche Spinner. Außerdem, wenn hier jemand erwachsen geworden ist, dann bist das du, lieber Benedikt.«

»Was? Ich bin gerade einen Zehnmetersprungturm ohne Sicherheitsseil nach oben geklettert.«

Jasper nickt zustimmend.

»In der Tat. Das war impulsiv, dumm, verantwortungslos und schrecklich angeberisch. Nicht gerade erwachsen.«

»Danke, Sherlock.«

»Gerne, Watson. Also, Ella, wie bekommen wir dein Lachen zurück?«

Ich schüttle resigniert den Kopf.

»Keine Sorge. Ich lache schon wieder.«

Ben nimmt meine Hand und sieht mich überraschend ernst an.

»Gut. Es wäre schade drum. Ich mag dein Lachen nämlich.«

Wenn Ben solche Dinge sagt, erinnere ich mich sofort wieder an seinen Brief. Die Worte, die er gewählt hat, um mich zu beschreiben und auszudrücken, was ich ihm bedeute und wieso ich etwas Besonderes bin: seine Liebeserklärung, die ich nicht vergessen kann. Er wollte mich damals glücklich machen, und manchmal denke ich, dass ich ihm nie gesagt habe, wie glücklich er mich wirklich gemacht hat. Selbst dann, als er nicht mehr bei mir war.

»Ich weiß.«

»Versprich uns, dass du noch mal lachst, bevor der Abend zu Ende ist.«

Sternbilder

> *Weil ich mich,*
> *wenn ich bei dir bin,*
> *nicht mehr verloren fühle.*

Ein Zwinkern, dann rollt sich Ben wieder auf den Rücken und schließt die Augen. Ich betrachte sein Profil noch einen Moment und bemerke, dass seine Lippen noch immer zu einem Lächeln verzogen sind, ganz so als wäre er zufrieden. Ich hoffe so sehr, dass er das auch ist.

Jasper scheint es ebenfalls zu bemerken, denn er nickt mir grinsend zu, als würde auch er sich freuen, den früheren Ben wiederzuerkennen. Dann streckt er sich neben mir aus, zückt seine Zigarettenschachtel und zündet sich in aller Ruhe eine weitere Kippe an. Zu gerne würde ich ihm einen Grund liefern, mit dem Rauchen aufzuhören. Mir fällt aber nur ein Motiv ein, und das kann ich nicht laut aussprechen. Außerdem will er es nicht.

Jasper sieht zum Himmel, wo die Sterne noch immer vollzählig versammelt sind und in den er jetzt den blauen Dunst hinaufbläst.

»Wow! Das nenne ich mal eine sternenklare Nacht.«

Ich werfe gleichfalls einen Blick nach oben. Verrückt, wie nah man dem Himmel doch manchmal ist und sich dabei so unglaublich winzig und unbedeutend vorkommt.

Selbst Ben öffnet kurz die Augen, um die Schönheit dieses Nachthimmels zu bewundern. Wenn wir später an diesen Abend zurückdenken, werden wir sagen können: »Und die

Sterne haben vom Himmel gestrahlt.« Besondere Abenteuer verdienen eine besondere Szenerie, oder? Wenn man Filme sieht oder Romane liest, erleben die Helden immer ganz außergewöhnliche Dinge, die im normalen Leben gar nicht vorkommen. Jedes Mal denke ich: Das hat der Autor doch erfunden. So wie eine perfekte Sternschnuppe, kurz vor dem romantischen Kuss der Romanhelden. Schwachsinn! Trotzdem werfe ich schnell einen Blick zum Himmel, nur um auch wirklich hundertprozentig sicher zu sein, dass jetzt keine Sternschnuppe vorbeizischt.

Nichts. Sag ich doch, alles Erfindung.

Träume, Wünsche und ihre Erfüllung. Nein, das ist nichts für Ella Klippenbach. Die bekommt die harte Realität zu spüren. Danke auch.

Langsam strecke ich mich zwischen Jasper und Ben aus, verschränke ebenfalls die Arme hinter dem Kopf.

»In New York sieht man keine Sterne, oder?«

Als ich nicht auf Bens Frage antworte, höre ich, wie Jasper tief ausatmet.

»Vielleicht war das ja das Problem.«

Falls es die Jungs noch nicht bemerkt haben sollten: New York ist nicht gerade mein Lieblingsthema für ein entspanntes Gespräch am späten Abend.

Ben öffnet die Augen, und sein klarer Blick trifft mich völlig überraschend.

»Wenn man die Sterne nicht sieht, kann man auch nicht danach greifen.«

Ben. Mein Ben, der nicht mehr *mein* Ben ist. Er findet die perfekte Ausrede für mein Scheitern.

»Ja. Vielleicht lag es daran.«

Ben nickt, bemerkt mein dankbares Lächeln und nimmt meine Hand in seine. Einfach so, weil er es kann, weil er wieder in meinem Leben angekommen ist. Diesmal spielt er eine andere Rolle, aber er ist wieder da. Ich sehe wieder nach oben und spüre, wie eine kleine Last von mir genommen wird, die unbewusst wie ein sehr schweres Hermes-Paket auf meiner Brust lag. Ein Paket, das versehentlich an mich geliefert wurde und das ich nicht mehr losgeworden bin. Fast meine ich, den imaginären Aufprall des imaginären Pakets zehn Meter unter mir zu hören, als ich endlich wieder tief einatmen kann.

Mein Blick wandert über das Himmelszelt, über uns, und ich versuche, mich an irgendein Sternzeichen zu erinnern, das man am Himmel leicht findet. Ohne Erfolg. Für mich sehen die Sterne wie Punkte auf einer Malen-nach-Zahlen-Vorlage aus.

»Weiß einer, wo der Große Wagen ist?«

»Du meinst das Sternbild?«

Ben klingt, als würde er jeden Moment einschlafen.

»Nein, ich meine den Monster-Truck, der uns vorhin verfolgt hat! Natürlich meine ich das Sternbild.«

Jasper rückt näher an mich heran und sieht zu den Sternen, vermutlich auf der Suche nach einer Anordnung, die eher an einen Formel-1-Wagen erinnert als an die tatsächliche Sternenkonstellation.

»Ich kenne mich mit Sternkunde nicht besonders gut aus. Du, Ben?«

Kopfschütteln links neben mir.

»Also, für mich sieht das da oben aus, als wäre ein Sack Glitzerkonfetti explodiert. Ein riesiger Knall und dann: absolutes Chaos. Ist doch total wahllos.«

»Ich bin mir sicher, dass Stephen Hawking das anders sieht.«

Ben richtet sich leicht auf, und ich muss grinsen.

»Wir drei sind ja echte Genies. Wir finden nicht mal den Großen Wagen.«

Jasper rollt sich auf die Seite.

»Ich kann dir ein Sternbild zeichnen. Such dir eins aus.«

Mit einer ausladenden Geste zeigt er in den Nachthimmel.

»Würde ich ja, aber ich erkenne keines.«

»Nein. Du sollst ja auch ein *neues* erfinden.«

»Sind das auch sicher nur Zigaretten, die du rauchst?«

Kurz muss ich über Bens Kommentar lachen, dann richte ich mich etwas auf und studiere Jaspers Augen genauer. Abgesehen von dem warmen Braun, das binnen Sekunden in ein dunkles Schwarz wechseln kann, wenn er traurig oder verletzt ist, erkenne ich im Moment keine Anzeichen für Drogenkonsum in seinem Blick.

»Er ist clean.«

»Natürlich bin ich clean! Also los.«

Er schnippt die Zigarette über den Rand des Turms und deutet gen Himmel. Dabei sieht er mich ernst an.

»Such dir ein paar Sterne da oben aus. Eine Konstellation, die du dir merken und wiedererkennen kannst. Wann immer du uns vermisst.«

Sein Lächeln wird sanfter, und ich weiß zu genau, dass er das nicht ausschließlich für mich tut. Irgendwann, in gar nicht allzu ferner Zukunft, wird Jasper irgendwo in Kapstadt am Strand sitzen, zum Himmel sehen und danach Ausschau halten.

Okay. Ich versuche es. Doch angesichts der großen Auswahl dort oben bin ich total verloren. Es gibt so viele Möglichkeiten, diese funkelnden Juwelen zu verbinden und die verrücktesten Dinge in den Himmel zu zeichnen. Plötzlich sehe ich vor lauter Bäumen den sprichwörtlichen Wald nicht. Beziehungsweise vor lauter Sternen nicht die Milchstraße.

»Nur wenn ihr mit aussucht.«

Jasper nickt begeistert von der Idee, die seine – und nicht meine – ist, und sieht wieder zum Himmel, wo sich vor seinen kreativen Augen vermutlich eine ganze Auswahl an imaginären Sternbildern ausbreitet. Ich sehe einfach nur glitzernde Punkte.

Schließlich hebt Ben die Hand. Dabei kneift er ein Auge angestrengt zusammen.

»Ich habe den Ausgangspunkt gefunden.«

»Wo?«

Ich rolle mich schnell wieder auf den Rücken, um die Richtung, in die sein Finger zeigt, besser nachvollziehen zu können.

»Siehst du den hellen Stern da?«

»Ja.«

Jasper lässt sich ebenfalls wieder auf den Rücken fallen und rutscht näher zu uns. Ich spüre seinen Unterarm an meiner Hand.

»Den Stern da sollte jeder von uns wiederfinden können. Er ist der hellste am ganzen Himmel.«

»Gut. Dann ...«

Jasper lässt seinen Blick über das Firmament schweifen, bis er kurz auflacht.

»Warum kompliziert, wenn es auch einfach geht? Seht ihr den Stern da?«

Er hebt den Arm, der eben noch meine Hand berührt hat, und zieht einen geraden Strich von unserem Basisstern zu einem anderen, der fast ebenso hell leuchtet.

»Ja.«

Stimmen Ben und ich gleichzeitig zu.

»Und jetzt noch den?«

Dabei fährt er zum dritthellsten Stern und wieder zurück zum Ausgangsstern.

»Ein Dreieck?«

Jasper nickt zufrieden und wiederholt die geometrische Figur zwei weitere Male, bis wir sie uns alle eingeprägt haben.

»Aber nicht irgendein Dreieck. *Unser* Dreieck. Das finde ich überall auf der Welt wieder. Ich suche einfach die drei hellsten Sterne.«

Feierliche Stille breitet sich zwischen uns aus und verbindet uns. Nur das leise Plätschern des Pools zehn Meter unter uns ist noch zu hören.

Ich starre angestrengt zum Himmel und versuche, gegen die Tränen anzukämpfen. Also habe ich jetzt doch etwas, das mich überall an diese Nacht, an diesen Moment und vor allem an diese Jungs erinnern wird.

Moment.

»Schaut mal.«

Ich zeige auf Bens Stern, glaube fast, ihn tatsächlich berühren zu können, und verbinde ihn wieder mit den anderen beiden Sternen zu Jaspers Dreieck. Doch dann führe ich meinen Finger ins Zentrum der Figur. Als würde meine Hand sich wie von selbst bewegen, folge ich einer Linie kleiner Sterne und zeichne eine liegende Acht in die Mitte des erfundenen Dreiecks. Dabei kribbelt mein ganzer Körper wie verrückt. Eine angenehme Wärme durchflutet selbst die entlegensten Ecken, lässt mein Herz tanzen und meine Lippen lächeln. Selbst wenn die beiden Jungs die Sterne, die die Bewegung vorgeben, nicht sehen, erkennen sie die Figur sofort: das Symbol für Unendlichkeit. So simpel. So genial.

»Das sind wir.«

Automatisch fahre ich mit dem Finger über das Tattoo an

meiner Hand. Direkt über das Dreieck, das die umgefallene Acht umrahmt. Wir sind durch ebendiese beiden Symbole für immer miteinander verbunden. Wir alle tragen es auf der Haut, obwohl es heute Abend noch niemand angesprochen hat.

»Jetzt haben wir unser eigenes Sternbild. Vergesst das ja nicht, Jungs.«

Dann sehen wir schweigend nach oben. Erfundene Sternbilder: das beste Geschenk, das wir jemals bekommen haben. Egal, wo ich auf der Welt sein werde, egal, wie weit weg meine besten Freunde sind, ein Blick nach oben – und ich finde sie wieder. Mein Lächeln wird breiter und breiter, obwohl sich Tränen in meinen Augen sammeln wollen. Hier sind wir und verweilen in diesem Augenblick, unendlich weit weg von allem, was sich wie Realität anfühlen könnte.

Es ist schließlich Ben, der die Stille unterbricht und raschelnd etwas in seiner Tasche sucht.

»Tut mir leid, aber das muss jetzt sein.«

Ben rückt etwas näher an uns heran, und schon hält er uns mit ausgestrecktem Arm die Polaroidkamera aus dem »Mos Eisley« vor das Gesicht. Jasper hilft ihm, die Kamera ruhig zu positionieren. Ich sehe in die Kamera und versuche zu lächeln. Dann folgt der helle Blitz, der nur eine Aufgabe hat: diese Erinnerung für immer einzufangen.

Kaum spuckt die Kamera das Bild aus, schnappt sich Ben das noch ganz graue Foto und wedelt damit in der Luft.

»Es ist übrigens vollkommener Quatsch zu glauben, man müsse die Bilder schütteln.«

»Ich weiß. Aber ich finde, es gehört dazu.«

Ben setzt sich auf und sieht das Foto gespannt an. Jasper und ich tun es ihm gleich. Zunächst erscheinen unsere Umrisse, bevor langsam immer mehr Details zu erkennen sind. Ich sehe dabei zu, wie eine Erinnerung entsteht, die ich auch ohne Polaroidfoto nie mehr vergessen werde. Ben hält sich das Bild etwas näher ans Gesicht und sieht dann überrascht zu mir.

»Na, sieh einer an. Ella lächelt!«

Über meinem Kopf klatschen sich die Jungs mit einem High five ab, und ich verdrehe grinsend die Augen. Obwohl ich es vielleicht noch nicht zugeben kann, ist mein Lächeln auf dem Foto echt. Fast könnte man meinen, es ist die Ella von damals. Die Ella, die Ben in seinem Brief mit so wunderschönen Worten beschrieben hat und die ich immer bleiben wollte. Plötzlich fühlt es sich sogar fast so an, als wäre das möglich.

Sprung!

Dann darf ich dich so sehen,
wie du wirklich bist.

»Jungs? Wisst ihr, was übrigens echt bescheuert wäre?«

Ich setze mich so ruckartig auf, dass Jasper neben mir zusammenzuckt und Ben mich überrascht ansieht. So kennen die beiden sonst nur Jasper, der heute Nacht auf uns abzufärben scheint und mich jetzt begeistert ansieht.

»Wenn morgen in der Zeitung steht, dass es ein neues Sternbild gibt? Nein, warte, wenn sich einer unserer Sterne als Komet herausstellt und morgen in der Zeitung steht, dass er auf die Erde zufliegt und sie zerstören wird. Das wäre echt bescheuert. Vor allem wegen der umgekippten …«

»Blödsinn. Wenn wir in ein Schwimmbad einbrechen und nicht mal ins Wasser springen.«

»Du willst unser Glück wohl unbedingt überstrapazieren.«

Ben sieht mich zweifelnd an, kann sich ein Grinsen aber nicht verkneifen.

»Ich bitte dich. Erzählt mir nicht, dass es euch nicht in den Fingern juckt, von diesem Turm runterzuspringen.«

Dafür kenne ich die beiden zu gut. Sie wollten es, ebenso wie ich, seit dem Moment, als wir über diesen Zaun geklettert sind. So schön es hier oben auch ist, so beeindruckend die Aussicht, es kann nur einen Grund geben, warum man hier raufklettert.

»Es ging doch immer nur um diesen Sprung!«

Jetzt verlasse ich mich auf das Y-Chromosom in ihren Körpern, denn was ich gerade sage, hört sich verdammt nach einer Herausforderung an. Und was können Männer nicht? Richtig, eine solche Herausforderung ablehnen.

Doch dann macht Jasper etwas, woran ich nicht gedacht hatte. Er setzt sich auf, zwinkert mir zu und greift zum Bund seines T-Shirts, um es sich im nächsten Augenblick samt Cardigan über den Kopf zu ziehen.

Unzählige Sommertage haben wir gemeinsam in genau diesem Schwimmbad verbracht. Haben uns Eis, ein Handtuch und das Geld für Süßigkeiten geteilt. Es gehörte zum Alltag meiner Jugend, und trotzdem ist heute, genau jetzt, alles anders.

Mein Blick wandert möglichst unauffällig über Jaspers Oberkörper, der sich in den letzten Jahren ziemlich verändert hat. Irgendwie muss er auf seinen Reisen und zwischen den Ausstellungen viel Zeit gefunden haben, um zu trainieren. Er sieht gut aus, schlank, aber durchtrainiert. Offenbar habe ich aus reinem Selbstschutz eine viel schmächtigere Version von Jasper im Sommer-Look gespeichert.

»Gut. Dann springen wir!«

Noch ist mein Gehirn nicht in der Lage, die Flut an Informationen und vor allem Bildern zu verarbeiten, als Ben neben mir auch schon damit beginnt, den Gürtel an seiner Jeans zu öffnen. Das habe ich natürlich nicht bedacht, als ich den spontanen Gedanken eben einfach laut ausgesprochen habe: viel nackte Haut. Nichts Besonderes, oder? Ben, dessen Oberkörper schon eine Flut an alten Erinnerungen durch meinen Kopf gejagt hat, öffnet jetzt seine Hose, während er grinsend zu Jasper sieht, der die Turnschuhe auszieht. Bens Haut ist in meiner Erinnerung so perfekt, so präsent, einfach wie für meine Berührungen gemacht. Sein Körper, der erste, den ich berührt und geküsst habe, der mich auch vorhin einen kurzen Moment aus dem Tritt gebracht hat. Jetzt sehe ich ihm dabei zu, wie er sich die Jeans runterzieht. Wem will er eigentlich etwas vormachen? Selbst wenn er nicht mehr klettert, scheint er viel Sport zu betreiben. Die kräftigen Schultern, die sehnigen Arme und die muskulöse Brust. Alte, fast vergessene Bilder huschen vor mein inneres Auge. Ben und ich …

»Endlich darf die junge Ella zum Spielen raus. Danke dafür!«

Jasper stopft seine Kleidung samt Chucks in den Rucksack und steht jetzt nur noch in schwarzen Boxershorts vor mir. Ein Anblick, den ich nicht gewöhnt bin. Obwohl wir drei erwachsen sind und eigentlich nichts dabei sein sollte, wirft mich das hier gerade doch ein bisschen aus der Bahn. Vielleicht sogar, *weil* wir inzwischen erwachsen sind. Diese ganze Situation ist jedenfalls ziemlich verwirrend.

»Und? Ella?«

Jasper nimmt Bens Hose in Empfang und verstaut auch diese im Rucksack.

»Ich habe gar keine Wechselklamotten dabei. Die sind im Hotel.«

Er zuckt die Schultern.

»Kein Problem. Du kriegst nachher was von mir.«

Gut, keiner erwartet von mir, dass ich hier ebenfalls einen Strip hinlege.

»Oder hast du etwa doch plötzlich Angst?«

»Ich? Nein.«

Habe ich wirklich nicht, bloß wage ich es im Moment nicht, mich zu Ben zu drehen, der inzwischen auch nur noch Boxershorts trägt.

Mir fallen spontan einige Frauen ein, die jetzt gerne an meiner Stelle wären. Die Aussicht darauf, hier oben, zwischen diesen beiden halb nackten Männern zu stehen oder zu sitzen, die beide auf ihre ganz eigene Art unwiderstehlich sind, dürfte bei den meisten Frauen zu großer Begeisterung führen. Der absolute Jackpot. Aber, meine lieben Damen, ich kann euch sagen, es ist gar nicht so einfach, das alles auf die Reihe zu kriegen. Es führt nämlich zu leichtem Schwindel, erhöhtem Pulsschlag und dem zeitweisen Aussetzen des Großhirns.

Wie gelähmt sitze ich da und bin unfähig, mich zu bewegen.

»Komm.«

Jasper hält mir die Hand hin. Was für eine verlockende Einladung! Das ist keine sehr gute Idee. Oder doch die beste, die wir heute Abend hatten?

Als ich meine Hand ausstrecke, um seine zu nehmen, ist es nur zu deutlich, wie nervös ich tatsächlich bin. Meine Hand ist eiskalt, während seine angenehm warm ist. Als sich seine Finger um meine schließen, hört das Zittern aber schlagartig auf, ebenso wie alle Geräusche um mich herum verstummen und Jasper mich auf die Füße zieht. Obwohl ich mir große Mühe gebe, ihm ins Gesicht zu schauen, wandert mein Blick ganz ohne meinen bewussten Einfluss wieder über seinen Oberkörper, seinen definierten Bauch.

»Spring mit mir, Ella.«

Jetzt, in genau diesem Moment, würde ich mit Jasper auch aus einem Flugzeug springen. Sein Blick, der eben noch mit totaler Vorfreude erfüllt war, verändert sich, als er vor mir steht und meine Hand in seiner hält.

»Die Tasche hole ich nachher. Sind wir dann so weit?«

Bens Stimme erreicht mich durch einen Nebel aus diffusen Gefühlen, der mich einhüllt und aus dem ich nicht mehr auftauche. Jasper reißt seinen Blick von mir los und nickt Ben lächelnd zu.

»Du lässt dein geheimes Drehbuch hier oben unbeaufsichtigt zurück?«

»Na, runterwerfen werde ich es wohl kaum, und runtertragen erst recht nicht. Nicht jetzt.«

Jasper wirft mir einen kurzen Seitenblick zu und nickt auf den bereits recht vollen Rucksack in seiner Hand.

»Willst du wirklich so springen oder packe ich dein Zeug noch dazu?«

Hm. Gute Frage. »So springen« wäre vermutlich die sicherste Version, diese Etappe zu beenden: voll bekleidet, wenig Haut, keine Schwierigkeiten. Oder ich könnte die Taschen nehmen und dann über die Treppe nach unten gehen, während meine Jungs springen und mich, so wie früher, beeindrucken. Das wäre aber nicht *Ella*.

»Warte.«

Langsam ziehe ich meine Schuhe und mein Oberteil aus und reiche alles Jasper. Dann öffne ich die Knöpfe meiner Jeans und spüre seinen Blick auf mir. Kaum habe ich die Jeans ausgezogen, brennt meine Haut an den Stellen, an denen mich Jaspers Blick streift. Es fühlt sich so an, als ob er keinen Zentimeter Haut auf meinem Körper auslässt, nicht mal die Narbe an meinem Knöchel. Mein Herz rast. Das ist doch albern. Wir haben unzählige Male nebeneinander im selben Bett geschlafen, haben uns vor dem anderen umgezogen und als Kinder nackt zusammen im Garten gespielt. Trotzdem fühlt es sich jetzt anders an. Ohne weiter nachzudenken, ziehe ich schnell das Trägertop aus und stehe schließlich nur noch in der schwarzen Unterwäsche da.

Während Jasper meine Klamotten im Rucksack verstaut,

greift Ben nach meiner Hand, umschließt sie sanft und holt mich so zurück in die Realität. Ich drehe mich zu ihm um, und mir wird plötzlich bewusst, dass ich hier – zehn Meter über dem Boden – zwischen meinen besten Freunden stehe, mit denen ich gleich einen gewaltigen Sprung wagen werde. Nicht mehr, aber auch nicht weniger. Das Herzklopfen und der verwirrende Schwindel lassen endlich nach, und ich spüre die kühle Nachtluft auf der Haut.

Bens Blick wandert kurz über meinen Körper, und Erinnerungen an damals spiegeln sich in seinen Augen, aber irgendwie ist es genau *das* nicht mehr: so wie damals.

Er beugt sich leicht zu mir, lächelt und hebt seine Hand an meinen Nacken, wo er nach dem Haargummi greift, das meine Mähne bisher gebändigt hat. Sanft befreit er mich davon. Ich fahre mir kurz durch die Haare und spüre, wie sie mir über die Schulter fallen.

Da verändert sich Bens Lächeln, und mein Herz zieht sich kurz zusammen, während er nickt, sich zu mir herunterbeugt und mich sanft auf die Wange küsst. Er drückt meine Hand, schenkt mir ein Lächeln und ein Teil meines Herzens will brechen. Zu deutlich kann ich es in seinen Augen sehen: Ben hat mir längst verziehen. Alles. Hier oben, zwischen all den Sternen, vergibt mir Ben.

Er nickt, als er meine Tränen und das zeitgleiche Lächeln bemerkt. Dann sieht er zu Jasper, der den Rucksack weit über die Brüstung schleudert.

Wir hören den dumpfen Aufprall, als er neben dem Becken auf dem Boden aufschlägt. Jetzt gibt es kein Zurück mehr. Für alles, was noch vor uns liegt.

»Bereit, Sundance?«

Jasper grinst Ben breit an.

»Bereit, Butch!«

»Dann bringen wir die Prinzessin mal heil nach unten.«

Jetzt greift auch Jasper nach meiner Hand und hält sie so fest, als wolle er mir versichern, dass mir unterwegs nichts passieren kann und wird.

Wir nehmen zwei Schritte Anlauf, und dann springen wir, als gäbe es nichts zu verlieren, zusammen über den Abgrund ins Nichts.

Flucht!

> Ich könnte jetzt sagen,
> wie schön du bist,
> wenn du lachst.

Mit angehaltenem Atem durchbreche ich die Wasseroberfläche. Alle Geräusche werden mit einem Schlag verschluckt, und ich gleite tief hinab. Das Wasser fühlt sich angenehm kühl auf meiner Haut an. Ich öffne die Augen, und das Chlorwasser brennt nur kurz, dann kann ich das hell erleuchtete Becken um mich herum sehen. Bens Körper schwebt bereits einige Meter über meinem Kopf, weil ich seine Hand im freien Fall verloren habe. Jaspers Hand spüre ich noch immer in meiner. Sein Gesicht taucht neben meinem auf. Seine Augen sind, trotz des Wassers, klar vor mir, und seine dunklen Locken wiegen leicht hin und her. Mit einem Lächeln auf den Lippen zieht er mich an sich, und ich lege wie bei der Aufforderung zu einem Tanz meine Arme um seinen Nacken. Hier – unter Wasser, mit leichtem Auftrieb – spüre ich sein Herz schlagen. Zu gerne würde ich diesen Zeitsplitter festhalten. Doch uns geht die Luft aus, und wir sind schon fast an der Oberfläche angekommen.

Als wir auftauchen, atme ich tief ein, und ich schwöre mir, nicht mehr darauf zu warten, dass sich die Wunden der Vergangenheit irgendwie auf magische Art und Weise schließen. Das Gestern liegt zu weit zurück und verschwindet immer mehr. Das Morgen ist noch zu weit weg, um sich darüber ernsthafte Gedanken zu machen. Jetzt geht es um das Heute! Das Hier.

Jaspers warme Haut an meiner katapultiert mich in diesen Teil der Realität zurück. Mit einer Handbewegung streicht er mir die nassen Haare aus dem Gesicht und grinst. Diesen Blick sehe ich heute zum ersten Mal an ihm. Früher hat er mich oft so angesehen. Erst jetzt wird mir bewusst, wie sehr es mir gefehlt hat, wenn er mich so ansieht. Ja, in Jaspers Armen fühle ich mich gut aufgehoben, seine dunklen Augen funkeln, und sein Grinsen verwandelt sich in ein liebevolles Lächeln. Wasserperlen sammeln sich auf seinen Lippen, und wenn er mich noch länger in seinen Armen hält und mich so ansieht, bin ich versucht, sie wegzuküssen. Doch da lässt er mich auch schon wieder los und bringt mit einigen Schwimmbewegungen Abstand zwischen uns. Jedoch nicht ohne dabei so mit den Füßen im Wasser zu strampeln, dass ich mir schützend die Hände vors Gesicht halten und lachen muss.

Nur wenige Meter neben mir klatscht Ben jetzt beide Hände über dem Kopf zusammen, als wolle er den Takt für einen Song angeben. Dann pfeift er durch die Finger, als befänden wir uns in der Cannstatter Kurve im Stadion. Es ist verrückt und absurd.

Was mich jetzt aber am meisten verwirrt, ist das laute Lachen, das von den Kacheln um uns herum wie ein lautes Echo abprallt und in die Nacht schallt. Noch klingt es etwas fremd in meinen Ohren, aber ich bin mir sicher, dass es sich um mein Lachen handelt. Losgelöst und frei. Ich lache. Aus tiefstem Herzen und weil mir danach ist.

Mit zwei Zügen ist Ben neben mir und strahlt über das ganze Gesicht.

»Na also, geht doch!«

Ich fasse nach seinen Schultern und halte mich daran fest. So wie Ben mich gerade ansieht, weiß ich, dass er mir nicht mehr böse ist. Er hat mir vergeben. Doch bevor ich etwas sagen kann, taucht Jasper hinter Ben auf und drückt ihn frech grinsend unter Wasser. Ich bin gezwungen, ihn loszulassen, und bringe mich mit ein paar Schwimmzügen in Sicherheit vor Jaspers nächster Attacke.

»Du entkommst mir doch sowieso nicht, Ella!«

Gerade als ich widersprechen will, greift Ben nach Jaspers Schultern und taucht ihn lachend unter Wasser. Es kommt zu einem kurzen freundschaftlichen Tumult, und als beide sich etwas beruhigt haben, ahne ich Schreckliches. Zeitgleich drehen sie ihre Köpfe zu mir und grinsen frech.

»Was? Nein. O nein!«

Um sie auf Abstand zu halten, beginne ich damit, sie mit Wasser anzuspritzen, was sich als nicht besonders wirksam erweist und nur in einer wilden Wasserschlacht endet. Ich muss laut lachen, während Jasper alles gibt, um meiner Wasserattacke auszuweichen, dazu erschallt Bens Lachen, als Jasper schließlich den einzigen Fluchtweg wählt, nämlich Abtauchen.

»Ich ergebe mich!«

Ben hält beide Hände über Wasser, und ich mustere ihn einen Moment, bevor ich ihm glaube und auf ihn zuschwimme – nur um von einer Ladung Wasser im Gesicht getroffen zu werden.

»Hey!«

»Was denn?«

Ben sieht mich unschuldig an.

»Sehr witzig. Waffenstillstand?«

Lachend nimmt Ben mein Angebot an und reicht mir seine Hand.

»Okay, Frieden.«

Er zieht mich zu sich, und ich spüre, wie gelöst er jetzt

wirkt, sein Lachen, der offene Blick. Ben muss sich so fühlen wie ich. Als hätte der Sprung einen Schalter umgelegt.

»Danke, Ben.«

Zum ersten Mal seit New York fühle ich mich wieder wie die Frau, die er in dem Brief beschrieben hat. Die Frau, die ich gerne war und jetzt endlich wieder sein darf. Es fühlt sich unglaublich gut an.

»Nein, ich danke dir.«

Obwohl ich keine Ahnung habe, für was er sich bei mir bedankt, nehme ich es einfach an und lasse ihn wieder los.

Als ich mich suchend nach Jasper umblicke, sehe ich, wie er sich am Beckenrand aus dem Wasser zieht. Mit angespannten Rückenmuskeln klettert er heraus, und ich ertappe mich dabei, wie ich seinen Hintern in der nassen Shorts betrachte. Dann streicht er sich mit einer lässigen Handbewegung die Haare aus der Stirn und ahnt nicht mal, wie sexy er dabei aussieht.

»Willst du schon abhauen?«

»Das wünscht ihr euch wohl, hm?«

Stattdessen steuert er das Sprungbrett an, hinterlässt nasse Fußabdrücke auf dem Beton und lächelt so selbstsicher wie damals als Teenager.

»Was ihr jetzt gleich erleben werdet, ist der perfekte Köpper mit Eins-a-Körperhaltung und tipptopp Eintauchverhalten!«

»Du machst eine Arschbombe, oder?«

»Na logo!«

Mit Anlauf und perfektem Sprungtiming formt Jasper in der Luft eine Art menschliche Kanonenkugel, bevor er mit einem lauten Klatschen ins Wasser taucht und Ben und mich nass spritzt.

»Das war höchstens Note sechs.«

»Ja klar, Ella! Weil du das auch so viel besser kannst.«

»Sieh zu und lerne, Nowak!«

Ich schwimme an den Rand, ziehe mich etwas ungeschickt aus dem Wasser und sehe dann zu den Jungs, die sich mit leichten Kreisbewegungen der Arme über Wasser halten und mich keine Sekunde aus den Augen lassen. Mit möglichst eleganten Schritten nähere ich mich dem Sprungbrett und bemerke, dass ich aufrechter gehe als in den letzten Tagen. Ach was, Jahren! Meine Schultern sind gestrafft, mein Haupt erhoben.

»Meine Herren, es folgt die perfekte ...«

»Ihr da! Raus aus dem Wasser, verdammt noch mal!«

Ich kann meinen Sprung gerade noch abbremsen. Da sehe ich in einiger Entfernung das Licht von zwei Taschenlampen. Super, wir wurden erwischt!

Ben und Jasper setzen sofort zur Flucht aus dem Wasser an, klettern aus dem Becken und spurten los. Jasper schnappt sich den Rucksack, eilt zu mir an den Sprungturm und greift nach meiner Hand, während Ben direkt auf die beiden Männer zuläuft, die gerade aus dem Schatten der Bäume neben der Liegewiese gelaufen kommen.

»Hey! Und wer seid ihr Pappnasen? Die Wachmannschaft? Wie schnell könnt ihr eigentlich rennen?«

Und dann läuft er los, verfolgt vom wackelnden Schein zweier Taschenlampen.

Jasper zieht mich einfach mit sich, und wir hasten leise über das nasse Gras, bis wir möglichst lautlos ins Gebüsch am Rand des Freibades verschwinden. Zweige schlagen uns ins Gesicht, und der Boden ist voll stachliger kleiner Pflanzen, die uns das Vorankommen auch nicht gerade erleichtern.

»Glaubst du, Ben ist okay?«

Jasper bleibt nicht stehen, um meine Frage zu beantworten, und deutet stattdessen nach vorne auf einen Stromkasten auf der anderen Seite des Zauns.

»Wahrscheinlich. Da kommen wir leicht wieder runter!«

Völlig außer Atem und komplett auf Adrenalin bleiben wir stehen und sehen uns um. Da huscht plötzlich ein Lichtschein durch das Gebüsch, und eine dunkle Gestalt steht in etwa dreißig Metern Entfernung am Rand. Verdammt!

Jasper nickt wieder zum Stromkasten, als plötzlich lautes Geschrei zu hören ist. Es kommt aus der Richtung des Sprungturms.

»Hey! Hier oben, ihr Idioten! Kommt, wenn ihr euch traut!«

Ben! Ich halte die Luft an und sehe, wie sich die Gestalt vor dem Gebüsch umdreht und der kleine Lichtkegel verschwindet.

Jasper und ich sehen uns an. Mein Herz hämmert wie wild gegen meine Rippen, meine Lunge schreit nach mehr Luft, und das Seitenstechen macht sich bemerkbar. Jaspers nackter Oberkörper hebt und senkt sich schnell, und er blickt noch immer in Richtung Sprungturm. Aber ich kann erkennen, dass sich ein Grinsen auf sein Gesicht mogelt.

»Dieser verdammte Mistkerl.«

»Irgendwo habe ich das heute Nacht schon mal gehört.«

Zu genau weiß ich auch, wann das war. Als Jasper Ben dazu gekriegt hat, über das Schultor zu klettern. Als er ihn dazu angestiftet hat, wieder das zu tun, was er liebt.

Ich betrachte Jaspers Profil und frage mich, wann der verrückte Junge von damals zu diesem wundervollen Mann geworden ist – und warum ich nicht dabei sein durfte.

»Komm, Ella! Ab in die Freiheit.«

Es klingt bei ihm fast so, als wäre es das Leichteste der Welt.

»Okay.«

Jasper lehnt sich mit dem Rücken an den Zaun, verschränkt die Finger wieder zur Räuberleiter und sieht mich aufmunternd an. Ich lege meine Hände auf seine Schultern, und das Gefühl seiner Haut unter meinen Fingern in Kombination mit der Tatsache, dass sich unsere nur spärlich bekleideten Körper gerade ziemlich nahe sind, startet eine private Kopfkinovorstellung von »Hätte, wäre, wenn«, deren Wucht mich kurz erschaudern lässt. Mein Herz legt ein Trommelsolo wie von Phil Collins zu seinen besten Zeiten hin.

Ich lehne mich etwas vor, lege meinen Fuß in seine warmen Hände und mache mich für den Abstoß bereit. Jasper hält mich, doch unsere Körper kommen sich dabei noch näher, und eine Frage hämmert plötzlich immer und immer wieder gegen meine Schädeldecke, verlangt danach, gestellt zu werden. Jetzt. Hier.

»Jasper ...«

Gerade als ich unvermittelt zu ihm aufblicke, neigt er seinen Kopf zu mir, und unsere Nasenspitzen berühren einander kurz, seine Lippen streifen meine. Nur für den Bruchteil einer Sekunde, aber der Moment reicht aus, um die Welt anzuhalten. Die Zeit steht still. Die Berührung war so hauchzart, als hätte ich sie mir nur eingebildet, doch das Prickeln bleibt – wird zum Kribbeln, dann zum Brennen, während ich wie gebannt auf seinen leicht geöffneten Mund starre. Mir wird plötzlich heiß, und meine Hände wandern wie ferngesteuert von seinen Schultern an seinen Nacken, während ich nach mehr Halt suche. Mein ganzes Leben gerät gerade aus den Fugen, und die Frage hämmert noch ekstatischer gegen meine Schädeldecke. Jetzt oder nie! Doch gehorchen mir weder mein Sprachzentrum noch meine Lippen, die sich nicht mehr dazu berufen fühlen, sich für Worte zu bewegen, sondern ihr Dasein lieber als Kussmund fristen wollen. Ich zögere. Jasper ebenfalls. Wir sehen uns einfach nur an. So hat mich Jasper schon einmal angesehen. Zweimal. Genau so.

Und dann ist das Standbild des perfekten Moments auch schon vorbei. Mit einem leichten Ruck bringt Jasper mich dazu, dass ich mich abstoße. Meine Hände verlassen seinen Nacken und suchen im Zaun neuen Halt. Dann fädele ich meinen freien Fuß in eine der großen Maschen, dann den anderen. Mit wild schlagendem Herzen klettere ich über den Zaun. Jasper hilft mir anfangs noch dabei, das Gleichgewicht nicht zu verlieren. Das Gefühl seiner Hände auf meiner Haut kappt jegliche Verbindung zu vernünftigen Gedanken.

Ich steige langsam über den Zaun und dann auf den Stromkasten – zurück in die reale Version meines Lebens. Als ich wieder festen Boden unter den Füßen spüre, sehe ich durch die Maschen zu Jasper, der keine Anstalten macht, mir zu folgen. Stattdessen steht er ruhig da und sieht mich durch den Zaun hindurch an. Wie kann er so ruhig sein, während in mir ein Hurrikan tobt? Er macht einen Schritt nach vorne und hakt seine Finger in die Zaunmaschen, die direkt neben meinen sind. Erst jetzt, als das Licht der Straßenlaterne auf sein Gesicht trifft, erkenne ich in seinen dunklen Augen, dass auch in ihm ein Sturm tobt.

Vorsichtig lehne ich mich näher an den Zaun, der uns trennt, und nehme all meinen Mut zusammen.

»Warum hast du mich damals nicht geküsst?«

Ich muss es wissen, weil die Frage zu lange stumm in meinem Inneren überlebt hat und wir beide eine Antwort verdient haben.

»Weil du Bens Mädchen warst.«

Natürlich. Weil ich die Freundin seines besten Freundes war. Der beste Freund, der immer für ihn da war. Aber das ist nur die halbe Wahrheit. Es ist lediglich der Grund, warum wir uns nie geküsst haben, wenn er mich in den Arm genommen hat, um mich zu trösten oder sich mit mir zu freuen, oder wenn wir nachts nebeneinander an unserem Lieblingsplatz am Neckarufer gelegen haben und irgendwann eingeschlafen sind. Nein, dass Ben und ich zusammen waren, ist nicht der Grund, warum er mich am Abend vor dem Bio-Abitur nicht geküsst hat. Da bin ich mir sicher. Es ist derselbe Grund, warum er mich vorhin im »Schocken« nicht geküsst hat – und gerade eben. Aber genau den muss ich wissen.

»Und warum küsst du mich heute nicht?«

Als hätte jemand die Geräusche um uns herum ausgestellt, hallen meine geflüsterten Worte wie ein Echo über unsere Köpfe. Jaspers Finger wandern in die beiden Maschen, in denen meine liegen, und er hakt seine Finger mit meinen unter. Es mag nur eine minimale Berührung sein, aber sie löst eine Emotionslawine in mir aus.

Er kann mir nicht in die Augen sehen.

»Jasper?«

Hilflos zuckt er mit den Schultern und wirkt so einsam, als würde uns mehr als nur ein Zaun trennen. Jetzt wirkt er gar nicht mehr so lässig, und ich kann den Jasper erkennen, der er ist, wenn er alleine in Kapstadt ist. Bei dem Anblick zieht sich mein Herz zusammen.

Irgendwo neben uns hören wir einen dumpfen Aufprall und zucken erschrocken zusammen. Schritte, ein Schatten und dann ein Gesicht. Ben. Mit seiner braunen Ledertasche in der Hand und ziemlich außer Atem. Er bleibt mit einem stolzen Lächeln neben mir stehen.

»Abgehängt. Wir müssen aber trotzdem verschwinden. Die Idioten haben die Bullen gerufen.«

Die Polizei ist mir in diesem Moment egal. Ebenso wie die Aussicht darauf, heute Nacht doch noch eine Anzeige am

Hals zu haben. Alles, was ich spüre, ist, wie Jasper meine Finger loslässt und sich einen Schritt vom Zaun entfernt.

Ben blickt hinter ihn in die Dunkelheit.

»Mist.«

Da sehe auch ich jetzt die beiden Lichtkegel, die schon wieder wankend auf uns zukommen. Jasper wirft einen kurzen Blick über die Schulter und stößt einen genervten Atemzug aus.

»Die Autoschlüssel sind in der Vordertasche.«

Dann wirft er mir seinen Rucksack über den Zaun hinweg zu, den ich überraschenderweise sogar auffange, und setzt sich langsam in Richtung Wachmänner in Bewegung.

»Wir treffen uns in zehn Minuten an der Brücke.«

»Was? Und du?«

Doch anstatt mir zu antworten, winkt er uns zum Abschied nur frech grinsend zu, wobei das dazugehörige Leuchten in den Augen fehlt.

»Wir treffen uns an der Brücke. Los!«

»Welche Brücke?«

Er sieht mich gespielt vorwurfsvoll an.

»*Unsere* Brücke. Jetzt haut endlich ab!«

»Aber ...«

Zu spät. Jasper rennt durch die Büsche zurück zum Schwimmbad, bevor Ben oder ich es verhindern können. Nach wenigen Augenblicken hören wir plötzlich wildes Geschrei, das an einen Indianerangriff erinnert.

Loslassen und festhalten

Egal, wo du bist
oder ich sein werde,
das hier bleibt.

»Mist. In Berlin darf ich am Flughafen erst mal einkaufen gehen.«

Ben durchwühlt den Kofferraum des alten Ford Taunus und zieht schließlich zwei billig produzierte neongrüne Plastik-Schaumstoff-Flip-Flops hervor, die zwischen einer verblichenen Peace-Fahne, ein paar PlayStation 2-Spielen, zerknitterten Mitgliedskarten für diverse Raucherklubs sowie jeder Menge Deutschland-Schminke versteckt waren und ziemlich mitgenommen aussehen. Wann Jasper wohl das letzte Mal seinen Kofferraumdeckel aufgemacht hat? Und ist das dahinten ein Discman?

Ben hat den Wagen einige Straßen von der Brücke an der Wilhelma entfernt in einer ruhigen Seitengasse geparkt, in der Hoffnung, damit die potenziellen Verfolger abgeschüttelt zu haben – und sich ungestört wieder anziehen zu können. Zwei halb nackte Menschen in einem uralten Ford Taunus ziehen dann doch zu viel Aufmerksamkeit auf sich und sind etwas zu leicht zu identifizieren.

Ben lehnt sich an das Heck des Wagens und zieht die Flip-Flops an. Er trägt wieder seine dunkle Jeans, dazu aber ein ebenfalls aus den Untiefen des Kofferraums gefischtes ausgewaschenes grau meliertes T-Shirt, da er sein schickes Hemd und die Lederschuhe im Schwimmbad zurücklassen musste.

Dazu rollt er die Hosenbeine seiner Jeans bis über die Knöchel nach oben und stößt sich vom Heck ab. Sein Blick trifft mich mit einer Mischung aus amüsierter Ungläubigkeit und besorgter Unsicherheit.

»Oder meinst du, dass ich die Co-Produzenten morgen auch so beeindrucken kann?«

Ich mustere das T-Shirt, das noch aus dem letzten Jahrtausend stammen könnte, seine neuen »Schuhe« und muss mir ein Lachen verkneifen.

»Schick ist anders, aber für den Moment wird es das wohl tun.«

»Das hatte ich befürchtet.«

Ich zwinkere ihm zu und lehne mich an den Wagen.

»Keine Sorge, wenn es jemand tragen kann, dann bist du es.«

Ich blicke über Bens Schulter hinweg in Richtung Brücke und muss plötzlich wieder an Jasper denken. Ich hoffe sehr, es geht ihm gut – so halb nackt und alleine in Stuttgart.

»Keine Sorge, er kommt bestimmt klar.«

Ben kann entweder meine Gedanken lesen oder er kennt mich doch noch immer besser, als ich dachte.

»Vielleicht sollten wir uns trotzdem auf der Brücke blicken lassen. Wahrscheinlich steht er da gerade halb nackt in der Gegend rum und heckt irgendetwas Verrücktes aus.«

Ein sehr amüsantes Bild, das ohne Zweifel zu ihm passen würde.

Ben schlägt den Kofferraumdeckel zu, schultert Jaspers Rucksack und schnappt sich seine Tasche. Einen kurzen Moment mustere ich ihn. Der lässig entspannte Look steht ihm so viel besser als das Hemd, die Krawatte und die schicken Schuhe. Es ist nicht so, als hätte er vorhin nicht umwerfend gut ausgesehen, aber die jetzige Version erinnert mich viel mehr an den Ben von damals.

»Stimmt was nicht?«

Er sieht unsicher an sich herunter bis zu seinen Füßen und dann wieder zu mir. Dabei ist alles genau so, wie es sein sollte.

»Nein, alles in Ordnung.«

»Ich sehe vollkommen lächerlich aus, oder?«

»Nein! Wirklich nicht. Du siehst aus wie ...«

Wie erkläre ich es ihm, ohne das heikle Kapitel aufzuklappen und ohne mich zu einer kompletten Idiotin zu machen? Natürlich könnte ich sagen, dass er gut aussieht, lässig, sportlich, flott oder sexy. Unzählige Adjektive, die alle den Mann beschreiben, der jetzt vor mir steht. Und doch wären sie alle nur leere Worthüllen.

»... mein Ben.«

Seine Lippen formen sich zu einem sanften Lächeln, als er nickt und einen Arm um meine Schultern legt.

»Danke. Ich fühle mich heute auch ein bisschen so.«

Nein, ich werde ihn jetzt nicht fragen, ob auch ich noch etwas von der alten Ella habe. Ob er mich wenigstens noch ein kleines bisschen so sieht wie damals. Wie in seinem Brief, der mir das Leben gerettet hat. Aber die Befürchtung, dass mir die Antwort nicht gefallen könnte, ist größer. Vielleicht hat er den Brief ja auch schon längst vergessen oder er hat für ihn nicht dasselbe bedeutet wie für mich. All das will ich eigentlich nicht wissen. Deshalb frage ich lieber etwas anderes.

»Ben, das mit uns ...«

Angeblich sind Zäsuren an der richtigen Stelle Gold wert. Es steigert die Spannung oder so was. Ich wünschte, das hier wäre eine von mir geschickt gewählte dramaturgische Pause, doch in Wirklichkeit habe ich einfach nur Angst weiterzusprechen. Ben sieht zu mir herunter, während wir Arm in Arm über die Straße und auf die Brücke zuschlendern.

»… war schon etwas Besonderes, oder?«

Es ist die Essenz von dem, was ich wirklich fragen will, ohne wirklich zu fragen, was ich wissen will.

»Natürlich war es das.«

Er drückt mich kurz an sich und schiebt dadurch zerbrochene Teile in meinem Inneren wieder an die richtigen Stellen.

»Immerhin hast du mich für die Frauenwelt über Jahre hinweg verdorben.«

Obwohl er es wie einen Witz klingen lässt, weiß ich genau, dass er es zumindest zu einem kleinen Teil ernst meint. Mir ging es in den letzten Jahren nicht anders. Alle Männer habe ich mit Ben verglichen. Alle Beziehungen mit der unseren. Bei allen habe ich gehofft, dass sie das Gefühl von damals zurückbringen. Geglückt ist es keinem. Warum sonst bin ich noch immer Single und trenne mich von Männern wie Karsten, die andere Frauen als perfekten Heiratskandidaten einsortieren? Weil ich weiß, wie es sein kann.

Wir erreichen die Brücke, die von der Wilhelma über die vierspurige Straße nach Cannstatt führt. Ich war heute schon mal hier, als Kerstin mich zum Hotel gefahren hat. Es ist unsere Brücke, und heute, um diese Uhrzeit, fahren unter ihr nur einige Autos zu schnell durch die Nacht. Der Grünstreifen in der Mitte wirkt wie eine ruhige Insel in einem asphaltierten Fluss voller Schnellboote. Wir bleiben in der Mitte stehen, sehen über die nächtlichen Straßen und beobachten die Lichtkegel, die unter uns durchbrausen.

Ben beugt sich weit über die Brüstung und wirft einen Blick auf das Graffiti, das Jasper vor Jahren an diese Brücke gesprayt hat. Ich habe es heute bereits gesehen und weiß, dass es noch da ist.

»Wow! Man kann es tatsächlich noch erkennen!«

Sein Blick wandert über das erleuchtete Stuttgart vor uns.

»Damals habe ich wirklich gedacht, dass das mit uns etwas für die Ewigkeit ist.«

Ich starre auf seinen breiten Rücken – und höre die tiefe Trauer in seiner Stimme. Schnell mache ich einen Schritt auf ihn zu, lege spontan die Arme von hinten um ihn und lehne meine Wange an sein Schulterblatt.

»Ich weiß. Es tut mir so leid.«

Er greift nach meiner Hand, die auf seinem Bauch liegt, und hält sie fest umschlossen.

»Ich habe gedacht, du wärst die Eine.«

Schnell schließe ich die Augen, friere dieses Gefühl ein, weil ich weiß, dass es nicht wiederkommen wird und ich es jetzt bald loslassen muss.

»Ich bin echt stinksauer gewesen, weißt du, Ella?«

»Ja.«

»Ich habe dich die ganzen Jahre nicht losgelassen.«

Ich öffne die Augen und blinzle ungläubig. Habe ich da was verpasst?

»Ernsthaft?«

»Ja.«

»Du warst sauer, weil du mich nicht losgelassen hast?«

»Weil ich es nicht konnte. Ja. Du warst immer ein Teil von mir.«

Ein bitteres Gefühl breitet sich in mir aus.

»So hat es sich für mich aber nicht angefühlt.«

Ich lasse ihn los, und Ben dreht sich um. Der Blick aus seinen hellgrünen Augen mustert mich.

»Ich dachte, du hast mich vergessen.«

»Ella. Ich habe dich ganz sicher nicht vergessen.«

Natürlich. Das muss er jetzt sagen, damit ich mich nicht schlecht fühle. Wobei ich das so oder so tue. Aber es wäre nicht fair, ihm jetzt irgendwelche Vorwürfe zu machen, nachdem ich damals alles kaputt gemacht habe.

»Ja, ich weiß, nicht *ganz* vergessen, aber du hast auch nicht allzu oft an mich gedacht, oder? Das ist nicht schlimm. Ich verstehe das. Wirklich. Ich hatte genug Zeit, darüber nachzudenken. Du kannst es ruhig sagen. Es wäre mir sogar lieber, du hättest mich vergessen – und mit deinem Leben weitergemacht.«

Ben schüttelt ungläubig den Kopf, aber bevor er etwas sagen kann, fahre ich lieber schnell fort.

»Wie dem auch sei. Ich will nur, dass du weißt: Du warst meine erste große Liebe und der beste erste Freund, den man sich nur vorstellen kann. Du warst der erste Mann, dem ich mich voll und ganz hingeben wollte, und der erste Mann, der mir mit dem schönsten Liebesbrief der Welt nicht nur endgültig das Herz gestohlen hat, sondern mir auch gezeigt hat, wer ich wirklich bin.«

Jetzt habe ich es doch angesprochen, und ich sehe ihn fragend an. Als ein flüchtiges Lächeln über seine Lippen huscht, atmet mein Herz erleichtert auf. Er hat den Brief nicht vergessen. Es hat ihm also auch etwas bedeutet. Es waren keine halbherzigen, leeren Worte, in die ich mehr hineininterpretiert habe, als gemeint war.

»Und der letzte Mann übrigens auch.«

Bens grüner Blick wird warm und weich, und er hebt seine Hand vorsichtig an mein Gesicht.

»Ich glaube, du wirst in deinem Leben noch einige solcher Liebesbriefe bekommen.«

»Glaubst du?«

Ben nickt und fährt mir mit dem Zeigefinger über die Wange, so leicht und sanft, als wäre die Berührung nur ein Windhauch.

»Ich weiß es.«

Es fühlt sich so gut an. Ich lege meine Hand auf seine und schließe für einen kurzen Moment die Augen.

»Blöd nur, dass du es für die Männer nach dir so verdammt schwer gemacht hast. Denn dein Brief kann nicht getoppt werden. Du hast mich darin so beschrieben, wie ich immer sein wollte, wie ich auch jetzt noch gerne sein würde. Deine Worte waren mein Leuchtfeuer, als alles … dunkel wurde. Ohne den Brief wäre vieles schwerer gewesen, nachdem …«

Ich spüre, wie mir plötzlich die Tränen in die Augen steigen, und atme tief durch. Bevor ich aber zurück in eine Vergangenheit taumle, die ich für immer vergessen will, halte ich mich an Bens Hand fest und komme zurück in die Gegenwart.

»Jedenfalls fürchte ich, dass es die Ella, die du darin beschrieben hast, nicht mehr gibt, und ich hoffe wirklich, dass ich dich nicht für immer verdorben habe. Für die Frauenwelt, meine ich.«

Weil es schlimm wäre, wenn ein Mann wie Ben nicht die Richtige finden würde. Denn da bin ich mir inzwischen sicher: Ich bin nicht die Richtige. Vielleicht war ich es einmal, aber jetzt bin ich es nicht mehr. Noch schlimmer wäre aber, wenn er die Richtige findet und sich nicht auf sie einlassen kann, weil er schon einmal zu sehr verletzt wurde. Von mir.

Der kurze, stechende Schmerz in meinem Herzen, als ich seine Hand loslasse und endlich erkenne, dass wir eine wunderschöne gemeinsame Vergangenheit erleben durften, ein wichtiges Kapitel im Buch unseres Lebens haben, aber eben nicht für immer gemacht sind.

Dann atme ich tief durch, und plötzlich fühlt es sich an, als wäre eine schwere Last von mir gefallen. Ich kann mich nicht mein Leben lang an schöne Erinnerungen und an die Vergangenheit klammern. Denn nichts anderes ist es: die Vergangenheit. Die ich damit abgeschlossen habe, dass Ben mir oben am Sprungturm endlich verziehen hat und wir einander jetzt loslassen können.

Ich wünsche mir nämlich wirklich, dass er glücklich wird. Ohne mich.

Als ich die Augen öffne, sehe ich, dass Ben nachdenklich in die Ferne hinter mich blickt. Dabei zeigt sich ein kleines Lächeln auf seinen Lippen. Dieses Lächeln ist neu an ihm. Zumindest heute Nacht habe ich ihn noch nicht so erlebt. Männer lächeln nur so, wenn sie ...

»Moment mal.«

»Hm?«

»Gibt es schon jemanden? Neuen?«

Als er wieder zu mir sieht, leuchtet sein Blick auf einmal, und die goldenen Punkte tanzen wie wild im Grün seiner Augen.

»Das wusste ich bis eben nicht so genau.«

Aber jetzt weiß er es. Niemand lächelt auf diese Weise und bekommt dabei so strahlende Augen, wenn er sich nicht sicher ist.

»Wer ist sie?«

Ich bringe etwas Abstand zwischen unsere Körper, weil ich fast erwarte, eine hübsche junge Frau am anderen Ende der Brücke zu erspähen, die ihren Freund einfordert.

»Sophie. Sie war meine Produzentin.«

»Du hast gesagt, du wärst Single.«

»Ich bin Single. Zwischen uns ist nichts gelaufen, und sie ist letzten Monat nach Amsterdam gezogen. Sie ... hat allerdings gefragt, ob ich mitkomme. Es hätte dort eine Stelle für mich gegeben als Regieassistenz.«

»Ich nehme an, sie wollte dir nicht einfach nur einen Job vermitteln?«

Er schüttelt den Kopf und sieht wieder weg. Vergebene Chancen, ich kenne das nur zu gut: nicht getane Dinge, die man mehr bereut als Fehler, die man begangen hat.

»Warum bist du nicht mitgegangen?«

Dabei habe ich eine Ahnung, warum er nicht mitgegangen ist, aber die gefällt mir nicht.

Ben fährt sich mit der Hand durch die Haare und kratzt sich am Hinterkopf, als müsse er über die Frage erst noch nachdenken.

»Ben, warum bist du nicht mitgegangen?«

Er atmet tief ein und zuckt die Schultern.

»Ich war mir nicht sicher.«

»Worüber warst du dir nicht sicher?«

Ich spüre einen eiskalten Kloß in meiner Kehle, als Ben mit sich hadert, ob er mir die Wahrheit oder eine passable Lügengeschichte auftischen soll.

»Ben, warum bist du nicht bei ihr?«

Ben lehnt sich an das Brückengeländer und blickt zu Boden.

»Ich musste erst wissen, ob du vielleicht doch noch du bist, Ella.«

Plötzlich fühlt es sich an, als würde die Brücke unter meinen Füßen zusammenbrechen.

»Ich musste wissen, ob wir ... wieder wir sein könnten. Wir waren noch nicht fertig. Wir haben nie unseren Abschied bekommen. Ich habe am Flughafen Unsinn geredet, dir viel zu viel Druck gemacht, und du hast mich mit Tränen in den Augen angestarrt. Ich war so ein Idiot. Ich hätte dich unterstützen sollen. Ich hätte auf dich warten sollen. Ich hätte dich nicht vor diese Entscheidung stellen dürfen. Es war, verdammt noch mal, dein Traum. Du hast hart dafür gearbeitet. Ich wusste das, und trotzdem habe ich nur an mich gedacht. Ich wollte dich nicht verlieren, und weil du nichts gesagt hast, bin ich in den Flieger gestiegen. Einfach so. Kein Auf Wiedersehen, kein Lebewohl. Das war brutal, und es tut mir unendlich leid. Das hast du nicht verdient. Warum ich heute nicht bei Sophie, sondern bei dir bin? Ich muss endlich wissen, ob du mir verziehen hast und ob unsere Geschichte wirklich zu Ende ist oder ob wir noch … irgendwas sind.«

Ich sehe Tränen in seinen Augen, die noch immer auf den Boden vor ihm gerichtet sind.

»Ella. Bitte sag mir, dass du wegen mir die letzten Jahre nicht unglücklich warst. Denn ich wollte dich immer nur glücklich machen. Immer. Als ich das mit dem Unfall gehört habe, wollte ich zu dir kommen, aber ich habe mich nicht getraut. Ich hatte Angst davor, wie du reagieren würdest.«

Schnell nehme ich sein Gesicht in meine Hände und zwinge ihn so, mich anzusehen, was er schließlich tut. Damals haben wir es vermasselt. Jetzt bekommen wir eine zweite Chance, um es richtig zu machen.

»Du wolltest mich glücklich machen, hast du gesagt.«

Er nickt, und ich lächele.

»Das hast du. Immer. Ja, ich war unglücklich, aber nicht wegen dir. Das Unglücklichsein habe ich schon ganz gut selbst hinbekommen, und ich hatte all die Jahre keine einzige Sekunde lang das Gefühl, dass du dich für irgendetwas bei mir entschuldigen müsstest. Ich liebe dich, Ben, und ich werde dich immer lieben, und ich will mich auch eigentlich gar nicht von dir verabschieden. Nicht für immer. Ein ›Bis später‹ oder ein ›Wir sehen uns‹ wäre mir lieber. Aber du musst mir eines versprechen.«

»Was?«

»Ruf Sophie an.«

Er schüttelt den Kopf.

»Das klingt so einfach.«

»Ich spreche aus Erfahrung. Tu es.«

Ben darf diese Chance nicht sausen lassen. Nicht, wenn seine Augen so leuchten, nur weil er ihren Namen hört. Ich kenne sie nicht und werde sie vielleicht auch nie kennenlernen, aber sein Lächeln, dieser Blick ... Sie könnte sein neues Kapitel sein.

»Du musst Sophie anrufen. Oder noch besser: Du musst zu ihr fahren.«

Niemals würde ich es mir verzeihen, wenn Ben wegen mir noch immer unglücklich ist. Es heißt, wenn ein Kapitel beendet ist, freut man sich auf das nächste. Wir haben beide zu lange nur zurück und nicht nach vorne geschaut und dabei übersehen, dass Menschen und Gefühle sich ändern können.

Eines ist jetzt aber klar: Ein neues Kapitel steht an. Für uns beide.

Ich spüre die Tränen in meinen Augen, doch dann lächele ich.

»Es wird Zeit, ein anderes Mädchen glücklich zu machen.«

Er sieht mich eine kleine Weile an und nickt schließlich zögernd.

»Gut, versprochen.«

Dann beginnt auch er zu lächeln. So fühlt es sich also an, wenn man alles gesagt hat und der Kopf nicht mehr voller zurückgehaltener Worte ist. Wenn man sein Leben wieder aufsammelt und es Stück für Stück zusammensetzt.

Da nimmt Ben mich zum Abschied in den Arm, und es fühlt sich verdammt gut an.

»Übrigens: Ich mag die neue Ella.«

»Der neue Ben ist auch ganz in Ordnung.«

Meine Tränen, die ich tapfer weglächele, fühlen sich jetzt anders an als die damals am Flughafen. Vielleicht verliere ich Ben diesmal gar nicht, sondern gewinne einen neuen besten Freund. Vielleicht ist das mit der Ewigkeit doch gar nicht mehr absurd.

»Freunde! Ich will eure traute Zweisamkeit ja echt nicht stören!«

Jaspers Stimme lässt unsere Köpfe zeitgleich zur Seite schnellen, wo wir ihn auf uns zukommen sehen. Noch immer nur in seiner schwarzen Boxershorts bekleidet.

Ich lasse Ben los und kann meinen Blick nicht von Jasper lösen. An dieser Stelle muss man echt mal ehrlich sein: Wenn jemand erhobenen Hauptes und fast nackt über eine Brücke laufen kann, dann ist es Jasper. Als wäre es das Natürlichste auf der Welt, kommt er mit federleichten Schritten auf uns zu und grinst frech. Sofort muss ich wieder daran denken, wie er mich im Schwimmbad in seinen Armen gehalten hat, wie sich seine Haut auf meiner angefühlt hat, wie ich kurz davor war, ihn zu küssen. All das, kombiniert mit diesem Anblick jetzt, führt zu einem beschleunigten Herzschlag, was er mir hoffentlich nicht sofort anmerkt.

»Aber ich hoffe, dass ihr für mich Klamotten dabeihabt.«

Ben nickt zum Rucksack, der neben uns auf dem Boden steht, und hebt den Daumen in die Luft.

»Wie es sich für gute Komplizen gehört, haben wir an alles gedacht.«

»Die Firma dankt.«

»Sie haben dich also nicht erwischt?«

Jasper schüttelt den Kopf und fischt seine Jeans aus dem Inneren, bevor er sich zu mir dreht und den Bund der Boxershorts an seiner rechten Hüfte gefährlich tief nach unten zieht. Dort präsentiert sich eine stattliche Kratzwunde.

»Mit freundlichen Grüßen vom Rosenbusch im Vorgarten von Familie Klemm.«

»Autsch!«

»Ich hatte Glück, der Hund war angeleint, was meine Flucht – durch mehrere Gärten und einem Koi-Teich – erheblich erleichtert hat.«

Er steigt mit einem Bein in die Jeans und betrachtet Bens neues Outfit, bevor er mir einen fragenden Blick zuwirft.

Ich versuche, so entspannt wie möglich zu wirken, denn die Szene eben – vor allem die Nähe – könnte, wie mir gerade auffällt, von einem Außenstehenden sehr schnell falsch interpretiert werden. Ich nehme mir fest vor, bei der nächsten Gelegenheit möglichst beiläufig zu erklären, was gerade passiert ist.

»Sexy Schuhe, Herr Handermann.«

»Danke.«

»Die habe ich auf meiner Weltreise nach dem Abi einem Typen in Bali für fünfzig Cent abgekauft. *Second foot.*«

»Charmant. Können Krankheiten eigentlich über die Fußsohle in den Körper übertragen werden?«

Jasper schlüpft wieder in sein weißes T-Shirt und den Minnie-Mouse-Cardigan.

»Nicht nach sieben Jahren. Hoffe ich zumindest. Für dich.«

Dann zieht er seine Chucks und zwei Farbdosen aus dem Rucksack.

Als er verschwörerisch zu uns aufsieht, wird mir endgültig klar, dass nichts an diesem Abend Zufall ist. Jasper hat alles geplant. Nur mit welchem Ziel?

Ben scheint von diesem Plan nichts gewusst zu haben, denn er sieht ebenso überrascht wie ich auf die Dosen in Jaspers Hand, die dieser jetzt schnell und laut schüttelt.

»Du sprayst noch immer? Ich dachte, du verkaufst Bilder.«

»Nur weil man etwas Neues macht, bedeutet es nicht, dass die alte Leidenschaft verschwindet, oder?«

Jasper wirft Ben eine Dose zu, die dieser lässig auffängt, und schlüpft in seine Schuhe.

»Ich dachte, es wäre ganz nett, wenn wir das Ding da unten auffrischen.«

»Stimmt, es könnte ein Make-over gut gebrauchen. Wo ist das Seil?«

Jasper grinst Ben herausfordernd an.

»Welches Seil?«

Jasper steht auf, schüttelt die Dose und beugt sich über die Brüstung der Brücke, als Ben nach seiner Schulter greift.

»Hey, warte. Wir brauchen einen besseren Plan. Eine vernünftige Absicherung.«

Jasper dreht die Dose lässig in seiner Hand.

»Du bist meine Absicherung.«

Wie Kinder ihren Eltern vertrauen, wenn sie in die Luft geworfen und wieder aufgefangen werden, so vertraut Jasper Ben. Hat er immer und wird er wohl immer. Zu keinem Zeitpunkt scheint er zu zweifeln oder Bedenken zu haben, dass etwas passieren kann. Nicht, solange Ben bei ihm ist. Eigentlich eine schöne Geste – in diesem Moment trotzdem bescheuert.

»Spinnst du? Soll ich dich am T-Shirt festhalten, damit du

nicht runterfällst, wenn du abrutschst? Mann, ich trage Flip-Flops aus Bali!«

»Jungs, ehrlich, das geht zu weit.«

Da kann Jasper ein freches Grinsen nicht mehr zurückhalten.

»Das Seil liegt hier hinter der Brüstung. Ich bin doch nicht lebensmüde, Leute.«

Ich atme erleichtert auf, während Jasper ein Seil samt Klettergurt hervorzaubert und beides Ben reicht, der es sich skeptisch ansieht.

»Die Ausrüstung hat aber auch schon mal bessere Zeiten gesehen.«

»Hey, sie lag sicher verwahrt in meinem Kofferraum, und letztes Mal war sie auch gut genug für uns. Also, komm schon.«

Schnell legt Ben seine Ledertasche neben die Brüstung ab und gibt Jasper den Klettergurt zurück, den der sich um die Hüfte legt, während Ben das Seil daran befestigt.

Es dauert nicht lange, und sie sind bereit. Die beiden Männer wechseln einen kurzen Blick, bis Ben nickt und ich sehen kann, wie er sich darauf konzentriert, Jasper den Halt geben zu können, den er für diese waghalsige Aktion braucht.

»Lass mich ja nicht fallen!«

Ich halte die Luft an, während Jasper vorsichtig über die Brüstung und dann langsam nach unten klettert, während Ben Seil nachgibt. Nervös beuge ich mich über das Geländer und beobachte, wie Jasper an der Brückenfassade einen sicheren Stand findet und schließlich eine Hand vom Geländer nimmt, um mit einem aufgeregten Lächeln damit zu beginnen, unser Symbol – unser ewiges Sternbild – mit der Dose nachzusprayen.

Bens Gesichtsausdruck spiegelt noch immer volle Konzentration wider. Seine beiden Hände halten das Seil fest, für den Fall, dass ... Mir wird ganz schwindelig, als ich bemerke, dass ich mit dem Atmen aufgehört habe, und hole erst mal tief Luft. Nichts wird passieren, dafür wird Ben schon sorgen. Wie immer. Immerhin ist letztes Mal auch nichts passiert.

Trotz meiner Angespanntheit muss ich plötzlich lächeln. Ein schräger Gedanke schießt mir durch den Kopf: langjährige Paare erneuern ihr Ehegelübde, wir drei unser Freundschaftssymbol. Davon werde ich meinen Enkeln noch erzählen. Damals, als Jasper meterhoch über der Brücke hing ... und *abstürzte*!

Denn genau das passiert gerade. Wie in Zeitlupe spielt es sich direkt vor meinen Augen ab. Wie gelähmt sehe ich dabei zu, wie Jasper mit dem linken Fuß plötzlich an der Brückenfassade abrutscht, während sein rechter Fuß plötzlich ebenfalls an Halt verliert. Wie bei einem Autounfall will ich die Augen schließen, muss aber hinsehen, wie Jasper sich jetzt nur noch mit einer Hand an der Brüstung festhält und über dem Abgrund baumelt, verzweifelt darum bemüht, nicht abzustürzen.

Die Dose, die er jetzt endlich loslässt, um sich mit der frei gewordenen Hand am Geländer festzuhalten, schlägt mit einem lauten Knall auf der Straße unter uns auf, wo die Ampel auf Grün gesprungen ist und die Autos weiterfahren, unbeeindruckt von unserer Aktion hier oben. Doch seine Hand greift ins Leere, und die andere kann sein Gewicht plötzlich nicht mehr halten. Sie verschwindet, und Jasper fällt.

Mein Leben verlangsamt sich so schlagartig, dass es fast stehen bleibt. Das darf einfach nicht passieren!

»Ich hab dich!«

Bens Bizeps ist angespannt, seine Schlagader ist deutlich

an seinem Hals zu erkennen, während sein Gesicht rot wird und sich Schweißperlen auf seiner Stirn bilden.

Jasper ist nur etwa einen halben Meter tief gefallen, bevor das Seil seinen Sturz gestoppt hat. Sofort versucht er, sich mit zitternden Fingern irgendwo an der Brücke festzuhalten, doch es will ihm nicht gelingen. Panik pumpt durch meinen Körper, während Jasper nur durch ein altes Seil und Bens festen Griff gesichert meterhoch über der Straße hängt und einfach keinen Halt findet.

»Jasper!«

Schnell tauche ich unter der Brüstung durch und versuche nach Jaspers Arm zu greifen. Ohne Erfolg. Es sind nur Zentimeter, die meine Fingerspitzen von seinen trennen, aber doch genug, dass ich ihn nicht erreiche.

Plötzlich sehe ich, wie Bens Tasche an Jasper vorbei von der Brücke segelt, unten hart aufschlägt und ihren kompletten Inhalt auf die Straße unter uns entleert. Augenblicklich fliegen zahllose Seiten des topsecret Drehbuchs durch die Gegend.

Jaspers Blick trifft meinen, und wie ernst die Situation wirklich ist, wird mir erst jetzt schlagartig bewusst, als ich seine Augen sehe. Nie, wirklich nie, habe ich Angst bei ihm erlebt. Alles wurde weggelacht, Kummer auf morgen verschoben und Panik ignoriert. Doch jetzt, in genau diesem Moment, hat er Angst – panische Angst!

Ben hält das Seil noch immer mit beiden Händen umklammert und zieht Jasper jetzt mit äußerster Kraftanstrengung Stück für Stück nach oben, zurück in Greifnähe des Geländers. Ich kann mir nicht vorstellen, wo er diese Kraft herholt. Doch wie bei Müttern, die ein Auto anheben können, wenn ihr Kind in Gefahr ist, entfesselt Ben Kräfte, von denen vermutlich nicht mal er wusste, dass er sie hat. Zentimeter für

Zentimeter zieht er seinen besten Freund nach oben. Ein anderer Ausgang dieses Ereignisses scheint für Ben nicht infrage zu kommen. Mein Herz pocht wie durchgedreht gegen meinen Brustkorb, und mein Kopf setzt aus.

Als Jasper endlich in Greifnähe des Brückengeländers ist, fasst er sofort danach und zieht sich nach oben, bis er endlich wieder auf der Fassade der Brücke steht.

Erst als er bei uns auf der anderen Seite der Brüstung steht und ich ihm in die Arme falle, beginne ich zu begreifen, wie verdammt knapp das eben war. Erst jetzt, da das Adrenalin nachlässt und nicht mehr wie ein Formel-1-Wagen durch meinen Körper rast, wird mir klar, dass diese Nacht hier hätte enden können. Nein, nicht nur diese Nacht, sondern auch ein Leben. Jasper zu verlieren, jetzt oder egal wann, das löst eine Panikattacke in mir aus.

Ich schließe einen Moment fest die Augen, um die Bilder eines abgestürzten Jaspers zu verdrängen. Das Stechen in meiner Brust, das Zittern meiner Hände, das alles muss ich unter Kontrolle kriegen.

»Fuck!«

Ich öffne die Augen wieder, weil seine Stimme mich daran erinnert, dass ihm nichts passiert ist.

Er löst sich aus meiner Umarmung.

»Das war jetzt etwas … spektakulärer als geplant.«

Nur mit viel Mühe unterdrücke ich das Bedürfnis, ihn sofort wieder fest zu umarmen – oder ihm eine ordentliche Ohrfeige zu verpassen.

Jasper steht etwas blass vor mir und versucht sich an einem Lächeln, das gewaltig misslingt. Ich kann nicht lächeln. Mein Gesicht fühlt sich plötzlich wie gelähmt an. So wie mein ganzer Körper.

Ben hat sich hingesetzt und lehnt mit dem Rücken an der

Brüstung. Er hat die Augen geschlossen, seine Hände zittern. Keine Ahnung, wie er das eben geschafft hat.

»Danke, Ben.«

Bei Jaspers Worten ballen sich seine Hände zu Fäusten, als würde er versuchen, das Zittern unter Kontrolle zu bekommen – was ihm aber nicht gelingt.

»Du bist so ein Idiot!«

Bens Stimme klingt viel fester und aufgebrachter, als sein Körper erahnen lässt.

»Es war ja nicht so geplant.«

Als Ben die Augen öffnet und Jasper wütend anfunkelt, bemerkt auch dieser, wie verrückt und halsbrecherisch diese Idee wirklich war.

»Du machst dir um nichts Sorgen! Dir ist alles egal! Du lebst einfach so in den Tag hinein und denkst keine Sekunde über Konsequenzen nach, oder?«

»Ich wollte nur …«

Doch Ben steht auf und schreit ihn einfach weiter an, lässt ihm keine Chance für eine Erklärung oder Entschuldigung.

»Was wolltest du?! Du wärst eben fast draufgegangen!«

Bens Stimme zittert. Jasper starrt ihn nur stumm an.

»Weißt du, ich bin nicht immer da, um dir den Arsch zu retten!«

Jetzt reicht es auch Jasper, der sich Bens Vortrag offenbar nicht länger anhören will.

»Es tut mir leid, okay? Ich dachte, es sei eine nette Geste, weil wir endlich mal wieder zu dritt an diesem Ort sind! Ich wollte heute ein paar Sachen wieder in Ordnung bringen, nachdem eure Traumbeziehung ordentlich den Bach runtergegangen ist und alles für immer kaputt gemacht hat. Habt ihr euch eigentlich jemals gefragt, wie es für mich war? Auch nur für eine Sekunde? Ich kann es euch verraten: Es war scheiße!«

Jasper sieht uns beide wütend an.

»Und ich dachte, wir hätten alle etwas daraus gelernt. Aber nein. Fehlanzeige! Vorhin schön auf der Brücke kuscheln und was dann? Wieder sieben Jahre Eiszeit? Von wegen Freundschaft für die Ewigkeit! Ihr beide seid echt zum Kotzen!«

Damit schnappt sich Jasper den Rucksack und marschiert davon. Er lässt Ben und mich einfach stehen, dreht sich nicht einmal mehr um. Das ist nicht die Wendung, die ich heute Abend erwartet habe, und ganz sicher nicht das Ende, auf das ich gehofft habe.

Ben schüttelt nur den Kopf und wirft einen Blick über das Geländer auf die Straße. Plötzlich spannt sich sein ganzer Körper kurz an, als hätte ihn ein Stromschlag erwischt.

»Scheiße! Das Buch!«

Bevor ich etwas sagen oder mich tausendfach entschuldigen kann, rennt er in Richtung Abgang auf der anderen Seite der Brücke zu. Also, so schnell es die Flip-Flops zulassen. Und ich bleibe alleine zurück. So habe ich die beiden noch nie erlebt, und ehrlich gesagt, ich hätte sie so auch lieber nie erlebt. Es tut weh, das zu sehen.

»Jasper!«

Ich drehe mich um und sehe, dass er inzwischen stehen geblieben ist. Er wirft mir über die Schulter hinweg einen fragenden, verwundeten Blick zu. Doch als ich in Richtung Ben nicke, der die Brücke fast verlassen hat, dreht sich Jasper langsam ganz zu mir um.

»Er hat angefangen!«

Ich schüttle ungläubig den Kopf.

»Er ist dein bester Freund!«

Jasper bleibt stumm, bewegt sich nicht und starrt an mir vorbei in Richtung Ben.

»Und weißt du, was das Tolle an besten Freunden ist? Man verzeiht sich alles, und man kommt immer zurück.«

Seine Worte. Über Ben und mich. Über uns.

»Ach fuck!«

Und dann rennt er los, Ben hinterher. Als er an mir vorbeikommt, greift er nach meiner Hand und zieht mich mit, über die Brücke, die Treppen nach unten zur Straße.

Deshalb will ich es
hier und jetzt aufschreiben,
damit du es niemals
vergessen kannst.

»Jungs! Passt auf!«

Ich bleibe neben der roten Ampel am Straßenrand stehen, während Jasper Ben auf die Fahrbahn folgt, ohne nach links oder rechts zu sehen, und sofort damit beginnt, im Scheinwerferlicht der wartenden Autos den losen Seiten des Drehbuchs hinterherzujagen und sie aufzusammeln. Dann schaltet die Ampel auf Grün, und die Autos fahren langsam an. Hupen. Wie die weißen Figuren auf einem Schachbrett bewegen sich Blätter, als würde eine höhere Macht sie von Feld zu Feld ziehen lassen. Jeder Windstoß und jedes vorbeifahrende Auto verändert die Position der Manuskriptseiten. Das macht es einem unmöglich, schnell genug zu sein.

Immer wieder hupen Autos, geben Lichtsignale und weichen den beiden jungen Männern auf der Straße aus – während ich dastehe und warte, dass die Ampel wieder auf Rot schaltet. Ach was, dann muss ich eben auch einfach bei Grün ... Abrupt bremse ich meinen Schritt wieder ab, als ein BMW wild hupend auf sich aufmerksam macht. Der Mann am Steuer bremst ab und weicht Ben und Jasper aus, die wie die Verrückten von Fahrbahn zu Fahrbahn springen. Doch sie sind zu sehr damit beschäftigt, den Blättern nachzujagen – beziehungsweise Jasper ist es. Ben hat wohl schon eingesehen, dass es uns definitiv nicht gelingen wird, alle Blätter wieder aufzusammeln. Er geht langsam auf dem Grünstreifen zwischen den Fahrbahnen, hält seine Tasche in Händen und scheint darin nach etwas zu suchen. Gut, immerhin war sein ganzes Hab und Gut in dieser Tasche – und inzwischen nur noch ein kleiner Teil von diesem topsecret Drehbuch, das seinem Chef so viel bedeutet.

Ben wird eine Menge Ärger am Hals haben. Allerdings scheint er sich seinem Schicksal bereits gefügt zu haben, denn während Jasper noch immer versucht, so viele Seiten wie möglich aufzusammeln, lässt sich Ben jetzt resigniert auf dem Grünstreifen sinken und stützt den Kopf in beide Hände.

Jasper weicht einem weiteren hupenden Wagen aus und sieht zwischen mir und Ben hin und her, als hätte er ewig Zeit, sein nächstes Ausweichmanöver zu planen.

»Hey! Leute! So kriegen wir nie das ganze Drehbuch zusammen!«

Ich nicke, weil er recht hat. Das werden wir nicht. Dabei ist das vollkommen unfair, denn Ben hat Jasper gerade im wahrsten Sinne des Wortes das Leben gerettet, und jetzt kriegt er deswegen Ärger, weil ich die Tasche runtergestoßen habe, als ich Jasper erreichen wollte.

Als die Ampel endlich auf Grün springt, renne ich los, schnappe mir Jaspers Hand und zerre ihn von der Straße auf den Grünstreifen zu Ben, der uns kopfschüttelnd ansieht. Die Wut, die er eben noch auf der Brücke versprüht hat, ist wie weggeblasen. Zusammen mit jeglicher Energie.

»Ben, es tut mir so leid! Ich habe in dem Moment ...«

»Es ist weg.«

»Ich weiß, und es ist meine Schuld! Hast du es digital?«

Wieder schüttelt Ben den Kopf und sieht mich aus leeren und traurigen Augen an.

»Nein.«

Es bricht mir das Herz, ihn so zu sehen.

»Kann dein Chef es dir nicht schnell mailen? Oder ein Assistent? Wir können es bestimmt irgendwo ausdrucken.«

Jetzt meine ich, kurz Unverständnis in Bens Augen zu sehen, bevor er sich mit den Händen über das Gesicht fährt.

»Das Drehbuch? Nein, die Ausdrucke waren abgezählt, und ich musste eine Vertraulichkeitsvereinbarung unterschreiben, damit ich es ausgehändigt bekomme.«

Bevor ich etwas sagen kann, geht Jasper neben ihm in die Hocke und legt ihm die Hand auf die Schulter. Egal, was eben noch zwischen ihnen stand, ich weiß jetzt, dass Jasper recht hat mit dem, was er über beste Freunde gesagt hat.

»Es tut mir leid, Mann.«

Jasper würde sich am liebsten selbst ohrfeigen, das kann ich an seiner Stimme hören.

»Vielleicht kannst du mit deinem Chef reden und ihm erklären …«

»Scheiß doch auf das blöde Drehbuch!«

Ben sieht zu uns, und ich verstehe nur noch Bahnhof. Bisher schien ihm dieses ultrawichtige Drehbuch wahnsinnig am Herzen zu liegen. Immerhin hat er es die ganze Zeit wie den Heiligen Gral behandelt und nicht aus den Augen gelassen.

»Ich dachte …«

»Vergiss das Scheißdrehbuch! Dann kommt es eben zwei Tage später in Berlin an. Oder gar nicht. Wen interessiert das? Mein Chef hasst mich sowieso. Nein, es geht um … mein Buch.«

Ben steht auf und schüttelt wieder den Kopf, als würde er – oder wir – die Welt nicht mehr verstehen, womit er nicht ganz unrecht hat.

Jasper greift nach seinem Arm und zwingt ihn zum Stehenbleiben. Es ist nicht so, dass wir wahnsinnig viel Spielraum auf unserem Grünstreifen hätten.

»Welches Buch?«

Ben sieht zu Jasper, dann zu mir und zuckt die Schultern, als wäre es jetzt doch keine so große Sache mehr. Fast scheint es so, als wäre es ihm jetzt plötzlich unangenehm. Er fährt sich schnell durch die Haare. Jasper wirft mir einen fragenden Blick zu, aber ich habe keine Ahnung, wovon Ben spricht. Ein Buch hat er bisher nie erwähnt.

»Nur so ein blödes Buch, und es ist sowieso nicht mehr da.«

Wenn Ben eines nicht kann, dann ist es besonders gut lügen. Was auch immer für ein Buch das sein mag, es ist ihm verdammt wichtig.

Jasper packt ihn an den Schultern.

»Wie sieht das Buch aus? Wie groß ist es? Wir finden es.«

»Es ist so groß wie ein Fotoalbum. Ungefähr. Roter Ledereinband, schon etwas älter und ziemlich ramponiert.«

»Okay! Ella, wir suchen ein rotes Fotoalbum. Los! Es muss leicht zu finden sein!«

Ben will widersprechen, aber ich laufe schon los, lasse meinen Blick über die Straße schweifen wie bei einem dieser »Finde den Fehler«-Comics, die hinten in den Zeitungen abgedruckt sind. Obwohl ich keine Ahnung habe, warum es Ben so unendlich wichtig ist, habe ich nicht vor, hier wegzugehen, bevor wir es nicht gefunden haben. Es mag nur ein Buch sein, aber wenn Ben blindlings auf eine Fahrbahn rennt, um es zu suchen, dann muss es für ihn wichtig sein. Das allein genügt mir als Motivation.

»Ich hab's!«

Ich drehe mich zu Jaspers Stimme, die einige Meter von mir entfernt ertönt. Triumphierend hält er ein rotes, ziemlich zerfleddertes Buch in die Luft, das ohne Zweifel schon mal bessere Tage erlebt hat, und eilt zurück auf den Grünstreifen. Bens Lächeln wirkt erleichtert, und er erreicht Jasper, noch bevor ich es schaffe.

»Danke!«

Damit stopft er es schnell zurück in seine – inzwischen reichlich ramponierte – Tasche und atmet tief durch. Es ist nur ein kurzer Moment, aber als Ben wieder zu uns sieht, sind die Zweifel und die Niedergeschlagenheit wie weggeblasen. Er ist wieder der Ben, der seinen besten Freund Jasper vor einem Absturz von einer Brücke bewahrt und auch sonst alles im Griff hat.

»Kommt her.«

Er greift nach unseren Schultern und zieht uns in eine feste Umarmung.

»Ihr hättet das nicht machen müssen. Auf die Straße rennen wegen dem Drehbuch. Ernsthaft. Es ist nicht mal besonders gut.«

Ich drehe meinen Kopf ein bisschen, lehne meine Wange an Bens Schulter und werde von Jaspers Blick aufgefangen. In diesem Moment, hier und jetzt, an einem Ort meiner Kindheit und Jugend, fühle ich mich so wohl wie schon lange nicht mehr.

Jasper zwinkert mir zu.

»Ich finde, dieser Moment schreit nach einem Polaroid. Funzt die Kamera noch?«

Ben fischt den Fotoapparat aus der Tasche und dreht ihn in seiner Hand hin und her. Außer ein paar Kratzern sieht er noch ziemlich okay aus.

»Das werden wir gleich wissen. Stellt euch auf. Los!«

Ben schiebt Jasper und mich in Position und hält die Kamera so vor uns, dass die Brücke im Hintergrund zu sehen ist. Jasper streckt die Arme aus, als würde er jeden Moment abheben wollen, ich deute nach oben, wo ich das Graffiti erahne, und Ben drückt ab. Kaum erscheint der Blitz, bremsen einige Autos auf die vorgeschriebenen 70 Stundenkilometer. Sie halten uns ganz offensichtlich für eine Radarfalle der Stadt Stuttgart.

Die Polaroidkamera spuckt das Bild aus, und wieder sehen wir einer Erinnerung bei ihrer Entstehung zu – und mit ein bisschen Glück wird sie ewig halten.

Deal unter Freunden

Manchmal habe ich Angst,
nur noch eine entfernte Erinnerung
für dich zu sein.
Ein Gesicht aus der Vergangenheit.

»Wisst ihr, dass es verboten ist, was wir hier gerade machen?«

Ben hängt an nur einem Arm in der Mitte des Klettergerüsts und baumelt lässig hin und her. Es verwundert mich noch immer, wie viel Spaß und Freude ihm das Klettern macht. Schade, dass er es schon lange nicht mehr getan hat. Jetzt, so ganz ohne Druck oder Pflicht, schwingt er sich von Klettermöglichkeit zu Klettermöglichkeit, mit der Begeisterung eines Jungen, der seine Leidenschaft neu entdeckt hat. Ich würde dieses Erlebnis wirklich gerne mit ihm teilen, aber ich sitze lieber hier unten auf einer Art Gans oder Ente, die auf einer großen Feder montiert ist, und schaukele langsam vor und zurück.

Auf diesem Spielplatz, daran erinnere ich mich mit einem Lächeln, hat mich Ben vor vielen Jahren gefragt, ob ich seine feste Freundin sein will. Als ob es da noch etwas zu fragen gegeben hätte, nachdem die ganze Schule gesehen hat, wie wir Hand in Hand durch die Gänge marschiert sind und er mich am Wochenende auf der Grillparty geküsst hatte. Aber Ben wollte einfach auf Nummer sicher gehen.

»Diebstahl, zweifacher Einbruch, Sachbeschädigung, Störung des Straßenverkehrs ... Der Platzverweis von einem Kinderspielplatz wäre doch eine gelungene Krönung des Abends, oder?«

Jasper, vor dessen Gesicht ein kleines rotes Glühwürmchen aufleuchtet, weil er schon wieder raucht, sitzt oben auf dem großen Holzgerüst. Es ist eine rot angestrichene Mischung aus Piratenschiff und Ritterburg, die man nur über eine Hängebrücke oder ein Kletternetz erreicht. Früher haben wir uns nachts oft hierher verkrochen, wenn wir noch nicht nach Hause wollten.

Ich atme tief durch und lausche dem nächtlichen Zirpen der Grillen. Mein Blick wandert über die alten Spielgeräte und kehrt dann doch zur Piratenburg zurück, zu Jasper. Da muss ich plötzlich wieder an seinen Gesichtsausdruck denken, kurz bevor er vorhin auf der Brücke wütend davongegangen ist. Als er die Umarmung mit Ben nicht als das gesehen hat, was es war: ein endgültiger Abschied.

»Ben? Klettert sie auch so gerne?«

Auch wenn ich die Frage an Ben richte, lasse ich Jasper nicht aus den Augen. Obwohl es fast dunkel ist, kann ich sehen, dass sich sein Gesichtsausdruck schlagartig verändert.

»Sie hat es versucht.«

In Bens Stimme liegt eine Weichheit, die mich lächeln lässt.

»Aber?«

»Höhenangst.«

Jasper sieht sprachlos und etwas verwirrt zwischen uns hin und her, weil ihm ein kleiner Teil des Abends fehlt.

»Wer hat Höhenangst?«

»Sophie. Meine Produzentin. Ich hab dir von ihr erzählt.«

Ben hangelt sich zur nächsten Kletterstange und zieht sich mit beiden Armen nach oben, wie es die Olympioniken an den Ringen tun. Dann streckt er die Beine waagerecht vom Körper und verharrt einen Moment in dieser Position, die Kraft in der Ausführung benötigt. Und Balance. Dabei schafft Ben immer noch ein Lächeln.

»Ich weiß, aber ...«

Jasper wirft mir einen unsicheren Blick zu, während Ben sich wieder aus seiner Turnfigur löst und an der Fassade des Turms nach oben klettert, bis er bei Jasper ist.

»Was aber?«

»Nichts.«

Ben lehnt sich grinsend über die Brüstung.

»Ella, willst du nicht zu uns raufkommen?«

Ich werfe einen kurzen Blick auf das Kletternetz und die Hängebrücke.

»Ich mag es auf der Ente.«

Mit einer leichten Gewichtsverlagerung schwingt die Ente mit mir weit nach links, und ich berühre fast den Boden.

»Das ist ein Küken!«

»Es ist eine Ente.«

Ich lasse mich auf dieser – zugegeben merkwürdig aussehenden – Vogelnachbildung wieder in die Ausgangsposition schnellen und steige betont elegant ab, als würde ich aus einem Damensattel eines Zuchtpferdes gleiten.

»Eher ein Moorhuhn.«

Jasper schnippt die Asche über das Geländer des roten Piratenburg-Turms und grinst ebenfalls zu mir runter.

»Möchtest du trotzdem an Bord kommen?«

»Das ist ein Schloss, mein Lieber, kein Schiff.«

»Ach ja? Bist du dir da sicher?«

»Ja.«

»Wieso hat es dann eine Piratenflagge?«

Jasper deutet auf eine von Wind und Wetter ziemlich mitgenommene kleine Fahne, die über seinem Kopf an einer Metallstange hängt.

Kopfschüttelnd mache ich mich auf den Weg zur Hängebrücke.

»Damit auch Jungs auf dem Prinzessinnen-Turm spielen können, und wenn ich euch so ansehe, hat es funktioniert.«

»Blödsinn! Es ist ein Schiff.«

Jasper breitet die Arme wie ein Albatros aus und holt tief Luft.

»Ich bin der König der Weeeeelt!«

Sein Echo wird von der Nacht um uns herum verschluckt.

»Das beweist gar nichts.«

»Da irrst du dich, und jetzt beeil dich, wir legen gleich ab.«

Wenn Jasper sich etwas in den Kopf gesetzt hat, dann ist es schwer, ihn vom Gegenteil zu überzeugen.

Während ich grinsend meinen Weg über die wackelige Brücke mache, sehe ich zu Ben, der meinen Versuch, nicht abzustürzen, kritisch beäugt.

»Keine Sorge, ich falle nicht in den Burggraben. Die Hängebrücke ist prinzessinnensicher.«

Als ich nur noch wenige Schritte von ihnen entfernt bin, streckt Ben mir die Hand entgegen, um mich sicher zu ihnen in den Turm zu führen. Bens Hand wird immer ein Versprechen von Sicherheit bleiben.

Ich schiebe mich zwischen die beiden Jungs und betrachte den Ausblick von hier oben, der einen ganz guten Blick auf den Süden der Stadt bietet.

Noch immer tobt das Nachtleben in Stuttgart: Autos fahren, Paare schlendern umher und Partygänger feiern. Obwohl die Stadt deutlich kleiner ist als Hamburg, fühle ich hier den Puls einer Großstadt, die vom Rest der Welt nicht als solche wahrgenommen wird. Inzwischen weiß ich, dass nicht die Größe einer Stadt oder ihre Einwohnerzahl darüber entscheidet, ob es sich um eine große Stadt handelt. Es kommt auf die Dinge an, die man in einer Metropole erwartet: gute Cafés, eine urbane Kultur, Kneipen, Museen, Theater – und die großen Gefühle, die es sogar auf eine Hollywood-Leinwand schaffen würden. In Hamburg gibt es vieles davon, aber nicht alles. Hier in Stuttgart atme ich das Gefühl der großen Momente ein. Für mich ist Stuttgart eine lebendige und wunderschöne Stadt, die mit Erinnerungen an jeder Ecke auftrumpft. Nicht immer hat man all diese Erinnerungen bereits gesammelt. Manche warten noch auf ihre Entdeckung. Wie bei einer Schnitzeljagd findet man überall kleine Hinweise auf das, was einen in der Zukunft erwarten könnte. Vielleicht mag sich diese Stadt verändert haben, aber nicht so sehr, dass ich sie nicht wiedererkennen würde. Wir haben zu viel gemeinsam erlebt, zu viel Geschichte geschrieben, als dass wir nicht wieder zusammenfinden könnten.

Mit dem Finger fahre ich über das Holz an der Innenseite der Turmwand, die uns bis zum Becken geht. Mit Edding sind verschiedene Namen oder auch nur einzelne Buchstaben in Herzen geschrieben worden, manchmal mit Datum, manchmal mit dem klassischen »forever«.

Ich gehe in die Hocke und bemühe mich, trotz der Dunkelheit einiges von dem zu lesen, was sich seit meinem letzten Besuch hier angesammelt hat – und das ist einiges. Kitschige Liebesbekundungen, Versprechen auf eine gemeinsame Zukunft, manche mit, manche ohne Rechtschreibfehler. Und dann, ganz hinten links, stehen einfach nur drei Namen: Jasper Ella Ben. Als wären es nicht drei Menschen, sondern nur einer.

»Ist es noch da?«

Jasper geht neben mir in die Hocke und benutzt sein Handy als Taschenlampe.

»Natürlich.«

Okay, man kann es nicht mehr wirklich lesen. Nur wenn

man noch weiß, dass es mal hier stand. Aber ich kann es noch deutlich sehen.

»Wir hätten damals vielleicht ein Datum dazuschreiben sollen.«

»Oder es einritzen sollen. So verschwindet es doch bei jedem Regenschauer etwas mehr.«

Jasper wischt mit dem Finger über die verblassten Buchstaben.

Ben rutscht hinter uns und betrachtet über unsere Schultern hinweg die Schmierereien.

»Justin Bieber *forever*? Direkt neben unseren Namen? Das ist falsch.«

»Damals gab es noch keinen Bieber.«

Keiner sagt mehr etwas. Wir erinnern uns still an die Tage und vor allem Nächte, die wir hier zusammen verbracht haben. Dann, wenn die Kinder, die sonst hier Könige der Welt spielten, bereits in ihren warmen Betten lagen, haben wir uns diesen Ort zu eigen gemacht. Wir saßen auf dem Ritterschiff, haben Pläne für die Zukunft geschmiedet, uns große Ziele gesetzt und an einem Lageplan fürs Leben gebastelt. Wenn ich jetzt so darüber nachdenke, dann hat eigentlich nur Jasper alles erreicht, was er sich damals vorgenommen hat.

»Was unsere damaligen Ichs wohl von unseren heutigen halten würden?«

Ben lacht überraschend bitter auf.

»Der kleine Ben wäre ziemlich schockiert.«

Jasper sieht Ben ungläubig an.

»Was soll das denn bedeuten?«

»Na ja, dass ich beispielsweise im Vergleich zu dir wie ein Idiot dastehe? Du machst genau das, was du immer wolltest. Du malst Bilder, erschaffst Kunst und lebst – vollkommen zu Recht – gut davon. Du reist und siehst die ganze Welt. Du hast einen verdammten Palast in Kapstadt! Das ist das große Los, Jasper.«

»Ist es das?«

»Natürlich ist es das! Du lebst das Leben, das du immer wolltest. Ich wollte immer Dokumentarfilme drehen, die großen Bilder und Momente einfangen. Was mache ich stattdessen? Ich trage ein Drehbuch spazieren, in dem es um einen sprechenden Aschenbecher geht, der die Weltherrschaft an sich reißen will!«

Obwohl es ihm ernst ist und obwohl ich Ben nur zu gut verstehe, muss ich kurz auflachen. Und dann noch mal. Und noch mal. Plötzlich kann ich mich nicht mehr zurückhalten und gebe auf. Ich lache, nicht laut, aber doch so, dass mir jetzt die Tränen kommen. Es ist unangebracht, und ich will mich sofort entschuldigen, aber als ich sehe, dass auch Jasper leise vor sich hin lacht und schließlich sogar Ben mitlacht, ist alles nicht mehr so schlimm.

»Ich bin ... für einen sprechenden Aschenbecher ... auf die Straße gerannt!?«

Jasper fährt sich lachend über das Gesicht und schüttelt den Kopf.

»Das ist mit Abstand das Dümmste, was ich je gemacht habe. Mein Leben für einen größenwahnsinnigen Aschenbecher zu riskieren!«

»Im Ernst, Leute, dieser Aschenbecher ist echt einer von der ganz fiesen Sorte, und dafür werden horrende Summen gezahlt.«

»Vielleicht wird es ja ein Hit.«

»Das wird es mit ziemlicher Sicherheit, aber es ist nicht das, was ich machen will.«

Als ich die Trauer in seiner Stimme höre, vergeht mir das Lachen.

»Was willst du denn?«

»Keine Ahnung.«

»Ist es zu spät für das ganze Dokumentar-Dings?«

Jasper stellt die Frage, die mir ebenfalls durch den Kopf spukt. Ben hat Talent und ist noch lange keine dreißig Jahre alt. Vielleicht kriegt er die Kurve wieder und findet zurück auf den Weg, der ihn glücklich macht.

»Ich weiß nicht mal, ob ich überhaupt noch Dokumentarfilme drehen will.«

»Es wäre nicht schlecht, wenn du wüsstest, was dich glücklich macht. Sonst wird das schwer mit einem gelungenen Neuanfang.«

»Das ist nicht so einfach, Jasper.«

»Doch, Ben. Das ist es. Wir kriegen keine Generalprobe für unser Leben. Wir können es beim nächsten Mal nicht besser machen. Wenn du unglücklich bist, und entschuldige, aber das bist du, dann musst du jetzt etwas ändern.«

»Siehst du? Dir fällt das vielleicht leicht. Du weißt, was du willst, und du nimmst es dir einfach. Das bewundere ich, Mann.«

Bisher hatte ich immer den Eindruck, Jasper würde zu Ben aufschauen, würde ihn auf einen Sockel stellen und jeden verscheuchen, der es wagt, ihn von dort runterzuschubsen. Jetzt gerade klingt es ganz anders.

»Und du auch, Ella. Wenn auch nur für kurze Zeit. Das ist egal. Ihr habt beide eure Träume erfüllt, seid … zu Batman und Wonder Woman geworden, während ich einfach Clark Kent geblieben bin.«

Kopfschüttelnd sieht er zwischen uns hin und her, traurig und ein bisschen hilflos. So habe ich ihn noch nie gesehen, und der Anblick schmerzt. Außerdem: Wenn mir ein Vergleich zu Ben einfällt, dann ist es sicher nicht Clark Kent.

Nicht nach dem, was er vor weniger als einer Stunde auf der Brücke gemacht hat.

Jasper geht es da offenbar ähnlich.

»Spinnst du, Ben? Clark Kent? Eigentlich sollte ich mich weigern, diesen Unsinn auch nur mit einem Kommentar zu würdigen, aber weil wir nun mal befreundet sind …«

Jasper greift in seinen Rucksack und holt den Edding hervor, mit dem er auf dem Schulhof die kleine Hommage an mich auf der Tischtennisplatte verewigt hat, zieht den Deckel mit den Zähnen ab, kommt auf Ben zu und packt ihn am T-Shirt.

»Was zum Henker …«

»Halt einfach still, ja?«

Dann zieht er das alte graue T-Shirt glatt und beginnt damit, etwas auf den Stoff auf Bens Brustkorb zu zeichnen. Konzentriert zeichnet er, Strich um Strich, und ermahnt Ben, gefälligst ruhig zu halten.

Genau wegen solcher Momente habe ich sie vermisst, denn für manche Dinge gibt es einfach keine Worte, nur Gesten.

»Fertig!«

Jasper macht einen Schritt zurück, verschließt den Edding und lässt ihn wieder im Rucksack verschwinden. Stolz betrachtet er das Motiv auf Bens T-Shirt.

»Nie mehr Clark Kent. Verstanden?«

Ben blickt an sich herab und betrachtet das große »S« auf seiner Brust, zentral in einem nach unten hin spitzen Dreieck. Eine leicht abgeänderte Version von Supermans Logo – und unseres Symbols –, perfekt und treffend gezeichnet. Ben nickt stumm und sieht zu seinem Freund, der keine Worte benötigt, um zu wissen, was gesagt werden muss.

»Ich male gerne. Da hast du recht. Aber wenn du denkst,

ich stehe auf das Reisen und die vielen verschiedenen Städte, dann irrst du dich. Ich reise nicht zum Spaß. Es fühlt sich an, als wäre ich auf der Flucht. Heute hier, morgen dort. Ich weiß schon gar nicht mehr, wo ich zu Hause bin, und ich vermisse dauernd irgendwelche Dinge – und Menschen, die mir wichtig sind.«

Einen Spaltbreit öffnet sich in seinen Augen kurz die Tür in sein Herz und ermöglicht uns einen flüchtigen Blick auf den einsamen Jasper, der, obwohl er ein traumhaftes Leben führt, nirgends wirklich glücklich ist. Den Mann hinter der Maske mit dem frechen Lächeln.

»Natürlich ist es toll, wenn Leute meine Bilder kaufen, und es überrascht mich immer wieder, dass so viele Menschen echt viel Geld zahlen wollen, aber wisst ihr, was ich mir wirklich wünsche?«

Plötzlich meine ich, Tränen in seinen Augen funkeln zu sehen.

»Ich will keinen Palast. Ich will ein Zuhause.«

Dabei sieht er mich an, als könnte nur ich alleine ihn hören, als wäre Ben gar nicht mehr da.

»Ich will ankommen. Das ist es, was ich will.«

Bevor sich das verräterische Glitzern in echte Tränen verwandeln kann, wischt er sich über das Gesicht und atmet tief durch, als hätte er uns zu nah an seine verletzliche Seite gelassen.

Schon setzt er wieder zu einem schelmischen Grinsen an und zuckt mit den Schultern, als wäre das alles nur ein entfernter Traum.

»Wer weiß, ob ich es eines Tages kriege, aber zumindest weiß ich, was mich glücklich machen würde. Die Frage solltest du dir stellen, Ben. Was würde dich glücklich machen?«

Ich kenne die Antwort, bevor er sie ausspricht.

»Sophie.«

Ich muss lächeln, als Ben zu Jasper sieht und seine Augen ihn und seine Gefühle für diese Frau zu deutlich verraten. Jasper wirft die Hände in die Luft, als hätte Ben gerade die richtige Antwort auf die Millionenfrage bei Günther Jauch genannt.

»Dann fahr zu ihr. Sag ihr alles, was du zu sagen hast.«

Ben zögert.

»Sag ihr, du bist unser Superman.«

Dann ein Lächeln, ein Nicken, und ich bin mir sicher, dass es ein Happy End geben wird, denn jede Frau, die Ben einmal wirklich kennengelernt hat, wird keine andere Wahl haben, als sich in ihn zu verlieben.

»Wenn du dir dein Zuhause suchst.«

»Ich werde es zumindest versuchen.«

»Deal?«

Ben hält Jasper seine Hand entgegen, die dieser schließlich annimmt.

»Deal!«

Dann drehen sie ihre Köpfe zu mir, und ich weiß zu genau, was jetzt passieren wird. Doch bevor sie etwas sagen können, wähle ich die Fluchtmöglichkeit in Form der Wendelrutsche, mit der man aus dem Turm zurück in den Sandkasten unter uns zischen kann.

Drehscheibe der Erinnerungen

Das alles beschreibt aber nicht ... dich.
Nicht die Frau, die ich sehe,
wenn ich dich betrachte, immer dann,
wenn du es gar nicht bemerkst.

Mit einem leichten Drehwurm komme ich unten an und muss fast lachen.

»Oh, hey! Abhauen gilt nicht!«

Das Poltern hinter mir kündigt Jaspers Ankunft an, und ich springe schnell auf, bevor er unten ankommt.

»Hiergeblieben.«

Über mir klettert Ben die Turmfassade herunter und ist mit wenigen Handgriffen neben mir. Jetzt kommt auch Jasper an.

»Miss Ella Klippenbach! Warum flüchten Sie? Das macht Sie nur verdächtiger.«

»Weil der Prinzessin plötzlich klar wurde, dass sie nichts auf einem Piratenschiff zu suchen hat?«

»Interessant. Bedenken Sie aber bitte, dass Sie unter Eid stehen, Miss Klippenbach.«

Jasper schubst sanft meine Schulter und steuert die einzig neue Attraktion auf dem Spielplatz an. Eine Art leicht schräge Drehscheibe, auf der man wohl laufen muss, um sie in Bewegung zu bringen. Bei dem Versuch, auf sie zu springen, kommt Jasper ins Stolpern und landet auf allen vieren.

»Sehr elegant.«

Doch statt sich zu beschweren, rollt sich Jasper auf den Rücken und bleibt einfach liegen, während sich die Scheibe langsam weiterdreht.

»Ich bin für die Slapstickeinlagen zuständig. Ben für die Rettungsaktionen. Für die Eleganz hatten wir immer dich.«

Als die Scheibe sich einmal um die eigene Achse gedreht hat und Jasper wieder bei uns ankommt, setze ich mich einfach neben ihn, und Ben gibt dem Ding einen ordentlichen Schubs.

»Also: Was würde die kleine Ella heute über sich denken?«

Jasper stupst mich mit dem Finger an, und ich weiß genau, dass ich nicht länger mit einer halbherzigen Ausrede davonkommen werde.

»Dass ich der erbärmlichste Feigling der Welt bin.«

Ich lehne mich zurück, lasse meine Beine über den Rand der Drehscheibe baumeln und schließe die Augen.

Ben gibt dem Ding noch einen Schubs, bevor er sich ebenfalls zu uns gesellt.

»Einspruch.«

»Abgelehnt. Wisst ihr noch, als ich in der großen Cranko-Produktion im Opernhaus als jüngste Tänzerin überhaupt die Julia tanzen durfte?«

Meine Augen lasse ich geschlossen, denn ich weiß auch so, dass sie nicken. Weil es einer dieser Momente war, den man nicht vergisst. Wie stolz ich war. Wie aufgeregt. Wie besessen davon, sie alle stolz zu machen. Bens Augen und Jaspers Lächeln, als ich nach dem letzten Vorhang alleine nach vorne kam und der ganze Applaus losbrandete. Es war der perfekte Moment. Das Opernhaus war ausverkauft, und ich habe allen bewiesen, was ich kann.

»Es war meine einzige Hauptrolle.«

Viele Tänzer haben nur eine Hauptrolle und leben damit sehr gut. Sie tanzen in der zweiten Reihe mit ebenso viel Begeisterung und Engagement.

»Es wären bestimmt noch welche gekommen.«

Ben sagt das nicht, weil er nett sein will. Die Überzeugung in seiner Stimme lässt keinen Widerspruch zu. Nicht mal die Realität würde ihn davon abbringen.

»Es sind keine mehr gekommen. Ist euch das nie aufgefallen? Und in New York hat sich das auch nicht geändert. Neu war nur, dass ich damit komplett alleine klarkommen musste.«

Als ich die Augen öffne, sehe ich mich wieder an der Juilliard School, zwischen all den anderen Mädchen, die ebenfalls meinen Traum hatten und gewillt waren, alles dafür zu geben. Viele waren mir meilenweit voraus und arbeiteten trotzdem immer noch härter an sich.

»In New York ist mir dann ziemlich schnell klar geworden, dass ich, obwohl ich Talent hatte, niemals einer der großen Stars würde. Mein Traum würde nicht in Erfüllung gehen. Nie. Die Verletzung hat das alles dann nur abgekürzt.«

Das ist zwar nicht die ganze Wahrheit, aber vorerst muss es reichen.

Jasper, der inzwischen mit angezogenen Beinen neben mir sitzt, wirft mir einen traurigen Blick zu. Zu gerne würde ich behaupten, dass es mich rückblickend nicht mehr so schmerzt, weil ich gelernt habe, damit umzugehen, aber wenn mir etwas noch mehr als die beiden hier fehlt, dann ist es das Tanzen.

»Ich habe mein Stipendium zurückgegeben und bin nach Deutschland. Einfach so.«

»Und was macht dich daran zum erbärmlichsten Feigling der Welt?«

Okay, ich hätte wissen müssen, dass Jasper die halbe Wahrheit nicht reicht.

»Ich habe gekniffen.«

»Das ist doch nicht Kneifen, wenn man sich …«

»Ich habe hingeschmissen, bevor die Verletzung verheilt war. Ich war fertig. Mit mir. Mit dem Tanzen. Mit der Welt. Ich war enttäuscht, alleine und … einfach müde. Ich habe aufgegeben und alles verraten, was mir wichtig war. Ich war ein Feigling.«

Das habe ich bisher niemandem verraten, und so wie mich Jasper und Ben gerade ansehen, war das auch die richtige Entscheidung. Ja, genau so stelle ich mir vor, würde mich die junge Ella ansehen, wenn sie mich heute treffen würde und wir ein bisschen über unser Leben plaudern könnten.

»Warum?«

Mehr bekommt Ben nicht heraus. Jasper hat es komplett die Sprache verschlagen.

»Das war eine harte Lektion, aber wir alle sind nur so lange gut, wie wir selbst an uns glauben. Wenn wir diesen Glauben verlieren, sind wir verloren. Natürlich war ich eine gute Tänzerin, aber es heißt auch: ›If I can make it there, I'll make it anywhere …‹ Ich konnte es nicht. Für New York war ich einfach nicht gut genug. Mit viel Arbeit und hartem Training hätte ich vielleicht im Mittelmaß mitschwimmen können, aber für die erste Reihe hätte es nie gereicht.«

Jasper stützt sich auf seine Ellenbogen und schüttelt energisch den Kopf.

»Ich bin zwar nicht Rachmaninow und besitze nicht besonders viel Wissen über die Großartigkeit des Balletts, aber ich möchte widersprechen.«

»Rachmaninow war kein Tänzer. Du meinst Nurejew.«

Wir beide sehen überrascht zu Ben, der das ganz nebenbei einwirft.

»Spricht da der Experte?«

»Lieber Jasper, meine Exfreundin war eine erstklassige Balletttänzerin. Natürlich weiß ich, wer das ist.«

»Na, dann eben der. Worauf ich hinauswill: Du warst einzigartig.«

Das mag sein. Nur war »einzigartig« eben nicht »gut genug«.

»Hast du seitdem gar nicht mehr getanzt?«

Ich höre, wie sehr Ben diese Frage schmerzt, und werfe einen kurzen Blick zu Jasper.

»Bis heute? Nein.«

Da sehe ich plötzlich etwas in seinen dunklen Augen aufleuchten.

»Aber du könntest es noch. Ich meine, auf der Bühne? Also, wegen der Verletzung.«

»Ich weiß es, ehrlich gesagt, nicht.«

»Vermisst du es nicht?«

Jasper hat mich das schon mal gefragt. Auf dem Schulhof. Da bin ich der Frage aus dem Weg gegangen. Diesmal werde ich es nicht.

»Ich vermisse es. Ja. Nicht immer und nicht alles, aber meistens fehlt es mir. Das Schlimmste ist aber, dass ich damals keinen Abschied bekommen habe. Keine letzte Vorstellung, nicht mal ein letztes Training. Es war von einer Minute auf die andere einfach vorbei. Zack. Aus.«

Wenn man etwas mit dieser Leidenschaft getan hat, wie ich getanzt habe, dann ist ein plötzliches Ende ziemlich beschissen. Ich habe nicht diesen einen großen Moment gehabt, als sich der Vorhang zum letzten Mal gesenkt hat. Ich habe keinen letzten Applaus bekommen und keine Blumen zum Abschied. Mir hat man eine Kühlpackung um das Fußgelenk gelegt und mich zu einem Arzt gefahren. Nicht mal mit viel Phantasie könnte man diese Geschichte als das gute Ende einer Karriere verkaufen.

»Ziemlich erbärmlich, oder?«

»Ich finde es eher tragisch – und falsch.«

Ben sieht mich an, als hätte ich ihm gerade erzählt, dass ich eine unheilbare Krankheit habe.

»Was ich dir aber immer schon sagen wollte, Ben.«

Ich tippe ihm mit dem Zeigefinger auf sein Superman-Zeichen.

»Danke. Du warst, auch wenn du es nicht wusstest, in der Zeit mein Held. Du hast mich gerettet. Du und der Brief, den du mir geschrieben hast.«

Ich lächle Ben an, aber der sieht mich nur mit großen Augen an und schweigt.

»Du weißt schon, der Brief … Damals habe ich ihn täglich gelesen, weil diese Worte alles waren, was mir geblieben ist. Eine Art Landkarte bei der Suche nach der Ella, die ich einmal war, bevor alles in die Brüche gegangen ist. Bevor ich euch verloren habe.«

»Du hast uns nicht verloren.«

Jaspers Stimme hört sich plötzlich rau und belegt an.

»Kommt schon. Warum sonst tun wir den ganzen Abend nur Dinge, die wir früher zusammen gemacht haben? Weil wir keine neuen haben. Es ist schön, alte Erinnerungen aufzuwärmen, aber wir haben … kein gemeinsames Jetzt. Eben weil wir uns verloren haben. Der Kontakt ist komplett abgebrochen – also zwischen mir und euch. Das könnt ihr jetzt nicht abstreiten.«

»Du irrst dich.«

Ben schnappt sich seine ramponierte Tasche und sucht darin nach etwas Bestimmtem. Als ich Jasper einen fragenden Blick zuwerfe, zuckt der nur die Schultern. Mit dem roten Lederbuch, das wie ein Relikt aus einer anderen Zeit aussieht und das wir auf der Straße bei der Brücke gesucht und gefunden haben, dreht sich Ben zu mir.

»Hier! Ich wusste nicht, ob ich es euch zeigen soll oder ob es vielleicht Quatsch ist, aber vielleicht versteht ihr jetzt, dass ihr immer ein Teil meines Lebens wart.«

Er reicht mir das Buch. Sofort bemerke ich, wie schwer und dick es ist. Meine Finger fahren sanft über das raue, rot gefärbte Leder des Einbands. Es sieht nicht nur so aus, als wäre es immer in Bens Tasche, es fühlt sich auch so an. Schwer und federleicht zugleich.

»Und bitte versteht das eher als Dokumentation, nicht als ... irgendwas gruselig Stalkermäßiges. Okay?«

»Okay.«

Jasper rückt neben mich und schaltet die Taschenlampen-App seines Handys ein. Wir klappen die erste Seite auf, und ein uraltes Polaroid, das mich in einer sehr unvorteilhaften Nahaufnahme beim Grinsen zeigt, eröffnet ein Buch voll mit Mosaiksteinen unseres Lebens. Auf der nächsten Seite klebt ein kleiner Zeitungsausschnitt, in dem Jasper namentlich genannt wird, als er vor vielen Jahren den zweiten Platz bei einem Kunstwettbewerb belegt hat. Ein verblasstes Foto von Ben, wie er in einer Kletterhalle an der Wand hängt und einen Daumen in die Luft hält. Dieses Foto habe ich gemacht, da waren wir vielleicht vierzehn. Zögernd blättere ich weiter und erblicke weitere Artikel, Fotos, Eintrittskarten zu meinen Aufführungen und Erinnerungsfetzen, die Ben über die Jahre hinweg gesammelt hat. An manche Dinge habe ich ewig nicht mehr gedacht. Trotzdem löst dieses Buch einen kompletten Film vor meinem inneren Auge aus. Je weiter wir nach hinten blättern, desto älter werden die Gesichter auf den Fotos. Jasper, wie er stolz am Taunus lehnt und den Führerschein in die Kamera hält, ein Foto von uns dreien im Schwimmbad, eines von Ben, wie er auf dem Zehnmeterturm steht und die Arme in die Luft reckt. Dann weiter hinten ein

Foto von mir, mit verheulten Augen, am Stuttgarter Flughafen, Jasper, der den Kopf auf meine Schulter legt und ebenfalls Tränen in den Augen hat. Dann ein Foto von uns dreien, auf meinem Koffer, Minuten vor dem letzten Abschied. Ich erwarte, dass damit das Buch der Erinnerungen endet, aber wir blättern weiter und finden einen Zeitungsausschnitt über Jaspers erste kleine Ausstellung. Ein Bericht über die Ballettschule in New York in einem Magazin, das nur in den USA verlegt wird. Man sieht einen Teil meines Gesichts auf dem Foto unter dem Bericht, und ich schaue überrascht zu Ben, der uns nur stumm beobachtet.

»Woher hast du das?«

»Na ja, ich musste euch ja im Auge behalten.«

Ein schüchternes Lächeln huscht über seine Lippen.

»Das ist total abgefahren! Das hier ist ein Artikel über mich in einer Tageszeitung aus Kapstadt!«

Jasper tippt auf einen zweiseitigen Artikel, der liebevoll ausgeschnitten und eingeklebt wurde. Ben hat seine Recherche verdammt gut gemacht.

»Nur weil ich nicht jeden Tag angerufen habe, heißt das nicht, dass ich euch auch nur einen Moment vergessen habe.«

All die Jahre, als ich angenommen hatte, dass ich für Ben nicht einmal mehr existieren würde, waren wir immer bei ihm. Obwohl ich ihn so gut kenne, habe ich ihn doch so sehr unterschätzt.

»Das ist ...«

»Ziemlich *creepy*, wenn man genau darüber nachdenkt, ich weiß. Ein bisschen wie in dem Song ›Every breath you take‹ von Sting.«

Doch ich schüttele den Kopf, blättere weiter durch die Seiten, die Ben über die Jahre gefüllt hat, und schenke ihm ein Lächeln, das er verdient hat.

»Nein, das ist wunderschön.«

»Außerdem wollte ich schon immer einen eigenen Stalker.«

Jasper blättert grinsend weiter durch das Buch, staunt und kichert über jeden weiteren Zeitungsausschnitt, jedes Foto und all die Kleinigkeiten, die Ben für uns aufgehoben hat.

»Ich habe immer gehofft, dass dieser Moment eines Tages kommen wird und ich euch das hier zeigen kann.«

»Darf ich es behalten?«

Jasper drückt es an sich, als wäre es ein flauschiges Felltier, um das er sich ab heute kümmern will, aber Ben schüttelt den Kopf.

»Nein. Es ist noch nicht fertig.«

»Wann ist es denn fertig?«

»Ich hoffe, das dauert noch eine Ewigkeit.«

Jasper reicht es ihm zurück.

»Und wenn die Ewigkeit vorbei ist, hängen wir einfach noch einen Tag dran.«

»Oder eine Nacht.«

»Ewig und eins.«

Wir nicken stumm, und Ben stopft das Buch zurück in die Tasche, die er heute Abend so gut bewacht und nie aus den Augen gelassen hat. Jetzt weiß ich auch, warum.

Wie um alles in der Welt konnte er auch nur für eine Sekunde glauben, dass er nur Clark Kent ist?

Für einen Moment herrscht Schweigen, während jeder vor sich hin sinniert.

»Vielleicht habe ich auch einfach zu viel vom Leben erwartet.«

»Das haben wir doch alle, Ella.«

Ben rappelt sich auf und steht etwas wackelig auf der sich sofort wieder leicht drehenden Scheibe.

»Trotzdem stehen – oder liegen – wir jetzt hier und haben irgendwie eine Art Gleichgewicht gefunden. Zeit für neue Träume.«

Jasper tastet in der Dunkelheit nach meiner Hand und hakt seine Finger bei meinen unter.

»Auch wenn es ein bisschen zu spät ist, glaube ich weiter an dich. Wenn das für dich okay ist.«

Jetzt sehe ich ihn doch an. Der Platz in meinem Herzen, den er schon seit unserer Kindheit hat, weitet sich seit einer kleinen Weile immer mehr aus. Mit jedem Blick, jeder Berührung und jedem Wort erobert Jasper mehr Herzterritorium.

Ich schließe lieber wieder schnell die Augen und unterdrücke mit viel Kraft den Impuls, ihn zu küssen. Keine Ahnung, wie lange ich es noch aushalte, ihn heute Abend nicht zu küssen.

»Das ist mehr als okay.«

Banditen und Musketiere

*Du bist alles davon,
weil all das dich ausmacht.*

Man soll bekanntlich dann aufhören, wenn es am schönsten ist. Wer auch immer diesen Spruch geprägt hat, verdient dafür erst mal eine Bestrafung. Warum sollten wir, wenn es am schönsten ist, nicht einfach weitermachen? Immer und immer weiter. So lange, bis es nicht mehr schön ist und man nach Hause will?

Die Vorstellung, in mein einsames Hotelzimmer zurückzugehen, klingt nicht halb so verlockend wie die Aussicht darauf, mit Jasper und Ben den Sonnenaufgang zu erleben. Ich bin über Zäune geklettert, habe mich von meinem Exfreund verabschiedet, nur um ihn als neuen besten Freund willkommen zu heißen, bin vom Zehnmeterturm gesprungen und war halbnackt auf der Flucht vor der Polizei. Wenn man uns noch etwas mehr Zeit geben würde, dann könnte da bestimmt noch das ein oder andere Highlight folgen.

Aber Ben muss schon in ein paar Stunden nach Berlin, denn auch ohne Drehbuch wird er dort erwartet, und mein Zug nach Hamburg wird mich am frühen Nachmittag zurück in mein altes Leben bringen. Ein Leben, das ich ordentlich ausmisten und dann noch mal ganz von vorne anfangen werde.

Zuerst hat Ben aber darauf bestanden, dass wir die Polaroidkamera ins »Mos Eisley« zurückbringen. Immerhin ist sie nur eine Leihgabe. Die Abizeitung hat – wie wir unterwegs in die Innenstadt feststellen mussten – den Sprung von der Autobahnbrücke nicht überlebt. Sie liegt wohl noch irgendwo zwischen den Blättern des Aschenbecher-Drehbuches.

Ohne einen Parkschein zu ziehen, stellen wir den alten Ford auf der Theodor-Heuss-Straße ab, und ich komme nicht umhin zu bemerken, wie absurd der braune Taunus zwischen den flotten Automodellen hier wirkt. Der BMW hinter uns wurde vermutlich heute Abend frisch poliert, denn die Motorhaube glänzt und glitzert im Licht der Straßenlampen. Dennoch: Wenn ich mir aussuchen müsste, in welchen Wagen ich für den Rest meines Lebens einsteigen will – der Taunus würde immer gewinnen. Manche Dinge sind zeitlos und unvergesslich.

Ben bietet mir seinen Arm zum Unterhaken an. Ich akzeptiere das Angebot und reiche Jasper die Hand, die dieser sofort annimmt. Zu dritt marschieren wir Stuttgarts Ausgehmeile entlang – und bleiben vor einem dunklen »Mos Eisley« stehen. Es ist gerade mal kurz nach ein Uhr. Aber das Abitreffen ist vorbei.

Wir wechseln kurz fragende Blicke und stellen die Kamera vor den Eingang, überlegen es uns dann aber doch anders, und Ben steckt sie wieder in seine Ledertasche – mit dem Hinweis, dass er sie dem Eigentümer per Post zurückschicken wird. Dann gehen wir zurück zur Theodor-Heuss-Straße.

Zwischen all den für den Abend hergerichteten Jungs mit den gezupften Augenbrauen und den gigantischen Gürtelschnallen, die einen J.R. Ewing vor Neid erblassen lassen würden, tummeln sich junge Frauen in Röcken, die so kurz sind, dass man sie für einen breiten Gürtel halten könnte. Daneben sehen Jasper in seinen mit Farbe bespritzten Chucks und dem Minnie-Mouse-Cardigan und Ben mit seinem improvisierten Superman-Shirt und den neongrünen Flip-Flops natürlich etwas deplatziert aus.

»Irgendwie komme ich mir dezent *underdressed* vor.«

Ben nickt auf seine nackten Füße in den Flip-Flops, und Jasper zuckt die Schultern.

»Ehrlich gesagt, finde ich dich in dem Outfit viel sympathischer. Ich wette, wenn Sophie dich jetzt sehen könnte, sie würde dich vom Fleck weg heiraten.«

»Da muss ich ihm recht geben.«

Ich zwinkere Ben zu, der ungläubig den Kopf schüttelt.

»Klar. Wetten, dass ich in dem Aufzug hier in keinen Club reinkomme?«

»Wette angenommen! Ich krieg dich in jeden Club rein. Komm, lass es uns gleich hier probieren.«

Jasper ist voll in seinem Element, und seine Augen haben endlich wieder dieses Funkeln.

Doch ein Blick zu dem finster dreinblickenden Türsteher vor dem Club, dessen Name in bunten Neonlichtern über dem Eingang nervös vor sich hin blinkt, reicht, um zu wissen: Wir haben keine Chance!

Jaspers Grinsen wird breiter, als er sich umsieht.

»Es wäre einen Versuch wert ...«

»Da drinnen kostet ein Bier bestimmt acht Euro.«

Jasper wehrt diesen Einwand mit einer lässigen Handbewegung ab.

»Ich lade euch ein. Für irgendwas muss dieser Kunstkram ja gut sein.«

Damit zieht er uns auch schon an der Menschenschlange vor dem Club vorbei und direkt auf den Türsteher zu. Mir graust schon vor dem Inneren des Clubs und der Musik, aber jede Verzögerung des Abschieds nehme ich dankend an. Von mir aus sitze ich mit den beiden Jungs gerne die ganze Nacht zwischen den wummernden Boxen in einem Schickimicki-Club und halte die Zeit an. Alles klingt besser als eine letzte Umarmung.

»Hallo. Entschuldigung, wir würden jetzt gerne in diesen Schuppen.«

Ob Jaspers Frechheit oder die Bezeichnung eines der angesagtesten Clubs dieser Stadt als »Schuppen« besonders förderlich für unseren Eintritt ist, weiß ich nicht – aber Jasper wäre nicht Jasper, wenn er es nicht auf seine ihm ganz eigene Art versuchen würde. Der Türsteher, ein ziemlicher Brocken mit Oberarmen, die so dick wie Bens Oberschenkel sind, mustert Jasper mit einem abschätzigen Lächeln.

»Ach ja!? Und wieso sollte ich euch reinlassen?«

Jasper setzt zu einem überraschten Gesicht an und wirft uns dann einen Blick zu, der deutlich macht, wie unverschämt die Frage des Türstehers ist.

Da erst verstehe ich ihn: In der Biologie gibt es den Begriff der »Mimikry«. Wenn harmlose Tiere durch ihr Aussehen einer gefährlichen Art so sehr ähneln, dass sie von Unwissenden für genau diese Art gehalten werden. Sehr geschickt. Im Sommer flüchten Leute beim Picknick scharenweise vor harmlosen Schwebfliegen, weil sie sie für Wespen halten.

Also recke ich die Brust raus, straffe die Schultern und setze zu einem »Ich kenne sie alle«-Blick an. Dann trete ich neben Jasper und mustere den Türsteher von oben bis unten.

»Sorry, aber ist die Frage ernst gemeint?«

Kurz ist der Kerl irritiert und scheint zu zögern – diesen Moment muss ich ausnutzen. Ich verdrehe genervt die Augen und sehe dabei unendlich gelangweilt aus.

»Weißt du nicht, wer die beiden sind?«

Der Türsteher blickt erst zu Jasper, der zu einer »James

Dean«-Imitation ansetzt und sich die Zigarettenschachtel unter den Ärmel seines T-Shirts schiebt, als wäre er in den Fünfzigerjahren aufgewachsen, dann zu Ben, der einfach nur mysteriös aussieht, gelangweilt dasteht und den Blick aus seinen grünen Augen kühl durch die Gegend schweifen lässt, als würde ihn die Situation unheimlich anöden.

»Leute, wird das noch was oder sollen wir gleich weiter? Wir sind eh schon spät dran.«

Arroganz, das musste ich auf die harte Tour lernen, bringt dich fast überallhin. Was allerdings noch viel besser funktioniert: Arroganz in Kombination mit Frechheit.

Ich drehe mich also zurück zum Türsteher und setze mein bestes Haifischlächeln auf.

»Hör mal, wir stehen auf der Gästeliste. Mein Assistent hat heute Nachmittag extra angerufen. Es hieß, es würde keine Probleme geben.«

Ich spekuliere blind darauf, dass sich der Mann vor mir nicht ausgesprochen gut mit Western-Filmen aus den späten Sechzigern auskennt. Augen zu und durch!

»Das sind DJ Butch und Sundance. Ich meine, hallo?«

Kurz halte ich den Atem an. Panik huscht durch den Blick des Türstehers, als er realisiert, dass die beiden vielleicht wirklich irgendwelche Berühmtheiten sein könnten.

»Moment. Ich schaue mal schnell ...«

Der Türsteher will sich gerade umdrehen, als Ben sich wieder zu Wort meldet. Er klingt inzwischen richtig genervt.

»Was soll der Scheiß? Wir können auch einfach zahlen, wenn wir dann endlich reinkommen. Ich habe keinen Bock, hier noch länger rumzustehen.«

Jasper sieht mich ebenfalls leicht genervt an.

»Von mir aus können wir auch zahlen. Oder weiter. Mir egal.«

Kurz zögert der Türsteher noch, dann tritt er einen Schritt zur Seite.

»Ach was. Rein mit euch. Und viel Spaß.«

»Danke auch! Und in Zukunft ...«

Ich greife schnell nach Jaspers Hand, bevor er etwas sagt, was uns doch noch auffliegen lässt, und ziehe ihn ins Innere. Ben nickt dem Türsteher kurz zu, als wäre er gerade eben noch mal so davongekommen, und schon hüllt uns laute Musik ein.

Jasper packt mich an den Schultern und dreht mich zu sich, wo mich ein stolzes Lächeln erwartet.

»Butch und Sundance!?«

»Han Solo und Chewbacca hätte er mir nicht abgekauft.«

Und ja, ich habe ganz kurz mit dem Gedanken gespielt, es mit diesen beiden Namen zu versuchen.

»Und du bist jetzt unsere Managerin?«

»Ja, einer muss uns ja auf die Gästeliste setzen.«

Jasper hält mich noch immer an den Schultern und sieht mich begeistert an.

»Das war großartig! Und auf verwirrende Art und Weise ziemlich heiß.«

Ben nickt zustimmend.

»Und jetzt stell dir mal vor, sie zieht die Nummer mit einer Reitpeitsche in der Hand durch: ›Sorry, aber ist die Frage ernst gemeint?‹«

»Mit Brille und Pferdeschwanz.«

»Und in High Heels.«

»Nur in High Heels.«

»I'll let you whip me if I misbehave ...«

Jaspers Version von Justin Timberlakes Hit »SexyBack« erreicht mich zum Glück nur leise über die laute Musik hinweg.

Ich verpasse beiden einen Schlag auf die Schulter und sehe sie möglichst streng an.

»Ihr seid solche Spinner!«

»Dank der gewonnenen Wette gibt es jetzt einen Drink auf Kosten unseres Star-Künstlers. Ich habe dich doch richtig verstanden, oder?«

»Nicht ganz, aber Wettschulden sind Ehrenschulden.«

Jasper nickt und deutet zur Bar, wo unzählige Menschen schreiend ihre Bestellung abgeben und darauf hoffen, Gehör zu finden.

»Also? Was darf ich bringen?«

»Ich nehme einen Caipi.«

»Ella Klippenbach, wie gewagt! Kein Cocktail mit einem bunten Schirmchen und frischen Früchten?«

»Du kannst mir auch eine Cola bringen.«

Jasper hebt abwehrend die Hände in die Höhe.

»Caipi also für die Dame. Butch nimmt ein Bier?«

»Ein Bier, Sundance!«

»Kommt sofort ... Oder in einer halben Stunde.«

Mit einer albernen Drehung verabschiedet sich Jasper in die Menge und schiebt sich an tanzenden Körpern vorbei in Richtung Bar, bis er in der Menge verschwindet. Natürlich ist er noch immer der gleiche Mensch, der liebenswerte Chaot und hibbelige Kasper, der nicht erwachsen werden will. Aber da sind plötzlich auch Gefühle, die früher nicht da waren. Nein, Gefühle, die ich früher so nicht zugelassen habe und von denen ich dachte, dass sie niemals erwidert werden würden.

Ben legt die Arme um mich und lehnt sich zu mir runter.

»Glaub mir, ihm geht es genauso.«

Ertappt zucke ich zusammen. Mein Gesicht fühlt sich mit einem Mal ganz heiß an, und ich spüre ein nervöses Kribbeln, als ich mich langsam zu Ben umdrehe.

»Was soll das heißen?«
»Ella.«
Ben verzieht ungläubig das Gesicht.
»Nein, im Ernst, Ben. Was soll das heißen?«
»Bist du blind?«
»Nein.«
Aber vielleicht erleide ich gleich einen Herzinfarkt.
»Ella, dann mach die Augen auf. Keine Ahnung, ob das neu ist oder ob er dich schon immer so angesehen hat, wenn er gedacht hat, dass wir es nicht merken, aber er sieht in dir mehr als eine gute Freundin. Das steht fest.«
»Das ... stimmt nicht.«
So etwas darf Ben nicht denken – und sagen. Nicht nach dem ernüchternden Fast-Kuss im »Schocken« und dem verpassten Moment am Zaun. Egal, wie Jasper mich ansieht, er will mich definitiv nicht küssen.
»Ella, wenn das früher schon so war, dann hatte ich damals einfach Glück, dass ich schneller war.«
Ben lächelt mich schief an.
»Hast du das heute wirklich noch nicht gemerkt?«
Ich sehe Ben jetzt wütend an. Oder verletzt. Oder verwirrt.
»Du irrst dich. Außerdem klingt es plötzlich ein bisschen so, als wäre das zwischen dir und mir nur Zufall gewesen. Oder nicht echt.«
»O doch. Ich habe dich geliebt. Wir waren echt, aber nicht ewig.«
Ben wirkt plötzlich vollkommen ernst und sieht mich eindringlich an.
»Oder widersprichst du mir da?«
Ich verneine. Ich habe Ben geliebt, und er hat mich geliebt. Jede Frau sollte einmal so geliebt werden, wie Ben es bei mir getan hat. Aber das ist vorbei.

Er nickt in Richtung Bar, wo wir Jasper vermuten.

»Jetzt, aus der Distanz betrachtet, ist das sogar ziemlich offensichtlich. Ich bin damals neu dazugestoßen und habe mich in dich verliebt. Ich wusste sofort, dass ich mit dir zusammen sein wollte. Jasper wurde mein bester Freund. Aber ich habe nie daran gedacht, dass es euch schon vor mir gab, und erst jetzt wird mir klar, dass es euch nach mir geben wird. Ihr beide seid ... ewig. Ob als Freunde oder sonst was, das müsst ihr selbst rausfinden.«

Wie kann er so etwas einfach sagen und dann glauben, dass ich damit nicht total überfordert bin?

»Wir waren echt, aber wir sind vorbei, und das ist gut.«

Ich versuche wieder etwas Ordnung in meinen Kopf und in mein Herz zu bekommen.

»Ja ... Aber wir ... könnten Freunde bleiben, oder?«

Er verzieht kurz das Gesicht.

»Ich fände es schöner, wenn wir Freunde würden. Das klingt sonst so ...«

»Moment. Und das, was du in dem Brief geschrieben hast? Ist das auch vorbei? Für immer? Oder soll ich da nur einzelne Passagen rausstreichen oder umformulieren?«

Ben sieht mich überrascht an.

»Hast du den Brief etwa noch immer?«

Als könnte er ernsthaft daran zweifeln. Keine Frau würde diesen Brief wegwerfen.

»Natürlich!«

»Lass ihn los. Vergiss ihn. Fang frisch an.«

Ich sehe ihn verständnislos an.

»Weißt du eigentlich, was mir dieser Brief bedeutet?«

Er schüttelt den Kopf, scheint wirklich ahnungslos und vielleicht sogar etwas überrumpelt.

Ich lege meine Hand auf seinen Arm.

»Nur deswegen bin ich nicht kaputtgegangen. Finde solche Worte auch für Sophie und halte sie fest.«

»Ach, Ella ...«

»Tu es einfach.«

»Das ist nicht so einfach.«

»Doch. Schreib alles auf. So wie bei mir.«

Er setzt zu einem Lächeln an, das nicht mir, sondern einer Frau in Amsterdam gelten soll, verliert dabei aber den Mut und schüttelt den Kopf, während er mich traurig ansieht.

»Hör mal ...«

Doch bevor er mehr sagen kann, stößt ihn plötzlich jemand von der Seite an und bleibt abrupt neben uns stehen. Wir sehen beide etwas entgeistert auf, herausgerissen aus einem Augenblick, der noch nicht zu Ende war.

»Sieh einer an! Wenn das nicht Benny Handermann ist!«

Es ist nie fair, wenn sich manche Menschen so sehr verändern, dass man sie nicht auf den ersten Blick wiedererkennt. Das Gesicht des Typen kommt mir irgendwie bekannt vor, aber in einer anderen Version, schmaler, weniger kantig und um einiges verpickelter. Ein Gesicht aus unserer Jugend.

»Christian!«

Fast will ich mich bei Ben bedanken, weil er mir die peinliche Frage erspart, wer der Typ ist: Christian Blatter aus unserer Schule, der ein Jahr vor dem Abi abgebrochen hat und seit damals von der Bildfläche verschwunden ist. Ben und er hatten während der Schulzeit so das ein oder andere Problemchen miteinander. Meistens ging es um harmlose Dinge wie Fußball oder Musikgeschmäcker, ab und zu wurde es dann aber doch auch etwas heftiger. Vor allem, wenn es um Jasper ging. Aus einem Grund, den ich nicht nachvollziehen konnte und niemals werde, hatte es sich Christian zum Ziel gesetzt, Jasper bei jeder Gelegenheit zu hänseln oder blöde anzumachen. Inzwischen würde man das wohl als systematisches Mobbing bezeichnen. Damals waren es nur dumme Sprüche. Obwohl Jasper immer so getan hat, als würde ihn das nicht weiter interessieren, war es ihm nur zu deutlich anzumerken, dass er es nicht witzig fand und es ihn manchmal sogar aus dem Tritt brachte. Immer dann, wenn er nicht mehr so sorglos war, wussten wir, dass Christian und seine Jungs mal wieder zugeschlagen hatten. Wie es eben nun mal Jaspers Art ist, hat er es weggelacht und mit einem witzigen Spruch überspielt. Bis Ben eines Tages der Kragen geplatzt ist. Christian hatte danach ein blaues Auge und einen Gipsarm, und mein Gefühl verrät mir, dass die beiden deshalb bis heute noch eine Rechnung offen haben.

»Was treibt dich denn wieder zurück in die alte Heimat?«

Christian hat dabei zu keinem Zeitpunkt auch nur einen Blick zu mir geworfen. Vermutlich erinnert er sich einfach nicht mehr an mich.

»Abitreffen.«

Bens Körper spannt sich an, was mich nicht gerade beruhigt. Bisher sind wir eigentlich ganz gut durch die Nacht gekommen, und wenn es nach mir geht, können wir hier auch gleich wieder verschwinden. Schnell werfe ich einen Blick zur Bar, um Jasper zu finden, aber ich kann ihn noch immer nicht entdecken.

»Abitreffen? Nein, wie niedlich. Klopft ihr euch alle gegenseitig auf die Schulter, weil ihr so tolle Typen seid?«

»Ja, so ähnlich. War schön, dich gesehen zu haben, Christian. Mach's gut.«

Ben hat offensichtlich keine Lust auf eine weitere Unterhaltung. Sehr gut.

»Warum so eilig? Wir haben doch noch gar nicht richtig gequatscht, Benny.«

Christian legt Ben die Hand auf die Schulter, was so gar nicht freundschaftlich, sondern eindeutig wie eine Drohgebärde wirkt. Er ist von zwei Freunden flankiert, die aussehen, als ob sie täglich ins Fitnessstudio gehen. Vermutlich bilde ich mir das nur ein und sie sind eher durchschnittlich gebaut, aber die Panik, die langsam meine Wirbelsäule nach oben kriecht, verändert meine aktive Wahrnehmung ungemein. Mit jeder verstreichenden Sekunde fühle ich mich unwohler. Tastend greife ich nach Bens Hand und gebe ihm dadurch zu verstehen, dass ich gehen möchte. Er nickt nur und sieht wieder zu Christian.

»Ich denke nicht, dass wir uns viel zu sagen haben. Hatten wir doch nie.«

»Wie geht es deinem Kumpel, Jasper?«

»Gut. Danke. Und jetzt entschuldige uns.«

Er wischt Christians Hand von seiner Schulter und schiebt seinen Körper zwischen meinen und den der drei Jungs.

»Hey, jetzt warte doch mal. Wie wäre es mit einem Bier?«

»Nein danke.«

»Bin ich nicht gut genug für eine Unterhaltung, oder was?«

Falls Ben sich unwohl fühlt, lässt er es sich nicht anmerken. Er lächelt souverän und fast höflich.

»Du suchst Streit, und ich will keinen Streit. Nicht mit dir und auch nicht mit deinen Freunden.«

Seine Stimme ist freundlich, sein Blick jedoch kühl.

»Vielleicht habe ich dir ja etwas zu sagen.«

»Nein, hast du nicht.«

Ben will schon gehen, als Christian wieder nach seiner Schulter greift, diesmal ruppiger, und ihn zurückhält. Ben lässt meine Hand los.

Ich höre nur noch mein Herz pochen.

»Jungs, hört auf damit!«

Wenn meine Stimme doch nur so tough klingen würde, wie ich es mir jetzt wünsche.

»Ach! Ella, richtig?«

Christian lässt seinen Blick über meinen Körper gleiten, was sich nicht gut anfühlt. Ein anzügliches Lächeln schiebt sich auf seine Lippen, als sein Blick in Höhe meiner Brüste hängen bleibt.

»Schön, dich zu sehen.«

Die anderen Kerle lachen wie irre, als wäre diese Szene die humorvolle Inszenierung eines guten Herrenwitzes.

»Kann ich nicht gerade behaupten.«

»Bist du immer noch mit dem Lackaffen hier zusammen?«

»Lass sie einfach in Ruhe, okay?«

Jetzt klingt auch Bens Stimme nicht mal mehr ansatzweise freundlich. Christian wirft ihm nur einen geringschätzigen Seitenblick zu.

»Wieso? Vielleicht hat sie ja mal Lust auf einen richtigen Kerl.«

»Oder drei!«

Einer von Christians Lakaien fühlt sich dazu aufgefordert, sich zu Wort zu melden, was zu weiteren Lachattacken und albernen High fives führt.

»Es reicht, ihr hattet euren Spaß.«

Ben funkelt sein Gegenüber zornig an. Ab jetzt sollte sich niemand mehr mit ihm anlegen.

»Vielleicht wollen wir mit Ella ja noch etwas Spaß haben. Komm, lass uns tanzen. Das kannst du doch besonders gut.«

Er will an Ben vorbei nach meiner Hand greifen, was dieser mit einer schnellen Bewegung verhindert. Spätestens jetzt verändert sich auch Christians Blick. Es war abzusehen, dass er es darauf anlegt, Ben zu provozieren.

»Ach so ist das, Benny. Alles klar. Wir können auch anders.«

Seine Hände formen sich zu Fäusten, und mir wird etwas schwindelig. Ob ich den Türsteher zu Hilfe holen soll? Doch bevor meine Gedanken sich anständig sortieren können, taucht Jasper grinsend neben uns auf.

»Ach was! Der Kasper ist auch am Start.«

»Hi, Christian. Bye, Christian.«

Jasper reicht mir meinen Cocktail, als wäre Christian gar nicht mehr anwesend, und gibt Ben sein Bier. Dabei tauschen die beiden einen Blick, aber ich verstehe nicht, was sie sich damit sagen wollen. Männer und ihre Blickgespräche, die wir Frauen nie lesen können. Ich hasse das!

»Ich stelle mich doch keine Viertelstunde lang an, um jetzt was davon zu verschütten.«

Er wirft Christian einen kurzen Blick über die Schulter zu.

»Nichts für ungut, aber das wäre pure Verschwendung.«

Jasper und Ben stoßen an, dann dreht sich Jasper zu mir und lässt seine Bierflasche gegen mein Cocktailglas klirren. Dabei lächelt er mich beruhigend an, was zwar ein bisschen hilft, meinen Herzschlag aber trotzdem nicht verlangsamt.

»Hey. Für wen haltet ihr euch eigentlich? Für die beschissenen drei Musketiere?«

Jasper hält kurz inne, atmet dann aber genervt aus und dreht sich schließlich zu Christian und seinen Jungs um.

»Nein. Denn dafür fehlt uns noch ein Musketier. Das ist dir schon klar, oder?«

Christians Blick, der eben noch ganz kampflustig gewirkt hat, ist jetzt kurz verwirrt, bevor er zu mir und Ben sieht, als müsse er nachzählen.

Jasper schüttelt nachsichtig den Kopf.

»Schon klar. Hast du den Film gesehen? Auf die Bücher

von Dumas darf ich nicht hoffen, oder? Woher kennst du die Musketiere überhaupt?«

»Was? Ich ... Äh. Was?«

»Okay, okay. Ich sehe schon. Der Witz an der Sache ist: Die drei Musketiere waren zu viert.«

Damit hat er Christian komplett den Wind aus den Segeln genommen und ihn gänzlich verwirrt.

»Aber ihr seid doch zu dritt!«

»Korrekt, Richelieu. Deshalb ja auch die Gegenfrage auf deine ursprüngliche Frage.«

Was genau passiert hier gerade, und wie kann das sein? Bis vor wenigen Augenblicken hatte ich wirklich angenommen, Christian und seine Jungs würden Ben gleich mit einem gezielten Faustschlag die Nase brechen. Jetzt wirken die drei eher so, als müssten sie dringend noch mal den Film »Die drei Musketiere« schauen, um zu verstehen, über was Jasper sich mit ihnen unterhalten möchte.

Aber das hält nicht lange an.

»Verarschst du mich gerade, Nowak?«

Mit einem Mal hat Christian Jasper am Kragen gepackt und zieht ihn ruckartig zu sich. Jasper versucht, ruhig zu bleiben, und wirft Ben einen kurzen Blick zu – und zu meinem Entsetzen sehe ich schon wieder dieses alberne Funkeln in seinen Augen.

»Aramis, möchtest du unserem Freund hier vielleicht die Geschichte erzählen?«

»Nein. Lass ihn los, Christian.«

Ben ist anders als Jasper nicht mehr zu Scherzen aufgelegt.

»Der kleine Spast hat sich über mich lustig gemacht, oder?«

Gerade als Ben Jasper ansieht und den Kopf schütteln will, nickt Jasper und hat dabei ein breites Grinsen im Gesicht.

Christian, der nicht mehr einfach nur wütend, sondern stinkwütend ist, stößt Jasper wütend gegen die Brust.

»Sollen wir das draußen klären, Nowak?«

Ich schnappe mir schnell Jaspers Hand und ziehe ihn zu mir, bevor er auf die Fragen antworten oder noch weitere Dummheiten von sich geben kann.

Ben hebt abwehrend die Hände und geht langsam rückwärts hinter uns her in Richtung Ausgang.

»Vertagen wir das alles doch besser. Schönen Abend noch, die Herren!«

Es ist nur zu deutlich spürbar, dass Jasper noch einen Spruch auf den Lippen hat und diesen so gerne vom Stapel lassen will, aber Bens strafender Blick lässt ihn verstummen.

»Halt die Klappe, d'Artagnan!«

»Was denn?!«

Jasper fragt viel zu laut – und in Christians Richtung.

»Ich wollte nur noch fragen, ob er für mich mal bis drei zählen kann!«

Dann passiert alles sehr schnell. Christian hetzt hinter uns her, und bevor irgendwer reagieren kann, trifft eine Faust Jasper über dem rechten Auge. Er taumelt kurz, bevor er sich wieder fängt und Bens Schwinger Christian genau am Kinn trifft, was ihn gegen seine Freunde prallen lässt.

Einige Leute weichen dem Gerangel aus, als wir zurück nach draußen stolpern und die Aufmerksamkeit des Türstehers auf uns ziehen.

»Hey! Was ist da los?«

Er verlässt seinen ihm angestammten Platz vor der Menschenschlange und kommt mit breiten Schritten auf uns zu. Jasper hält seine Hand an die blutende Wunde an der Augenbraue und deutet auf Christian, der in der Tür zum Stehen gekommen ist.

»Er hat mich grundlos angegriffen.«

»Die haben mich provoziert!«

Bevor ich einschreiten und etwas zu unserer Verteidigung sagen kann, packt der Türsteher Christian am Kragen und zieht ihn nach draußen.

»Verschwinde! Wir stehen nicht auf Krawallmacher wie dich!«

»Aber ...«

»Weißt du denn nicht, wer die sind, du Idiot?«

»Was?«

Der Türsteher zeigt auf uns und sieht ziemlich beeindruckt aus.

»Das sind DJ Butch und Sundance!«

Nur ein Blick von Ben und Jasper, und diesmal verstehe ich die Message sofort. Ohne ein weiteres Wort rennen wir los und flüchten wie echte Banditen und Musketiere.

Neuer Rekord

Weil nur du es schaffst,
dass ich mich so vollkommen fühle.

»Halt still!«

Jasper will meinem zweiten Versuch ausweichen, ihm das Blut von der Schläfe zu tupfen, was ich diesmal nicht zulasse und ihn am Kinn packe.

»Halt endlich still!«

Das wird ein ordentliches Veilchen geben, obwohl Christian ihn zum Glück nicht voll erwischt hat. Auch wenn wir, im wahrsten Sinne des Wortes, mit einem blauen Auge davongekommen sind, ist mir noch immer etwas mulmig.

Jasper und ich sitzen auf einer Bank am Ufer des Feuersees im Herzen des Stuttgarter Westens. Auf der gegenüberliegenden Seite wird die Johanneskirche von ein paar Scheinwerfern angeleuchtet. Zwei Bänke weiter bei einer Laterne sitzt ein Mann, der ganz vertieft in sein Buch ist und uns wahrscheinlich noch gar nicht wahrgenommen hat. Sonst ist niemand da. Abgesehen von den Enten, dem einsamen Schwan und einigen Schildkröten, die in der milden Sommernacht ihre Köpfe aus dem Wasser strecken.

Ben ist losgezogen, um uns etwas zu essen zu besorgen und vielleicht irgendwas, womit ich Jasper ordentlich verarzten kann.

»Das war vollkommen unnötig.«

»Aber lustig, oder?«

Auf unserer Flucht müssen wir wie eine ganz besondere Truppe gewirkt haben: Ben, der sich die schmerzende Hand reibt, in Flip-Flops und seinem persönlichen Superhelden-Look, Jasper, der zufrieden vor sich hin grinst, blutüberströmt und in einem roten Minnie-Mouse-Cardigan – und ich, die tänzelnden Schrittes immer mal wieder einen besorgten Blick über die Schulter wirft.

Ich stelle mir vor, wie es wohl gewesen wäre, wenn uns Denise oder jemand anderes vom Abitreffen über den Weg gelaufen wäre. Immerhin haben wir im Laufe des Abends eine ziemliche Metamorphose hingelegt. Bei dem Gedanken muss ich lächeln.

»Warum so fröhlich? Ah! Das tut weh. Ein bisschen mehr Mitgefühl bitte.«

Ich ziehe die Mundwinkel nach unten, strecke die Unterlippe raus und heuchle Mitleid. Jasper schließt zufrieden die Augen und lässt sich weiterbehandeln.

»Na geht doch.«

Ich tupfe das Blut von seinem Gesicht und gebe mir größte Mühe, ihm dabei nicht noch mehr Schmerzen zuzufügen.

»Niemand wird mir diese Nacht glauben. Niemand.«

»Ja. Das ist eine dieser Nächte, über die man nur mit den Leuten reden kann, die dabei waren.«

»Eine Art Geheimbund-Erinnerung?«

Ich tupfe weiter und nähere mich langsam der Wunde, die inzwischen zum Glück nicht mehr blutet.

»Genau, und dank Christian eindeutig eine geheime Musketier-Erinnerung.«

»Wir, die drei, nein, zwei Musketiere!«

Jasper öffnet die Augen, lächelt mich schief an und versucht dabei, sich den Schmerz nicht anmerken zu lassen.

»Es ist viel passiert.«

»Das kann man wohl sagen! Wir sind zu Kriminellen geworden, und du wärst beinahe draufgegangen.«

»Aber Ben war ja da.«

»Ja. Ben war da.«

Kurz sehen wir uns einfach nur an, bis ich wegsehen muss.

»Wenn Sophie den Ben von heute Abend sehen könnte, würde sie ihn wahrscheinlich nicht wiedererkennen.«

»Wahrscheinlich. Wer war dieser fremde Kerl, der heute auf dem Weg zur Schule auf dem Beifahrersitz im Taunus gesessen hat? Der mit dem verkniffenen Gesichtsausdruck, den schicken Schuhen, dem gebügelten Hemd, der Krawatte und der perfekten Frisur?«

»Aber ich wette, ihr würde unser Superman besser gefallen als dieser Clark Kent. Ich meine, jeder Frau würde Superman besser gefallen als Clark Kent.«

Jasper schließt die Augen, und das Lächeln verschwindet aus seinem Gesicht.

»Natürlich.«

Ich lasse das inzwischen ziemlich rote Taschentuch sinken.

»Sie darf ihm nicht wehtun.«

»Wird sie nicht.«

»Woher weißt du das?«

»Weil wir beide es nicht zulassen.«

Ich nicke und hoffe, dass er recht behalten wird. Dann betrachte ich sein verbeultes Gesicht etwas genauer und muss lächeln.

»Du siehst heute übrigens auch sexy aus. Absolut männlich und so.«

Er öffnet ein Auge und sieht mich ungläubig an.

»Trotz Minnie Mouse?«

Ich betrachte das grinsende Mausgesicht auf seiner Strickjacke.

»Okay, das ruiniert das Image vielleicht ein winziges bisschen.«

Ohne einen Moment zu zögern, zieht Jasper seine Jacke aus, sitzt jetzt in weißem T-Shirt vor mir, an dessen Kragen etwas Blut klebt, und sieht mich fragend an.

»Besser?«

Ich muss kurz lachen.

»Anders.«

Ich hebe meine Hand vorsichtig an sein Gesicht und drehe es so, dass ich die kleine Platzwunde im Schein der Laterne noch besser sehen kann.

»Ein bisschen schlechtes Gewissen habe ich ja schon, dich so nach Kapstadt zurückzuschicken. Sie werden denken, ich habe nicht gut genug auf dich aufgepasst. Aber Narben machen euch Männer ja nur noch interessanter.«

Ich fahre ihm mit dem Daumen über seine Wange und muss lächeln. Als ob ein Kerl wie Jasper eine Narbe brauchen würde, um auf uns Frauen noch interessanter zu wirken. Wer benötigt schon Narben, wenn er dieses Lächeln und diese wunderschönen Augen hat?

»Du hättest diesem Idioten gerne selbst eine verpasst, oder?«

Er nickt entschlossen.

»Verdient hätte er es. Für damals und für heute.«

Als sich unsere Blicke jetzt treffen, spüre ich, wie sich etwas tief in mir zusammenzieht. Ein merkwürdig vertrautfremdes Gefühl nimmt meinen Körper ein, wenn Jasper mir so nah ist. Nur mit Mühe kann ich verhindern, dass ich jetzt auf seine Lippen blicke und dann etwas tue, was ich später bereuen werde. Deshalb ziehe ich schnell meine Hand zurück und sehe über den kleinen See hinweg zur Kirche, die ich so oft auf meinem Heimweg von der Schule bewundert habe. Ich atme tief durch und versuche, das Gespräch wieder auf etwas sichereren Boden zu lenken.

»Ist dir eigentlich jemals aufgefallen, dass es so aussieht, als wäre das da oben ein Hubschrauberlandeplatz?«

Mit dem Finger zeige ich dorthin, wo vor vielen Jahren wohl mal eine Turmspitze in den Nachthimmel ragte, jetzt aber nur noch eine Art flacher Balkon zu sehen ist.

Jasper folgt meinem Blick und nickt nachdenklich.

»Klar.«

Dann schweigen wir wieder, und plötzlich wird mir zum ersten Mal wirklich bewusst, dass Jasper hier neben mir sitzt. Mein Jasper. Nach all den Jahren. Ich sehe ihn an und bin wieder überrascht, wie aus meinem schlaksigen besten Freund dieser wunderschöne Mann geworden ist. Auch wenn er mich noch immer nicht küssen will, möchte ich den Kontakt nicht noch einmal verlieren.

»Wann fliegst du zurück nach Kapstadt?«

»Nächste Woche.«

»Wohnst du hier bei deinen Eltern?«

»Ja. Die wollten mich nicht sofort wieder gehen lassen.«

Ich blicke zurück zur Kirche, dem absichtlich unvollkommen gebliebenen Gebäude vor uns, und irgendwie ist es tröstlich.

»Und du? Wann geht es zurück nach Hamburg?«

»Morgen Nachmittag. Beziehungsweise heute.«

Der Gedanke an meine kleine Wohnung in der Hansestadt legt sich wie Blei auf mein Herz. Ich möchte nicht dorthin zurück. Das ist mir heute Abend klar geworden. Aber wer sagt, dass ich dortbleiben muss? Warum bin ich überhaupt dorthin gezogen? Und warum bin ich so lange geblieben? Plötzlich muss ich lächeln, denn auf einmal ist alles ganz klar.

»Gegen zehn bin ich da. Und dann komme ich so schnell wie möglich wieder zurück.«

Denn wenn ich heute etwas gelernt habe, dann das: Ich muss nach vorne blicken, und das werde ich. Sicher, ich muss ganz von vorne anfangen, aber es gibt Schlimmeres. Zum Beispiel könnte ich den Rest meines Lebens so leben wie die letzten Jahre: unglücklich und wie in einer Art Koma, zwischen dem Gestern und dem Morgen.

»Nach Stuttgart?«

»Ja. Hier lief es echt gut für mich, und wer weiß, vielleicht gibt es irgendwo eine schöne Wohnung im Westen.«

Jasper grinst über das ganze Gesicht und nickt, obwohl sein Auge kurz zuckt und er offenbar Schmerzen hat.

»Hört sich nach einem sehr guten Plan an.«

Manchmal bedeutet nach Hause zu kommen auch, sich weiterzuentwickeln. Bis zum heutigen Tag hatte ich Angst vor der Rückkehr in meine Heimatstadt, weil sie mich auf sehr schmerzhafte Weise an all meine Träume erinnert. Dabei habe ich ganz vergessen, wie gut all die schönen Erinnerungen tun.

»Dann weiß ich jetzt schon, wo ich landen kann, wenn ich Heimweh habe.«

Er nickt zur Kirche vor uns und zwinkert mir zu.

»Du bist jederzeit willkommen.«

»Danke, und falls dir Stuttgart doch irgendwann zu eng wird: Kapstadt ist auch sehr schön.«

»Das glaube ich dir. Wenn dir mal langweilig ist oder du nicht weißt, was du in deinem Palast so anstellen sollst: Ruf mich an.«

Jaspers Lächeln verschwindet nicht, trotzdem legt sich ein

leichter Schatten über seinen gerade noch sehr zufriedenen Gesichtsausdruck.

»Du würdest um die halbe Welt reisen, nur weil mir langweilig ist?«

Ich nicke.

»Hey, ich habe bald keinen Job mehr und jede Menge Zeit.«

Vor allem würde ich aber alles stehen und liegen lassen, weil ich mich noch genau daran erinnern kann, was er auf dem Spielplatz gesagt hat. Wir sprechen hier nicht von Langeweile, sondern von Einsamkeit.

»Gut zu wissen.«

Wir sehen uns einfach nur stumm an, weil keiner von uns das sagen will, was in unserem Inneren tobt. Jasper hält meinen Blick, seine dunklen Augen sind so warm wie schon lange nicht mehr, und mein Herz beginnt, schneller zu schlagen. Es sendet verzweifelt Notsignale an Jasper und da ist sie wieder: die Frage, die mir schon eine Weile durch den Kopf hämmert.

»Jasper, warum hast du mich nie ...«

»Hat jemand Essen bestellt?«

Ben. Er läuft die Stufen zu uns herunter, eine große Tüte in der Hand, ein Lächeln auf dem Gesicht.

Jasper und ich heben zeitgleich die Hände in die Luft.

»Sehr gut, ich habe das Beste aufgetrieben, was dieser Stadtteil zu bieten hat.«

»Sushi?!«

»Fast.«

»Döner!«

»Richtig. Und ...«

Er greift in die Hosentasche und zieht ein kleines Päckchen hervor.

»... Pflaster für den Verwundeten. Ein kleines Geschenk vom Dönerladen-Besitzer.«

Ben wirft mir die Packung zu. Dann zaubert er drei in Alufolie eingewickelte Döner, Papierservietten und drei Dosen Cola aus der Tüte. Als er sich vor uns auf den Boden setzt, wirft er einen amüsierten Blick auf den Mann mit dem Buch und der Brille.

»Hätte ich gewusst, dass ihr Freunde eingeladen habt ...«

»Halt die Klappe, der ruft sonst noch die Polizei.«

Neben mir packt Jasper seinen Döner aus, und ich höre ihn seufzen.

»Ohne scharf, ohne Knoblauch und ohne Zwiebeln? Oder wie ich sage: einmal Döner auf Deutsch?«

»Natürlich.«

»Du bist der Beste.«

Dann beißt er herzhaft in die Fladenbrothälfte, aus der Fleisch und Gemüse ragt. Dabei schmiert er sich die Soße großzügig an beide Backen. Dann hält er kurz inne.

»Und danke übrigens.«

Mit vollem Mund sieht er zuerst zu Ben und dann mir dabei zu, wie ich ein recht großes Pflaster auspacke und es ihm über die Wunde klebe.

»Ja, danke, Ben. Ich esse meinen auch gleich, sobald ich Jasper hier fertig verarztet habe.«

»Ich meine nicht den Döner, Ella. Also nicht nur, weil der schmeckt himmlisch.«

Jasper spricht mit vollem Mund, bis ihn mein Blick trifft und er runterschluckt.

»Nein, danke, dass du den Typen ausgeschaltet hast.«

Ben schüttelt leicht den Kopf und winkt ab.

»Nicht dafür.«

»Doch. Genau dafür. Das hätte übel enden können. Mal

wieder. Ich weiß auch nicht. Ich gehe einfach immer diesen einen Schritt weiter, den ich mir sparen sollte. Ich klettere über Gartenzäune und Brückengeländer, provoziere Hunde, Wachmänner und aggressive Idioten, die auf Stress aus sind. Und ich verlasse mich dabei immer darauf, dass du da bist.«

»Na, ein Glück war ich das heute.«

Jasper nickt nachdenklich, beißt dann erneut in seinen Döner und kaut vor sich hin.

»Ich glaube, ich sollte langsam wirklich erwachsen werden.«

Ben sieht schockiert zu mir, so, als wäre er sich nicht sicher, ob ich das eben auch gehört habe. Habe ich aber. Nur glauben kann ich es nicht so recht.

»Wie war das!?«

»Peter Pan ist hauptberuflich schon eine coole Kiste, aber wer weiß, vielleicht will ich ja mal mit dem ewigen Rumfliegen aufhören.«

»Ich muss dich warnen, der Aufprall auf dem harten Boden der Realität kann echt wehtun.«

Dabei nicke ich auf meinen Fuß.

»Ach, ich krieg das schon irgendwie hin.«

Kurze Stille.

»Und als Beweis für die Ernsthaftigkeit meines Vorhabens ...«

Er legt den Döner auf die Bank neben sich und steht auf.

»... werde ich etwas tun, auf das ihr schon so lange gewartet habt.«

Er greift in die Hosentasche und zieht das Zigarettenpäckchen hervor. Sofort muss ich lächeln.

»Ich höre auf zu rauchen. Unter einer Bedingung.«

»Natürlich.«

»Ihr gebt mir einen Grund.«

»Welchen hättest du denn gerne?«

»Wie nett von dir, Ella, dass du fragst, aber das machen wir jetzt so wie an Weihnachten und an Geburtstagen: Überrasche mich.«

»Okay. Ich fliege nach Amsterdam, und wenn ein Happy End möglich ist, suche ich mir dort einen neuen Job.«

Jasper verzieht leicht das Gesicht.

»Und ... warum ist das ein Grund für mich, mit dem Rauchen aufzuhören?«

Ich sehe Jasper an, als hätte er gerade gefragt, warum es nachts dunkel wird, kann mir ein Grinsen aber nicht verkneifen.

»Na, weil du auf Ben aufpassen musst. Nicht, dass seine Sophie ihm das Herz bricht. Außerdem: Wenn ich mir Ben und sein verliebtes Grinsen so ansehe, wird das eine langfristigere Aufgabe – und eine langjährige.«

Da breitet sich ein Lächeln auf Jaspers Gesicht aus, und seine Augen beginnen zu strahlen. Obwohl dieses Lächeln Schmerzen verursachen muss, nimmt er das in Kauf.

»Okay. Das zählt aber nur, wenn Ella mitaufpasst.«

Ben lächelt mich an.

»Und?«

»Natürlich!«

»Okay.«

Jasper dreht sich zum See, bevor ich so ganz verstanden habe, was sie mir da gerade anbieten. Er steht einfach nur da, dreht die Kippenschachtel in seiner Hand und wirft sie in die Luft, nur um sie dann wieder aufzufangen und seinen Blick über das trübe Wasser des Feuersees schweifen zu lassen.

»Brauchst du etwa noch einen Grund, um mit dem Rauchen aufzuhören?«

»O nein. Den habe ich jetzt.«

Dann holt er weit aus und schleudert das Päckchen in die Nacht, bis es irgendwo im Wasser aufschlägt und langsam untergeht. Ein Wurf. Nur ein Wurf.

Ben und ich springen auf, umarmen Jasper und applaudieren zunächst laut, dann aber schnell leise – und erst jetzt scheint der Mann auf der Bank nebenan unsere Anwesenheit überhaupt bemerkt zu haben.

Jasper dreht sich zu ihm um und sieht ihn beruhigend an.

»Keine Sorge, wir tun nichts Verbotenes. Wir entledigen uns nur unserer schlechten Angewohnheiten.«

»Ja wirklich, wir sind total harmlos. Versprochen.«

Ein kurzer, zweifelnder Blick, dann sieht er wieder in sein Buch, und ich ermahne die Jungs zu etwas mehr Ernsthaftigkeit.

Dann greife ich nach Jaspers Hand. Meine Finger fahren sanft über die Haut an der Innenseite seines Unterarms. Jasper blickt auf die Stelle, wo meine Finger unser Symbol nachfahren, und lächelt.

»Moment! Ich möchte auch noch etwas loswerden.«

Ben ist schon dabei, die Uhr von seinem Handgelenk zu entfernen.

»Das hätte ich schon viel früher machen sollen.«

Überrascht schauen Jasper und ich zu, wie Ben ans Ufer des Feuersees tritt und weit ausholt. Nur ungern lasse ich Jaspers Hand los.

»Tschüss, Hamsterrad. Tschüss, Albtraumfabrik. Und Tschüss, Zeitmanagement!«

Mit voller Kraft schleudert Ben die Uhr hinauf ins Nichts, wo sie kurz aus meinem Blickfeld verschwindet, bevor sie wieder auftaucht und schließlich ebenfalls ins Wasser eintaucht und für immer verschwindet.

»Wow! Das war verdammt hoch. Und weit.«

Jaspers Begeisterung über den Wurf kann er kaum verheimlichen.

»Du wolltest sie wohl wirklich loswerden.«

Ben wirkt erleichtert.

»O Gott, ja!«

Ben lacht, verschränkt die Arme vor der Brust und mustert Jasper. Dann sieht er zu mir und wiegt nachdenklich den Kopf.

»Aber für uns alle steht nach heute Nacht wohl ein bisschen Veränderung an, oder? Und wenn ich mir Jasper so ansehe – blutend, lässig, tätowiert –, dann könnte unser Peter Pan doch glatt als Bad Boy durchgehen.«

»Mir fehlt ein Motorrad.«

»Oder eine Rockband.«

»Kommen wir bitte nicht vom Thema ab, ja?«

Jaspers Blick trifft mich, und er streckt seine Hand aus.

»Ella Klippenbach, meine Damen und Herren! Wird auch sie sich an diesem schicksalshaften Abend von einer schlechten Angewohnheit trennen können? Ich bitte um Applaus!«

Ben klatscht in die Hände, und ich verneige mich kurz, wie man es beim Ballett so tut.

»Tut mir leid. Ich habe leider nichts, was ich werfen könnte.«

»Du irrst dich.«

Mit einer schnellen Bewegung greift Jasper in die Luft vor meinem Gesicht und formt dann einen imaginären Schneeball, den er mir reicht.

»Einmal Selbstzweifel zum Wegwerfen.«

Ich nehme den Klumpen Luft an, und obwohl das gar nicht sein kann, fühlt sich dieses Nichts erstaunlich schwer in meiner Hand an. Ist es vielleicht doch möglich, Selbstzweifel zu fassen zu kriegen? Und wenn ja, wie weit kann ich sie wohl werfen? Bei den Bundesjugendspielen habe ich mich früher gar nicht so ungeschickt angestellt und zumindest eine Ehrenurkunde abgegriffen.

Obwohl ich nichts in der Hand halte, hole ich weit aus, schließe die Augen und schleudere dann alles, was mich immer wieder nach unten gezogen hat, in den Nachthimmel hinein, weg von mir. So weit ich nur kann!

Ben und Jasper neben mir beginnen erneut mit lautem Applaus und jubeln, als hätte ich einen neuen Rekord aufgestellt. Noch bevor ich die Augen öffnen kann, hat Jasper mich bereits in eine Umarmung gezogen.

»Das war der beste Wurf eines imaginären Gegenstandes, den ich je gesehen habe! Und lass dich nicht davon irritieren, dass es der erste war.«

Als er mich loslässt, dreht er sich zu dem Mann, der sein Buch inzwischen sinken gelassen hat und uns beobachtet. Kurz befürchte ich, dass er wirklich die Polizei rufen wird.

»Entschuldigen Sie, aber haben Sie gesehen, wie weit diese junge Dame ihre Selbstzweifel geworfen hat? Das muss ein neuer Feuersee-Rekord sein, meinen Sie nicht?«

Keine Ahnung, ob Jasper ihm Angst macht oder er einfach nur seine Ruhe haben will, aber als sich ein Lächeln auf seine Lippen legt und er nickt, weiß ich, dass dieser Abend echt ist, obwohl mir hundertprozentig kein Mensch das alles glauben würde. Trotzdem ist alles real – weil wir einen Zeugen haben. Nicht, dass ich jemals vorhabe, die Erinnerung an heute Nacht mit jemandem zu teilen, der nicht dabei war. Immerhin sind wir Musketiere.

»Ella, ich finde, dafür hast du eine Medaille verdient.«

»Wir haben leider gerade keine zur Hand, also musst du mit dieser imaginären hier vorliebnehmen.«

Ben legt mir mit einer sehr ernsten Geste eine nicht vorhandene Medaille um den Hals, für die ich mich ganz artig bedanke und mir dabei nicht mal ein bisschen bescheuert vorkomme.

»Ich möchte den Moment nutzen und diesen Sieg einigen ganz besonderen Menschen widmen.«

»Hört, hört, eine Rede!«

Um dem Ganzen den entsprechenden Rahmen zu verleihen, steige ich auf die Bank neben unserem Abendessen und sehe zu den Jungs, die gespannt auf meine Rede warten. Eine Ansprache, die ich so oft und so lange geübt habe und die ich – ehrlich gesagt – schon als Kind im Badezimmer meiner Eltern geprobt habe. Endlich ist der richtige Moment gekommen, um sie zu halten.

»Ich möchte mich an dieser Stelle natürlich bei der Jury bedanken.«

Dabei werfe ich dem fremden Mann, der uns noch immer beobachtet, einen dankbaren Blick zu und ernte dafür ein verlegenes Lächeln. Ohne Zweifel denkt er, wir hätten irgendwelche illegalen Substanzen zu uns genommen. Wer kann es ihm verübeln?

»Außerdem bei meinen Trainern, die mich über die Jahre hinweg begleitet haben. Bei meinen Eltern. Und natürlich bei Benedikt Handermann und Jasper Nowak, ohne die ich heute nicht hier stehen würde. Ich danke ihnen, weil sie mich zu jedem Zeitpunkt meiner äußerst kurzen Karriere begleitet und unterstützt haben.«

Bisher klingt meine Stimme noch leicht und fast fröhlich, dann wird mir aber bewusst, dass es wirklich meine große Chance ist, hier und jetzt all das zu sagen, was sie zu hören verdient haben. Es wird keinen besseren Zeitpunkt mehr geben, keine größere Bühne und keinen schöneren Anlass als heute Nacht. Ich sehe zu ihnen, bemerke die liebevollen Blicke, das stolze Lächeln.

»Selbst dann, als ich es nicht einmal gewusst habe. Ihr habt an mich geglaubt, als ich es nicht mehr getan habe. Ihr habt mir ein eigenes Sternbild geschenkt und mich von meinen Selbstzweifeln befreit. Ihr habt mir einen Abschied gezeigt, den ich brauche, und mir ein Wiedersehen beschert, an das ich nicht mehr glaubte. Ihr habt den Staub von der früheren Ella gepustet und Erinnerungen in ein Buch geklebt. Vom Graffiti über den Straßen der Stadt ganz zu schweigen. Danke dafür, dass ihr mein Leben mit Farbe und Musik füllt. Ich liebe euch! Für immer.«

So habe ich die Rede noch nie gehalten, und so werde ich sie auch nie wieder halten können. Was als Spaß begonnen hat, endet jetzt mit Tränen in meinen Augen. Die Absurdität des Moments ist verschwunden, dafür sind meine Worte zu wahr.

Einen kurzen Augenblick sehen wir uns nur an, und ich hoffe, sie wissen, dass ich alles Gesagte ernst gemeint habe. Dann unterbricht plötzlich Applaus die Stille. Der bisher stumme Zeuge auf der Bank neben uns klatscht laut Beifall und lächelt zu uns.

»Bravo! Wirklich. Bravo!«

Jasper und Ben reichen mir beide ihre Hand, um mir sicher von der Bank herunterzuhelfen. Wann immer ich an den Feuersee denken werde, an die Schildkröten, die einzige Kirche der Welt mit Hubschrauberlandeplatz und an den einsamen Schwan, wird sich dieser Augenblick wie ein Film immer und immer wieder abspielen. Und ich bin froh darüber.

»Entschuldigung, könnten Sie vielleicht ein Foto von uns machen?«

Ben kramt die Polaroidkamera aus der Tasche und reicht sie dem Mann, der nickend aufsteht und uns dabei zusieht, wie wir uns für das Foto aufstellen. Ich wieder in der Mitte, Ben links, Jasper rechts. Hinter uns die Kirche, die man zwar auf dem Ergebnis nicht erkennen wird, aber ich weiß, dass sie da ist. Ben grinst befreit, Jasper präsentiert der Kamera seine verwegene Verwundung, und ich strahle so, wie ich mich fühle: unendlich glücklich.

»Auf die besten Zeiten!«

Dann drückt der Mann auf den Auslöser, der Blitz erhellt die kleine Uferpromenade und schon ist er vorbei – der große Augenblick, der in unserer Erinnerung und auf diesem Polaroidfoto weiterleben wird.

Jasper dreht den Kopf zu mir, die Haut unter seinem Auge färbt sich bereits langsam bläulich, aber sein Blick funkelt geheimnisvoll.

»Bereit für den großen Auftritt?«

Der Sprung des Phönix

> Wenn du auf der Bühne stehst
> und die Menschen das Offensichtliche,
> nämlich dein Talent,
> bestaunen.

Jasper schiebt die Tür auf, und ich schlüpfe unter seinem Arm hindurch ins Innere, gefolgt von Ben. Es ist so dunkel, dass ich nicht mal meine Hand vor Augen sehen kann, aber der Geruch und die Atmosphäre dieses Ortes sind mir auf eine fast vergessene Art und Weise vertraut. Ich stehe still da, sehe nichts und fühle nur. Ben tritt neben mich und tastet sich Schritt für Schritt nach vorne.

»Wir haben nur ein paar Minuten, sonst kriegt Markus noch Ärger.«

Jaspers Stimme taucht neben mir als ein Flüstern auf.

»Ich wusste nicht mal, dass du mit Vogelhauser noch Kontakt hast.«

»Damals beim schriftlichen Abi in Geschichte habe ich für ihn die Lösungen auf dem Klo versteckt. Ich hatte noch was gut bei ihm.«

Jaspers Stimme entfernt sich von uns, als er tiefer in den Raum geht, gegen Gegenstände stößt und leise fluchend weiterläuft. Ben bleibt bei mir.

»Ich weiß nicht, ob ich das kann.«

»Was kannst du nicht?«

»Du weißt genau, was ich meine.«

Obwohl ich sein Gesicht nicht sehen kann, weiß ich, dass er lächelt.

»Du kannst das! *It ain't over till the fat lady sings.* Und ich habe niemanden singen gehört.«

Das Eigenartige daran ist, dass er vielleicht sogar recht hat. Mein Körper fühlt sich an, als würde er unter Strom stehen. Jeder Muskel ist bereit, jedes Organ ist fit. Ausreden gibt es keine mehr. Und keinen Druck.

»Du hast dir einen Abschied gewünscht und ihn verdient.«

Ein Hebel wird umgelegt, und die Beleuchtung über der Bühne erhellt den ganzen Zuschauerraum. Wir stehen im »Theater Rampe« im Stuttgarter Süden, das von Markus Vogelhausers Mutter geführt wird. Das einzige Theater, das sich das Foyer mit einer Zahnradbahn teilt, die hier abends abgestellt wird. Ein Depot und Theater in einem. Wir haben nicht viel Zeit, denn um diese Uhrzeit sollte eigentlich niemand mehr hier sein, außer der »Zacke«. Die Zuschauer-Podesterie zu unserer Linken ist natürlich komplett vereinsamt, die fünf Sitzreihen sind menschenleer. Nur die große, dunkle Bühne wird beleuchtet, der Vorhang ist bereits aufgezogen und alles ist bereit. Bereit für mich?

Wie es scheint, will Jasper mich nicht ohne meinen Abschied gehen lassen. So verlockend dieses Angebot auch ist, es verunsichert mich – bei Licht betrachtet – plötzlich doch zutiefst. Vor mir schlummert eine echte Bühne, auf der regelmäßig Theater- und Tanzaufführungen stattfinden. Zwar waren die Bühnen, auf denen ich zuletzt getanzt habe, größer, aber diese hier schüchtert mich gerade trotzdem enorm ein. Sie wirkt mit einem Mal viel größer, als sie tatsächlich ist, und obwohl ein Teil von mir am liebsten davonrennen will, gibt es diesen anderen Teil, der ganz aufgeregt Konfetti durch mein Inneres pustet und mich antreibt, diese Chance nicht vorbeiziehen zu lassen.

Ben tritt hinter mich.

»Du kannst das.«

Jasper, der es sich inzwischen hinten am Regiepult bequem gemacht hat, verstellt die Farben der Lampen von Weiß auf ein angenehmes Blau, als ich Schritt für Schritt auf die Bühne zugehe.

Sie haben mir diese Gelegenheit gegeben, aber ab hier muss ich das alleine machen. Ab jetzt gibt es nur noch die Bühne und mich.

Stufe für Stufe erklimme ich die Treppe, die zu den Brettern führt, die einmal die Welt für mich bedeutet haben. Mit jeder Bewegung gewinne ich etwas mehr an Sicherheit, ertaste vergessene Ecken in meinem Herzen und in meinem Körper, der sich jetzt langsam an all das hier erinnert. Früher hat alles wie ein Automatismus funktioniert. Nie musste ich beim Tanzen nachdenken. Die Choreografie war mir, schon lange bevor ich die Bühne betrat, in Leib und Seele übergegangen, bereits ein Teil von mir, nie etwas Antrainiertes. Das war mein größtes Talent, und heute Nacht muss ich mich ein letztes Mal darauf verlassen.

In der Mitte der Bühne nehme ich mit aufgeregt schlagendem Herzen Aufstellung und werfe einen Blick in den Zuschauerraum. Es spielt keine Rolle, dass niemand außer uns hier ist, denn ich habe ja doch immer nur nach diesen zwei bestimmten Augenpaaren Ausschau gehalten. Sie waren all die Jahre meine wichtigsten Zuschauer, heute sind sie die einzigen. Ben sitzt in der Mitte und lächelt mir aufmunternd zu, Jasper ist oben am Regiepult und wartet auf mein Zeichen.

Kurz schließe ich die Augen, atme tief durch und erinnere mich an das Gefühl, das meinen Körper übernommen und mich stets zu Höchstleistungen angetrieben hat. Ohne es zu wissen, habe ich lange auf diesen Moment gewartet. Jetzt ist er real, gehört nur mir, und ich werde ihn genießen.

Ich öffne die Augen und nicke kurz.

Die ersten Takte des Songs setzen ein. Es ist kein klassisches Stück, nein, Jasper kennt mich zu gut. »Proud« von Heather Small in der Remix-Version von Peter Presta. Er weiß genau, dass ich gerade Modern Ballett besonders geliebt habe. Die Musik erreicht mich. Nicht über meine Ohren. Sie hüllt mich ein, trägt mich in eine andere Welt, wo es nichts außer diesem Tanz gibt. Da vergesse ich alles um mich herum. Die Lichter, die Bühne, die Blicke. Ich vergesse meinen schnellen Herzschlag, meine Befürchtungen und meine Ängste. Ich vergesse mich, und meine Füße bewegen sich wie von selbst, im Takt der Musik, und mein Körper folgt ihnen. Die erste Pirouette fühlt sich noch etwas fremd an, doch als ich mit dem Spielbein Schwung für eine zweite Drehung hole, habe ich die Mitte gefunden und tanze die nächste so schnell und sicher, als hätte ich nie etwas anderes gemacht. Die Bühne unter meinen Füßen wird in meiner Vorstellung größer, als ich wieder Schwung hole und mich weiterdrehe und weiter, in eine schnelle *Fouetté en tournant* gehe, ganz so, als würde ich »Schwanensee« tanzen und damit all den Zweiflern und mir selbst beweisen, dass ich es noch immer kann. Größer und besser als jemals zuvor.

Dann ist es genug, und ich gehe in die Ausgangsposition zurück.

Jasper dreht den Up-Tempo-Song lauter, der Bass setzt ein, und ich lasse los, entferne mich von den klassischen Bewegungsabfolgen und lasse die tanzsüchtige Ella von früher die Oberhand gewinnen, lasse mich auf den Beat ein und tanze so, wie ich in meinem ganzen Leben noch nie getanzt habe. Ich kümmere mich nicht um perfekte Fuß-

oder Armhaltungen, stattdessen vertraue ich auf das Gefühl, das durch meinen Körper jagt wie ein wilder Mustang, den man nach Jahren wieder frei auf die Weide lässt. Wut und Stolz mischen sich in mein Blut, und ich nutze die ganze Bühne, schalte den Kopf aus und überlasse mich komplett meinem Herzen.

Ja, ich bin gescheitert, und ja, ich bin hingefallen. Für eine ziemlich lange Zeit bin ich liegen geblieben, unter einer Decke aus Selbstmitleid und Angst, aber jetzt und hier spielt das alles keine Rolle mehr. Wie ein Phönix bin ich auferstanden, aus meinem in Trümmern liegenden Leben, und jetzt setze ich zum Flug an. Niemand wird mich dabei bewerten, und meinen beiden Zuschauern wird es nicht auffallen, aber ich weiß es. Endlich. Ja, es gibt bessere Tänzer als mich, und ja, ich habe nicht in der ersten Reihe getanzt, aber wichtig ist nicht, dass man besser als die anderen ist, wichtig ist, dass man mit jedem Tag besser wird, als man es gestern noch war. Zu oft lassen wir uns von der Meinung anderer Menschen aus dem Konzept bringen, statt auf die Stimme zu vertrauen, die uns Mut macht und uns anspornt: unsere eigene Stimme. Meine Stimme flüstert mir jetzt zu, dass ich gut bin und es immer war.

Das Lied steuert auf seinen Höhepunkt zu, auf das große Finale, und ich nehme den nötigen Anlauf, um zum *Grand Jeté* anzusetzen. Dabei wandert mein Blick in den Zuschauerraum und wird von Bens grünen Augen aufgefangen, die mir den Halt geben, den ich für den letzten großen Sprung brauche – jenen Sprung, der mir damals nicht gelungen ist. Damals habe ich gezögert, bevor ich abgesprungen bin. Diesmal sind die richtigen Menschen da, und ich weiß, dass mir die Landung gelingen wird.

Ich bereite diesen anspruchsvollen Spagatsprung durch

drei schnelle Schritte vor. Beim dritten führe ich die Arme in einer schnellen, fließenden Bewegung nach oben und drücke mich kraftvoll vom Boden ab. Mein linkes Bein schießt nach vorne, während ich mein rechtes nach hinten ausstrecke. Einen kurzen Moment lang habe ich das Gefühl zu schweben. Da erhellt ein Blitz den Raum, und ich weiß zu genau, was Ben gerade getan hat. Als ich zur Landung ansetze, verspüre ich nicht den leisesten Hauch eines Zweifels, ob mein Fußgelenk das mitmacht oder nicht. Ich weiß, dass alles gut wird, und tatsächlich: In dem Moment, als ich aufkomme, in die Ausgangsposition zurückkehre und gleichzeitig mit der Musik zur Ruhe komme, lasse ich meine Arme in einer anmutigen Bewegung sinken – und spüre keine Schmerzen.

Dann wird es still.

Ich blicke auf, und mein Blick trifft Jaspers. Er lächelt. Aber er lächelt nicht einfach so, wie er es sonst tut. Diesmal lächelt er so, als würde er mir sagen wollen, dass er keine Sekunde an mir gezweifelt hat, dass er zu Recht immer an mich geglaubt hat – und das hat er. Schon als Kind, als er mir beim Training im Garten zusehen musste, war er der erste und treueste Fan, der größte Bewunderer.

Außer meiner schnellen Atmung ist nichts zu hören, fast so, als wäre das eben nicht passiert. Als wäre alles nur wieder dieser wunderschöne Traum, aus dem ich so oft in meinem Bett in Hamburg aufgewacht bin. Doch dann erreicht mich der Applaus, das laute Jubeln, und meine Lippen erlösen mich mit einem Lächeln.

Plötzlich stehen Ben und Jasper zusammen in der Mitte des Publikumsbereichs. Sie johlen, und ihr Applaus wird so laut von den Wänden zurückgeworfen, als wären nicht zwei, sondern zweihundert Zuschauer im Raum. Jetzt umarmen sie sich, als hätten sie mit mir für diesen einen Auftritt trainiert, und irgendwie haben sie das auch.

Ich spüre die Tränen auf meinen Wangen und muss lachen. So fühlt es sich also an, wenn man weiß, dass es das letzte Mal ist – und dass es gut war. Es ist mit Abstand der schönste Abschied, den ich mir je hätte wünschen können.

Jasper springt zu mir auf die Bühne, lange bevor Ben, der die Stufen überraschend langsam nimmt, bei uns ist, und reißt mich in eine Umarmung, aus der ich mich nicht mehr lösen will.

»Das war der pure Wahnsinn! Das war unglaublich! Grundgütiger, Ella. Das war …«

Er bricht urplötzlich ab und sieht mich einfach nur an, als hätte es ihm die Sprache verschlagen. Sein Herz pocht so schnell wie meines gegen seinen Brustkorb, und dank der engen Umarmung kann ich es spüren.

»Das war wunderschön!«

Mit einer zärtlichen Geste streicht er mir eine verwirrte Haarsträhne aus dem Gesicht, und seine Hand streift meine Wange.

»Du bist wunderschön.«

Natürlich könnte ich behaupten, es sei das Adrenalin, das noch immer in voller Aktion durch meinen Körper strömt, doch ich habe es satt, mich ständig selbst belügen zu müssen. Es gibt für jede Aufführung, für jede Choreografie den richtigen Partner. Für diesen Lebensmoment gibt es nur einen perfekten Partner, und die Wucht, mit der mich diese Erkenntnis trifft, erinnert stark an eine Tsunamiwelle.

Ich wollte ihn noch nie so sehr küssen wie in diesem Moment.

Falls jemand eine Momentaufnahme der Welt machen will, ein Foto für Google Earth, dann bitte genau jetzt, genau hier, mit Jasper. Sein Lächeln katapultiert mich für einen Flügelschlag in eine verrückte Version meiner Zukunft.

Könnte das mit uns funktionieren? In Jaspers Augen meine ich, die gleiche Frage zu sehen. Jetzt. Genau hier. Doch Jaspers Lächeln wird durch Unsicherheit durchbrochen, als er mich schließlich ganz loslässt und einen Schritt Abstand zwischen uns bringen will.

»Das war wirklich unglaublich, Ella.«

Ben taucht neben uns auf, legt Jasper und mir jeweils eine Hand auf die Schulter und schiebt Jasper unmerklich wieder etwas näher zu mir. Fast wirkt es, als würde er uns am liebsten gar nicht stören wollen, als wüsste er, was ich fühle. Seine Worte von vorhin fallen mir wieder ein, als er Jasper und mich »ewig« genannt hat. Er wusste es schon die ganze Zeit.

»Danke.«

Da ist es wieder, dieses warme Ben-Lächeln.

»Jeder hat einen ordentlichen Abschied verdient. Vor allem von Dingen, die man wirklich liebt.«

Das ist so wahr! Und es gilt in so vieler Hinsicht. Manche Abschiede sind für immer, andere fühlen sich wie ein Neuanfang an. Der Abschied von meiner großen Jugendliebe Ben zum Beispiel. Vor mir sehe ich heute nicht einen alten Exfreund, sondern einen neuen besten Freund. Der zusammen mit meinem alten besten Freund das hier alles möglich gemacht hat. Gut, Profitänzerin werde ich nicht mehr, aber das ist okay. Ich habe mich davon mit einem Tanz verabschiedet, damit abgeschlossen. Endlich. Der bittere Nachgeschmack ist weg, und die Wunde, die nicht heilen wollte, weil es damals von heute auf morgen einfach so vorbei war, schließt sich. Es fühlt sich jetzt nicht mehr so an, als hätte ein Buch mitten in einem Kapitel geendet. Es fühlt sich an, als wäre es Zeit für ein neues Buch.

»Los, lasst uns verschwinden.«

Ben nickt in Richtung Ausgang. Jasper macht wieder diesen einen Schritt zurück, als müsse er einen gewissen Sicherheitsabstand zwischen unsere Körper bringen. Wieso? Was passiert, wenn er so nahe bei mir bleibt? Küsst er mich dann? Endlich? Doch stattdessen drückt er kurz meine Hand. Als ich mich nicht in Bewegung setze, hakt er seine Finger in meine, als wolle er mich nicht mehr loslassen. Das gefällt mir schon viel besser. Trotzdem muss ich noch etwas erledigen. Alleine.

»Geht ihr doch schon mal vor. Ich bin gleich bei euch.«

Da gibt es noch eine Sache, die ich erledigen muss.

Jasper zögert kurz, wirft mir einen fragenden Blick zu, aber es ist okay. Ich brauche nur einen kleinen Moment für mich alleine. Schließlich nickt er und setzt sich in Bewegung.

Ich blicke den beiden nach. Meine Jungs werden draußen auf mich warten, wenn ich diesen Raum endgültig verlasse. Ich werde dann nicht mehr der gleiche Mensch sein, und in meinem Fall ist das etwas Positives.

Die Tür fällt hinter den beiden ins Schloss. Ich stehe alleine auf dieser Bühne und sehe mich ein letztes Mal um, erinnere mich an all die Stunden in der Ballettschule, die schmerzenden Füße, das Lachen vor und nach den Aufführungen, den Stolz im Blick meiner Familie, die plötzliche Freude, wann immer ein tanzbares Lied im Radio lief, an Bens strahlendes Grün, als ich den Sprung vorhin gewagt habe, und das Leuchten in Jaspers Augen, als er mich umarmt hat.

Es ist so weit. Ein letztes Mal nehme ich Position ein. Meine erste Ballettlehrerin hat mir in meiner allerersten Tanzstunde etwas beigebracht, das ich bis heute nicht vergessen habe: die *Révérence*, die Verbeugung vor dem Publikum. Ich mache einen Schritt zum Bühnenrand, neige den Kopf und senke den Blick. Dann kreuze ich die Beine, öffne gleichzeitig die Arme, während ich tief in die Knie sinke. Es ist eine Geste, die Respekt und Dankbarkeit ausdrücken soll – und noch nie habe ich sie aufrichtiger dargebracht als in diesem Moment.

Eine letzte Runde?

Weil keine Frau so ist wie du und das nicht nur dann, wenn dich alle sehen können.

Die Buchstaben auf dem Schild, das um diese Uhrzeit unbeleuchtet vor dem »Theater Rampe« in der Nacht hängt, markieren für mich nun einen ganz besonderen Ort.

Ben und Jasper lehnen am Ford Taunus und sehen zu mir, als ich mit federnden Schritten zu ihnen komme. Obwohl ich in den letzten Stunden sicherlich nicht an Gewicht verloren habe, fühlen sich meine Schritte auf einmal leicht an. Fast so, als wären mir Flügel gewachsen, die mich bei jedem Schritt entlasten.

Jasper lässt mich keinen Moment aus den Augen.

»Alles okay?«

Mein Lächeln ist vermutlich Antwort genug, aber ich nicke zusätzlich noch schnell und schließe dieses Kapitel ohne Groll oder Verbitterung.

Ben reicht mir das kleine Polaroidbild, und ich nehme es zögernd zwischen meine Finger. Jasper lehnt sich zu mir, um ebenfalls einen Blick auf das Foto werfen zu können, dann zwinkert er mir kurz zu.

»Damit du deinen Sprung nicht so schnell vergisst, Phönix.«

Jetzt habe ich meinen Beweis dafür, dass mich mein Gefühl nicht getäuscht hat. Es war der beste Sprung, den ich jemals hingelegt habe.

»Danke.«

Fotos können immer nur kurze Momente im Leben einfangen, aber wenn es die richtigen und wichtigen sind, lohnt es sich dennoch, ab und zu mal in ein Album zu schauen. Das Fotobuch meines Herzens hat heute Nacht einige neue Anekdoten dazugewonnen.

»So. Das war das große Finale. Soll ich euch jetzt ins Hotel beziehungsweise zum Flughafen fahren oder ...?«

Jasper beendet den Satz nicht, weil es so viele Möglichkeiten gibt, wie wir diese Nacht noch weiter ausdehnen könnten.

»Also, ich habe heute nichts mehr vor.«

Ben sieht grinsend zwischen uns hin und her. Er, der am Anfang den Abend verkürzen wollte, weil morgen eine wichtige Reise auf ihn wartet, lehnt entspannt am Wagen und lächelt zufrieden.

»Was ist mit Berlin?«

»Ach was, Berlin. Ich habe ein neues Ziel.«

»Amsterdam?«

Ben nickt, Jasper lächelt.

»Wann?«

»Nachher.«

»Und dein Job?«

»Es wird Zeit, meine Überstunden endlich mal abzufeiern. Das Leben ist keine Autobahn. Manchmal tut es auch die Landstraße oder ein Schotterweg.«

»Hört, hört!«

Jasper legt seinen Arm um Bens Schulter und sieht dann erwartungsvoll zu mir.

»Und du, Ella?«

»Mit euch nehme ich gerne die Schotterpiste.«

»Wir planen auch genug Pinkelpausen für dich ein.«

»Das nenne ich mal Service.«

»Wie wäre es mit einer Partie Kicker?«

Ben reibt sich die Hände, weil er der unangefochtene Kickerkönig des Jahrgangs war und niemand auch nur den Hauch einer Chance gegen ihn hatte. Jasper verdreht die Augen und nickt, als hätte er sich schon ergeben.

»Okay. Was man nicht alles tut, um euch bei Laune zu halten.«

Mit einem Augenzwinkern geht er um den Wagen zur Fahrertür, und Ben öffnet die Tür für mich.

»Madame?«

»Lässt du uns diesmal wenigstens gewinnen?«

Ben scheint kurz über meine hoffnungsvolle Frage nachzudenken, schüttelt dann aber grinsend den Kopf.

»Niemals.«

»Manche Dinge ändern sich wirklich nie.«

Bevor ich einsteige, drücke ich ihm einen sanften Kuss auf die Wange und lächele.

»Und das ist verdammt schön so.«

Jasper dreht die Kassette auf die B-Seite und schiebt sie in den Player. Ben steigt zu uns, und in einem perfekten Drehbuch würden wir jetzt mit quietschenden Reifen in Richtung Sonnenaufgang düsen.

Aber wir haben den Taunus, der uns auf dem Boden der Tatsachen beziehungsweise in Stuttgart festhält und sich vielleicht ein letztes Mal aufbäumt, um sich mit uns im Gepäck auf die letzte große Fahrt durch die Stadt zu begeben. Gut, die Autobahn wäre mit diesem Wagen auch eher undenkbar.

*Noch nie
hat sich alles
so gut angefühlt.*

Der Ball schlägt mit einem lauten Knall im Tor ein. Keiner von uns hat Bens Spielzug gesehen, alles ging so schnell. Als ich in der Funktion des Schiedsrichters den Zähler der Tore bei Ben irritiert auf vier erhöhe, schüttelt Jasper leise fluchend den Kopf. Ben grinst zu mir und zieht das letzte Tor wieder ab.

»Ella, wir zählen nur das, was wir auch sehen können.«
Jasper sieht ihn zerknirscht an.
»Gerade mag ich dich nicht besonders, Ben.«
»Ach, komm schon, das macht doch Spaß.«
»Klar.«

Ich nehme einen Schluck von Jaspers Bier, das ich während des Spiels halte, und beobachte die beiden Freunde, die sich am Kickertisch wie Erzfeinde gegenüberstehen.

Ausnahmsweise sind hier im »Zwölfzehn« heute nicht unglaublich viele Menschen, die sich bei einer Partie Tischfußball beweisen wollen. Die meisten Gäste stehen vorne an der Bühne, wo gerade ein Open-Mic-Abend stattfindet. Egal ob Musiker, Poetry Slammer oder einfach nur Comedian – jeder darf mal, jeder kriegt seine Chance, und das Publikum scheint bisher mehr als begeistert zu sein. Immer wieder drehen auch wir uns zur Bühne, um den Darbietungen zu lauschen.

Jasper hält die weiße Kugel in der Hand und sieht mich ernst an, wobei ich ein leichtes Funkeln in seinen Augen zu erkennen glaube.

»Und, Ella? Wie sieht es aus?«

»Wie sieht was aus?«

Er lehnt sich gegen den Kickertisch und spielt mit dem Ball in der Hand.

»Alles. Irgendwelche Pläne?«

Wenn ich es nicht besser wüsste, müsste ich annehmen, dass Jasper nur versucht, das Spiel und damit seinen gnadenlosen Untergang zu verzögern.

»Was für Pläne?«

»Na, Zukunftspläne. Jetzt, wo du zurück nach Stuttgart ziehst und wieder tanzt.«

Gerade will ich etwas sagen, ihm widersprechen, weil ich das sonst immer getan habe, doch diesmal bleibe ich stumm, weil es stimmt – und mir die Idee gefällt. Ich kann, rein theoretisch, wieder Pläne machen. Verrückte Pläne. Abenteuerliche Pläne. Das fühlt sich gar nicht schlecht an und eröffnet ganz neue Perspektiven.

»Du ziehst zurück nach Stuttgart?«

Ben nimmt einen Schluck Bier.

»Ja. Zumindest habe ich das vor. Was das Tanzen angeht …«

Ben lässt mich keine Sekunde aus den Augen.

»Ich weiß es noch nicht. Vielleicht könnte ich irgendwo als Choreografin oder so anheuern.«

»Stuttgart hat ganz gute Ballettschulen und tolle Theater, habe ich gehört. Jemand wird sich noch an dich erinnern.«

Jaspers Augenzwinkern lässt mich erahnen, dass er sich scheinbar schon mehr Gedanken über meine Zukunft gemacht hat als ich. Gut, ich habe auch erst seit ein paar Minuten wirklich darüber nachgedacht. Bisher habe ich aus Selbstschutz jeden Gedanken, der sich ums Tanzen dreht, gnadenlos im Keim erstickt.

»Es wäre einen Versuch wert.«

Wenn man scheitert, ist es nie besonders leicht, dahin zurückzukehren, von wo man die Reise begonnen hat. In meinem Fall: Stuttgart. Plötzlich wird mir aber klar, dass es gar nicht das bittere Ende sein muss, sondern einfach ein neuer Anfang sein kann.

»Du wirst deinen Weg schon gehen, Ella.«

»Nein, sie wird ihn tanzen.«

Jasper schenkt mir ein Lächeln, und auf einmal fühlt sich alles richtig an.

»Los, Nowak! Genug geplaudert. Du kannst mir nicht ewig entkommen!«

Jasper seufzt, lässt die weiße Kugel schicksalsergeben durch das Loch auf das Spielfeld rollen und wirkt dann wieder höchst konzentriert. Bei Ben sieht das schon viel entspannter und lässiger aus. Er scheint genau zu wissen, was er tut, positioniert seine Figuren, die auf den Stangen aufgefädelt stehen, in blitzschnellen Bewegungen immer so, dass Jasper keinen Ball an ihm vorbeikriegt. Stattdessen landet der Ball wieder vor Jaspers Tor, der daraufhin nur noch panischer wird und hektische Bewegungen mit den Spielmännchen vollführt. Würde er dabei nicht so entzückend aussehen, würde er mir fast ein bisschen leidtun.

»Und was sind deine Pläne, Ben?«

Jasper lässt die Kugel nicht aus den Augen, und vielleicht soll seine Frage Ben auch nur etwas ablenken, aber mich interessiert die Antwort tatsächlich.

Ben stoppt den Ball mit einer seiner Figuren.

»Ich werde das Spiel hier gewinnen, danach Sophie anrufen, einen Zug buchen und zu ihr fahren.«

Das klingt nach einem sehr guten Plan. Amsterdam mag vielleicht weit weg klingen, aber es ist nicht aus der Welt.

Da saust der Ball auch schon wieder gnadenlos an Jaspers Torwart vorbei.

»Anfänger!«

»Was?!«

Ben sieht Jasper ungläubig an.

»Jasper, ich habe gerade ...«

»Nicht das Tor. Sophie.«

Jasper nimmt den Ball, hält aber kurz vor dem Einwurfloch inne und sieht Ben fast mitleidig an.

»Du willst sie also nachher anrufen?«

»Ja.«

»Das ist ein Anfängerfehler.«

»Ist es das?«

»Natürlich! Weil sie dann Zeit hat, sich etwas zu überlegen. Bis du vor ihrer Tür stehst, wird sie ganz genau wissen, was sie sagt, und wenn Frauen diese Zeit nutzen, sind wir Männer erledigt.«

»Also nicht anrufen?«

Ben sieht unsicher zu mir, weil ich ihm vor einigen Stunden noch genau das Gegenteil geraten habe.

»Sie wartet auf diesen Anruf, Jasper.«

»Ich weiß. Aber stell dir vor, er taucht einfach so vor ihrer Tür auf. In diesem Outfit, als neuer Mensch, der seine Lektion gelernt hat, und nachdem er den ganzen Weg dahin getrampt ist. Für sie.«

»Ich werde trampen?«

Jasper verdreht die Augen, als wären Ben und ich zu dämlich, seinen genialen Gedankengängen zu folgen. Er stützt sich auf den Kickertisch und sieht uns verschwörerisch an.

»Natürlich trampst du. Zug? Ich bitte dich! Jeder Vollidiot

kann in den Zug steigen oder sie anrufen. Willst du dieses Mädchen?«

Ben zögert nicht mal den Bruchteil einer Sekunde.

»Absolut!«

»Wird sie dich wollen? Nachdem du sie hast gehen lassen? Nachdem du gekniffen hast? Nachdem du sie nicht angerufen hast?«

Eine gute Frage. Ich sehe zurück zu Ben, der mir ein bisschen leidtut, weil er gar nicht mehr so sicher wirkt.

»Ich weiß es nicht. Ich hoffe es.«

»Sie wird überrascht sein. Wenn du ihr dann sagst, dass du jetzt plötzlich alles ganz klar siehst, dass du alles hast stehen und liegen lassen, dass du getrampt bist, weil du es keine Sekunde länger ohne sie ausgehalten hast. Du hast gelitten, um bei ihr zu sein. Na hör mal, welche Frau kann da schon Nein sagen?«

Jasper sieht mich an, als könnte nur ich seinen verrückten Plan richtig einschätzen, der bei genauerer Überlegung gar nicht so verrückt ist.

»Ich muss zugeben, ich wäre ziemlich beeindruckt.«

Ben nickt nachdenklich.

»Das wäre machbar. Danke für den Tipp, Cyrano de Bergerac.«

Jasper deutet eine Verbeugung an und lächelt zufrieden. Wie kann es sein, dass Jasper immer eine verrückte Idee hat und dabei anderen ein Lächeln ins Gesicht zaubert? Aber plötzlich schimmert eine Traurigkeit in seinen Augen, die ich mir nicht erklären kann. Da ist sie aber auch schon wieder weg, und ich bin mir auf einmal nicht sicher, ob ich sie mir nicht nur eingebildet habe.

Denn jetzt nickt er grinsend zurück zum Spielfeld und hält die Kugel über den Einwurf.

»Wirst du mich aus Dankbarkeit verschonen?«

»Machst du Witze?«

»Hat eigentlich schon jemals jemand gegen dich gewonnen?«

Ben tut so, als müsse er nachdenken, dabei kennen wir alle die Antwort. Es gab Abende, da wurde Ben ein ums andere Mal herausgefordert, nur um dann doch ungeschlagen den Kickertisch zu verlassen. Wie oft er uns Freigetränke erspielt hat, kann ich nicht sagen. Ich habe ziemlich früh aufgehört zu zählen.

»Nope, aber wir haben noch gar nicht über den Einsatz gesprochen.«

Stimmt. Früher ging es immer um irgendwas.

»Ernsthaft?«

Jasper sieht erst das Torverhältnis und dann Ben ungläubig an.

»Hast du etwa Angst, Nowak?«

Jasper atmet tief durch, lächelt Ben freundlich an und wartet auf sein Urteil.

»Also gut, was muss … der Verlierer machen?«

»Lassen wir doch der Fairness halber Ella entscheiden.«

Beide sehen mich fragend an, und ich muss nicht lange überlegen.

»Der Verlierer muss heute hier beim Open Mic etwas spontan vorführen.«

»Du meinst, sich komplett zum Affen machen?«

»Ich könnte auch darauf bestehen, dass gesungen wird.«

Ben lacht kurz auf, und Jasper schüttelt energisch den Kopf. Wer ihn einmal hat singen hören, egal ob nüchtern oder betrunken, wird auch genau wissen, warum. Selbst eine Blechdose, die man über das Kopfsteinpflaster tritt, klingt melodischer.

»Nein! Alles, nur nicht singen.«

»Gut. Alles, nur nicht singen. Beim Open Mic. Deal?«

Ben hält ihm die Hand hin, und Jasper überlegt einen Moment, bevor seine Augen zu funkeln beginnen.

»Zählt ein spontaner Ausdruckstanz oder die szenische Darstellung von ›Alle meine Entchen‹?«

»Ja, wenn du es darauf anlegst, einen möglichst peinlichen Auftritt hinzulegen, klar.«

Jasper schlägt ein.

»Der Himmel stehe mir bei.«

Dann wenden sich die beiden wieder dem Kickertisch zu und spielen, als ginge es um ihr Leben.

Team Jasper

> Ich liebe dich.
> Nur dich.
> Immer nur dich.

Natürlich verliert Jasper. Haushoch und in nur wenigen Minuten. Er hatte keine Chance, doch als Ben den Ball ein letztes Mal im Tor versenkt, grinst er nur frech und nimmt einen Schluck Bier.

»Na, dann mal los. Wettschulden sind Ehrenschulden.«

Wir drehen uns zur Bühne und sehen, wie gerade ein Musiker mit Gitarre im Arm die Bühne betritt. Ich erkenne einen jungen Mann mit kurzen dunklen Haaren, einer Brille, in einem einfachen T-Shirt und Jeans. Die Gäste applaudieren, als er ohne große Gesten ans Mikrofon tritt und damit beginnt, seine Gitarre zu stimmen. Er scheint einige Fans im Club zu haben, denn der begeisterte Applaus hallt lauter als bei den Künstlern zuvor.

»Hi, Leute, mein Name ist Thomas Pegram. Einige kennen mich ja schon. Es ist schön, wieder in Stuttgart zu sein. Heute würde ich euch gerne einen meiner neuen Songs vorspielen.«

Als er sich jetzt räuspert und kurz die Augen schließt, wird es ruhig im Raum. Alle warten. Dann ertönen die ersten Akkorde, und eine Melodie, die sich leise ihren Weg in unser Leben sucht, vertreibt die Stille.

Bei dir fühle ich mich zu Hause,
ganz so, als ob ich angekommen bin.
Wenn dein Kopf an meiner Schulter lehnt,
vergess ich für einen Moment die ganze Welt.
Ich wollt dich schon immer.
Schon immer.

Mein Hals schwillt zu, als Thomas auf der Bühne zum Refrain ansetzt und meine Gefühle perfekt in Musik verpackt. Ich sehe mir die beiden Jungs an, als würde ich so einen Rückblick auf mein Leben erhaschen.

Ben lauscht der Musik mit einem Lächeln. Vermutlich denkt er gerade an Amsterdam, an Sophie und an unseren Abend. Ich hatte unverschämtes Glück mit ihm. Das ist mir heute noch mal bewusst geworden. Es kommt nicht besonders oft vor, dass sich der Exfreund in den besten Freund verwandelt. Und was passiert mit dem bisherigen besten Freund?

Langsam sehe ich zu Jasper, der den Kopf leicht schräg hält, während er zur Bühne sieht und die Musik auf sich wirken lässt. Als würde Jasper spüren, dass ich ihn beobachte, findet mich sein Blick. Er sieht mich auf eine Weise an, die mein Herz dazu bringt, sich plötzlich wie eine olympische Bodenturnerin zu benehmen, die zum großen Finale ansetzt und vierzehn Flickflacks und drei Schrauben hintereinander hinlegt. Haltungsnote: eine glatte Zehn.

Ein Lächeln huscht über seine Lippen.

Schnell durchforste ich die Speicherkapazität meines Gehirns auf der Suche nach dem Moment, an dem mir zum ersten Mal klar wurde, dass Jasper mehr ist. Damals? Als er mir das Baumhaus bauen wollte? Als er mich jeden Tag vom Ballettunterricht abgeholt hat? Oder zwischendurch? Als ich ihn verloren und vermisst habe? Oder jetzt? Heute Abend? Aber ich weiß es nicht.

Immer glauben wir, es müsste dieser eine übergroße Moment sein: ein Blick, eine Berührung, und man ist unsterblich verliebt, schlagartig und wie vom Blitz getroffen. Was aber, wenn das nur ein haltloser Mythos ist? Was, wenn Liebe sich einen Weg in unser Leben sucht und langsam ein Gefühlsnetz um uns spinnt, bis es nicht mehr wegzudenken ist? Und ohne dass wir es merken. Wie oft habe ich an Jasper gedacht? Wie oft habe ich mir gewünscht, er wäre bei mir? Wie oft habe ich mir gewünscht, sein Lächeln und die braunen Augen auf der Bettseite neben mir zu finden, damit wir bis spät in die Nacht flüsternd unsere Gedanken austauschen könnten? So wie damals.

Aus dem Gefühl der Vertrautheit wächst ein Kribbeln, das meinen gesamten Körper überfällt, wenn ich daran denke, wie er vor ein paar Stunden am Schwimmbad auf der anderen Seite des Zaunes stand und mich nicht geküsst hat. Oder vielleicht doch fast geküsst hat.

Die allererste große Liebe.
Man vergisst sie nie.
Hätte mein letztes Hemd gegeben,
um an seiner Stelle zu stehen,
denn ...

Meine Gefühle für ihn finde ich schließlich auf der Speicherkarte meines Herzens. Da, wo man nur die wichtigen Daten sichert. Das Gefühl, als ich den dunkelhaarigen Lockenkopf auf der anderen Straßenseite zum ersten Mal gesehen habe. Als der Möbelwagen ankam, während ich den Umzug von meinem Fenster aus beobachtet habe. Damals ist nicht nur Jaspers

Familie in das Haus gezogen, sondern auch dieses Gefühl in mein Herz. Ganz klein und irgendwie unauffällig. Nach unserem ersten Gespräch hat es mit dem Wachstum angefangen, wurde größer und größer. Jeden Tag ein bisschen mehr. So lange, bis ich mir Jasper nicht mehr aus meinem Leben wegdenken konnte. Wenn ich ihn jetzt ansehe, dann weiß ich, dass dieses Gefühl auch in den letzten Jahren, in denen wir uns nicht gesehen haben, trotzdem weitergewachsen ist. Heute Abend hat es einen richtigen Wachstumsschub hingelegt. Das Kribbeln wird stärker, je länger ich ihn betrachte. Wird es jemals aufhören, sich zu steigern? Oder wird es nur immer größer und stärker, bis wir als alte, runzelige Rentner irgendwo zusammen den Sonnenuntergang betrachten und uns an die Highlights unseres Lebens erinnern? Ich wünsche es mir.

Ich hab euch zwei so was von beneidet,
doch mich gleichzeitig für euch gefreut.
Du hättest auch mein Mädchen sein können,
doch es war noch nicht unsere Zeit
Ich wollt dich schon immer ...

Die Menge singt inzwischen lauthals mit, und ich weiß, dass ab heute nichts mehr so sein wird wie vorher. Aber vielleicht so, wie es schon immer hätte sein sollen.

Der letzte Akkord wird vom Applaus verschluckt, und Jasper nickt in Richtung Bühne.

»Ziemlich guter Typ, der Thomas.«

»Du kennst ihn?«

»Ja, ich mag seine Musik und bin ihm schon ein paarmal über den Weg gelaufen. Eine gemeinsame Freundin fotografiert seine Konzerte. Du weißt ja, die Stuttgarter Kunstszene ist klein, aber fein.«

»Der Song war wunderschön.«

»Ja.«

Dann sehen wir uns an.

Sag es, Ella! Sag es jetzt, endlich. Aber noch bevor meine Worte es über meine Lippen schaffen, führt Jasper seine Hand an meine Wange.

»Das hätte ich dir schon viel früher sagen sollen.«

Mein Herz setzt einige Schläge aus, nur um dann wild loszuschlagen.

Aber anstatt mir etwas zu sagen, streicht er mir mit dem Daumen über die Wange, sieht mir tief in die Augen – und dreht sich dann weg, um sich in Richtung Bühne aufzumachen, die Thomas Pegram gerade verlassen hat.

»Hey, Sundance!«

Ben hält Jasper auf, greift in seine Hosentasche und zieht die Krawatte heraus, die er zu Beginn des Abends um den Hals getragen hat.

»Komm her! So kannst du nicht auf die Bühne.«

Er zieht Jasper zu sich und legt ihm die Krawatte um den Hals, auch wenn er gar kein Hemd mit Kragen, sondern nur ein weißes, noch immer blutbeflecktes T-Shirt zu Jeans und Chucks trägt und sich sein Auge unter dem Pflaster immer stärker blau verfärbt. Der Stilbruch steht Jasper aber ausgesprochen gut und lässt ihn, ehrlich gesagt, sogar ziemlich sexy aussehen. Mit sicheren Handgriffen bindet Ben den perfekten Krawattenknoten.

Ben betrachtet Jasper, der tief durchatmet und die Schultern strafft, als wäre er in den letzten Minuten ein bisschen erwachsener geworden. Dabei ist es nur ein Accessoire.

Jasper sieht schnell zu mir und setzt zu einem schiefen Lächeln an.

»Wie sieht das aus?«

»Perfekt.«

Wobei das Wort so unpassend wie ausdruckslos ist. Was ist schon perfekt? Wer will schon perfekt sein? Ich will lieber wissen, was er mir gleich sagen wird.

Mit mutigen Schritten entfernt sich Jasper von uns und steuert die Bühne an. Er spricht kurz mit einem der Moderatoren und Thomas. Dann wird er auf die kleine Bühne geschickt und wieder applaudieren die Leute. Ben und ich sind dabei lauter als alle anderen – und ich bin allem Anschein nach außerdem viel aufgeregter als Jasper, der überraschend ruhig wirkt, als er ans Mikrofon tritt.

Er schirmt kurz die Augen gegen das Scheinwerferlicht ab und lässt seinen Blick über das Publikum schweifen.

»Hi, Leute! Mein Name ist Jasper, und ich habe eine Wette verloren.«

Alle Augenpaare sind auf ihn gerichtet, trotzdem bin ich es, die gleich einen Herzinfarkt erleidet.

»Thomas ist so nett und begleitet das Ganze auf der Gitarre.«

Tatsächlich nimmt Thomas mit seiner Gitarre hinter ihm auf einem Barhocker Platz und winkt kurz ins Publikum. Jasper und er sehen sich an, dann beginnt Thomas damit, eine mir unbekannte und wunderschöne Melodie zu spielen, leise und unaufdringlich, dabei einfach umwerfend. Jasper tritt noch näher ans Mikrofon.

»Wir kennen das doch alle, oder? Dinge, die wir schon so unendlich lange mit uns rumschleppen. Worte, die sich in unseren Köpfen wiederholen, und dennoch sprechen wir sie nicht aus.«

Einige Leute um uns herum nicken, andere geben bejahende Rufe von sich. Ich weiß nur zu gut, was er meint und wie es sich anfühlt.

»Deswegen dachte ich, trage ich heute endlich einfach das vor, das ich schon so lange hätte sagen sollen.«

Da trifft mich sein Blick.

»Das hier ist für Ella.«

Das Blut rauscht in meinen Ohren, und mein Herz hämmert einen lauten Beat in die Stille meines Körpers.

»In meinem Kopf gibt es so viele Fassungen, von dem, was ich dir sagen möchte. So viele Worte sind mir eingefallen, um das zu beschreiben, was alle sehen – was so offensichtlich ist und dich dennoch nicht einmal im Ansatz ausmacht. Ich könnte jetzt sagen, wie schön du bist, wenn du lachst.«

Während Jasper ins Mikrofon spricht, spielt Thomas hinter ihm eine Melodie, die in perfekter Harmonie zu den Worten steht. Doch ich bekomme nichts davon mit, weil der Boden unter meinen Füßen plötzlich merkwürdig schwankt.

»Oder wie deine Augen funkeln, wenn du tanzt. Wie wunderschön du bist, wenn ich dich aus der Ferne beobachte. Wie einzigartig, wenn du alle anderen überstrahlst. Das alles beschreibt aber nicht ... dich. Nicht die Frau, die ich sehe, wenn ich dich betrachte, immer dann, wenn du es gar nicht bemerkst. Ich weiß ganz sicher, niemand sieht dich so, wie ich es tue.«

Unsere Blicke sind untrennbar verbunden. Meine Hände beginnen zu zittern, und mein Mund wird ganz trocken.

»Du hast mich verändert, Ella, und ich hoffe, dass ich dich niemals verliere, weil keine Frau so ist wie du – und das nicht nur dann, wenn dich alle sehen können, nicht nur dann, wenn du auf der Bühne stehst und die Menschen das Offensichtliche – nämlich dein Talent – bestaunen, sondern dann, wenn du neben mir aufwachst, bevor die ganze Welt dich haben darf und ich dich mit ihr teilen muss. Dann, wenn es nur uns beide gibt. Dann bist du perfekt. Dann darf ich dich so sehen, wie du wirklich bist. Dann bist du meine Ella. Dann bist du mutig, ehrlich, wunderschön und schüchtern. Du bist alles davon, weil all das dich ausmacht. Die Ella mit dem großen Herzen, dem lauten Lachen und den leuchtenden Augen. Für mich wirst du immer diese Ella bleiben. Wieso ich dich liebe? Weil ich mich, wenn ich bei dir bin, nicht mehr verloren fühle. Weil nur du es schaffst, dass ich mich so vollkommen fühle.«

Die Worte erreichen mich zeitverzögert, und Teile meines Körpers fühlen sich so taub an, als würden sie absterben. Alles um mich herum verschwimmt. Ich nehme nur noch grobe Umrisse der anderen Gäste wahr und spüre, wie mein Herz mit einem Mal tonnenschwer wird.

»Ich weiß, Gefühle verändern sich, und nicht immer hat man Glück. Manchmal habe ich Angst, dass wir eines Tages nur noch eine Erinnerung sind und langsam verblassen. Schlimmer noch. Manchmal habe ich Angst, nur noch eine entfernte Erinnerung für dich zu sein. Ein Gesicht aus der Vergangenheit. Deshalb will ich es hier und jetzt aufschreiben, damit du es niemals vergessen kannst: Ich liebe dich. Nur dich. Immer nur dich. Du machst mich besser, Ella, weil es ohne dich kein ›uns‹ gibt, weil du alles ewig machst und mich jeden Tag aufs Neue verzauberst. Ich habe noch nie jemanden wie dich getroffen, mein Herz hat noch nie so schnell geschlagen wie bei dir, und noch nie hat sich alles so gut angefühlt. Egal, wo du bist oder ich sein werde, das hier bleibt. Wenn du mich lässt, werde ich ewig für dich da sein. Und wenn uns das nicht reicht, stehlen wir uns einfach einen weiteren Tag.«

Nur langsam, zu langsam, sickert das, was hier gerade passiert, in mein Bewusstsein. Ich muss einige Male blinzeln. Nicht nur wegen dem, was ich gerade höre, sondern wegen dem, was es in mir auslöst. Schon spüre ich ein Brennen in den Augen, das die Tränen ankündigt, die ich nur mit Mühe unterdrücke. Das kann nicht wahr sein. Ein kurzer Blick weg von Jasper, hin zu Ben, der mir aber ausweicht.

Da trifft mich alles wie ein Truck bei voller Fahrt, reißt mich aus meinem bisherigen Sein und stellt alles infrage – das komplette Fundament, auf das ich in den letzten Jahren mein Leben gebaut habe.

Tosender Beifall bricht aus, und viele haben inzwischen verstanden, dass dieser Vortrag mir gegolten hat. Wunderschöne Worte, gewählt, um mich zu beeindrucken.

Und das haben sie.

Ganz ohne Zweifel.

Vor vielen Jahren.

Als ich sie zum ersten Mal gelesen habe.

In Bens Brief.

Jasper steht noch immer auf der Bühne. Mit seiner unordentlichen Frisur, dem Pflaster an der Augenbraue, der Krawatte und einem hoffnungsvollen und zugleich unsicheren Lächeln auf den Lippen, das mir fast das Herz bricht. Widersprüchliche Gefühle toben in meinem Inneren, legen einen *Paso Doble* auf dem emotionalen Parkett hin.

Bens Brief. Sein Liebesbrief. Seine Worte. Aus Jaspers Mund!

Jeglicher Sauerstoff scheint aus dem Raum zu entweichen, und plötzlich beginnt sich alles zu drehen. Ich verliere den Halt. Jaspers Gesichtsausdruck ändert sich schlagartig, und eine ungewohnte Panik überfällt mich. Ich kann ihn nicht länger ansehen. Ich kann hier nicht länger rumstehen. Ich muss hier raus.

Wie unter Trance drehe ich mich um, schiebe die Menschen aus dem Weg und erkämpfe mir einen Weg zur Tür. Ich stolpere nach draußen, werde von der lauen Sommernacht empfangen und atme tief ein. Ich versuche, mich zu beruhigen, einen klaren Gedanken zu fassen.

Vor allem aber bleibe ich nicht stehen.

Zuerst gehe ich langsam weiter, dann schneller, und schließlich renne ich so schnell, dass meine Lungen schwer arbeiten müssen und das Seitenstechen in meine Taille beißt. Ich renne so, wie ich die letzten Jahre vor meinem Leben davongerannt bin, und höre keine Schritte hinter mir. Ich renne wieder meinen persönlichen Marathon, während Ben und Jasper sich immer weiter von mir entfernen.

Endstation Strand

*Weil es ohne dich
kein uns gibt.*

Sind wir doch mal realistisch: Wie oft bekommt man einen solchen Liebesbrief? Wenn mich jemand gefragt hätte, was das Schönste ist, das die Beziehung zwischen Ben und mir hervorgebracht hat, ich hätte diesen Brief genannt. Vielleicht habe ich ihn idealisiert, aber Ben hat mich immer durch diese Worte in einer Umarmung gehalten und selbst nach unserer Trennung nie losgelassen. Er war stets mein doppelter Boden. Der Brief. Zu dumm nur, dass Ben ihn nicht geschrieben hat. Sondern Jasper.

Ich gehe noch immer alleine durch die Nacht. Weiter und weiter, in der Hoffnung, dass mein Hirn irgendwann doch noch die Oberhand über mein Herz gewinnt. Denn das scheint selbst jetzt noch an den Brief zu glauben. Zumindest lässt es die Worte, die Jasper auf der Bühne gesagt hat und von denen ich angenommen habe, dass Ben sie vor Jahren geschrieben hat, in einer Endlosschleife ablaufen. Dabei weiß mein Hirn, dass keines davon echt ist. Oder von Ben. Oder von Jasper. Ach, was weiß ich?!

So viele Fragen hallen in meinem Kopf wider, und alles liegt wie in einer dicken Nebelsuppe vor mir. Nur drei Sätze höre ich so klar und deutlich, als würde sie mir jemand unentwegt ins Ohr flüstern: »Ich liebe dich. Nur dich. Immer nur dich.«

Jaspers Stimme erreicht mich so klar, als stünde er direkt neben mir. Sofort hüpft mein Herz, als wolle es mich daran erinnern, dass ich mir genau das doch so sehr wünsche. Doch vertraue ich meinem Herzen überhaupt noch? Trägt es nicht Mitschuld an dem ganzen Durcheinander? Hätte es sich nicht viel früher für Jasper und gegen Ben entscheiden müssen? Und hatte es dazu denn überhaupt eine Chance?

Abrupt bleibe ich stehen. Nein. Hatte es nicht. Als mir damals langsam klar wurde, dass ich vielleicht wirklich mehr für Jasper empfinde, konnte ich gar nicht ahnen, dass es ihm auch so gehen könnte. Wie auch? Außerdem gab es Ben, und sogar noch heute gehört ein Teil meines Herzens ihm. Ich *habe* ihn damals geliebt. Allerdings hat er mir vorhin gestanden, dass er schon immer gewusst hat, dass Jasper und ich zusammengehören. Trotzdem hat er mich behalten. Und dann haben die beiden gemeinsam den Brief geschrieben – und unser Schicksal besiegelt.

Die plötzlich in mir auflodernde Wut darüber, dass Ben und Jasper eine Entscheidung getroffen haben, die meine hätte sein müssen, hinterlässt ein Schlachtfeld voller Zweifel und Enttäuschung in meinem Inneren.

Mit Tränen in den Augen sehe ich mich um. Ich weiß gar nicht so genau, wohin mich meine Füße eigentlich getragen haben. Als mir bewusst wird, wo ich gerade bin, versetzt mir die Erkenntnis einen kleinen Stich ins Herz. Natürlich finde ich mich nach meiner Flucht am Ufer des Neckars wieder. Nicht weit von der Wilhelma und unserer Brücke entfernt – und doch gefühlte Kilometer weg von all dem Trubel der Stadt. Hier ist außer mir niemand. Das hat aber weniger damit zu tun, dass es mitten in der Nacht ist, sondern vielmehr damit, dass hier nie jemand ist. Genau das macht diesen Ort perfekt.

Zögernd ziehe ich die Schuhe aus und spüre den groben, warmen Sand unter meinen Füßen, der mich davon überzeugt, dass es sich hier wie am Strand anfühlt. Ich lasse mich zu Boden sinken, und mein Blick wandert über das dunkle Wasser vor mir, in dem sich nur wenige der entlegenen Lichter der anderen Uferseite spiegeln. Mit wahnsinnig viel Phantasie könnte man meinen, dass man auch irgendwo am Mississippi sitzen würde. Ein guter Freund hat mich auf die Idee gebracht und mir dann gesagt: »Wenn du nicht weißt, wohin mit deinen Gedanken, geh ans Wasser. Das trägt sie für dich weg.«

Es ist absurd, dass ich ausgerechnet hierhergekommen bin. Einmal quer durch die ganze Stadt. An den Neckar. Ich muss daran denken, mit wem ich zum letzten Mal hier war. Oder zum ersten Mal. Und die unzähligen Male dazwischen. Es war Jaspers Ort. Er hat mir diesen Platz gezeigt und mich schwören lassen, dass ich ihn niemals und unter keinen Umständen irgendjemandem verraten würde. Ich habe mich daran gehalten. Nicht einmal Ben weiß, dass es ihn gibt.

Kopfschüttelnd lehne ich mein Kinn auf meine Arme, die ich auf den Knien verschränkt habe, und starre weiter vor mich hin. Ich werde mit den Jungs reden müssen. Über damals und vor allem über jetzt. Ein halbes Leben kennen wir uns, und dann bringt uns diese eine Nacht erst wieder zusammen und dann alles ins Wanken.

Das leise, gleichmäßige Plätschern des Flusses und das monotone Rauschen der Autobahn irgendwo hinter mir beruhigen mich. Ebenso das stetige Zirpen der Grillen, die sich zu einem Konzert versammelt haben. Die Geräusche der Stadt können mich hier nicht erreichen, hier ist es ruhiger. Ein guter Ort zum Nachdenken. Eigentlich könnte es eine wunderschöne Sommernacht sein.

Da höre ich weit hinter mir ein Auto. Nein, das vertraute Geräusch eines alten, mit sich kämpfenden Motors. Dieses unverwechselbare Brummen und Stottern lässt mich schnell erahnen, um wessen Wagen es sich handelt. Jasper. Es kann nur Jasper sein. Ist er hier, weil er mich sucht? Oder weil er alleine sein will und Ruhe zum Nachdenken braucht? Habe ich ihm den Ort dafür weggenommen?

Da höre ich, wie der Motor abgestellt wird und eine Autotür zufällt. Wenige Augenblicke später nehme ich Schritte wahr. Soll ich flüchten? Aber wo soll ich hin? Kopfüber in den Neckar? Mich hinter einem der dichten Büsche verschanzen? Lächerlich. Stattdessen bleibe ich regungslos sitzen.

Die Schritte kommen näher und halten schließlich neben mir im Sand an.

»Hi.«

Langsam drehe ich den Kopf und sehe nach oben in Jaspers Gesicht. Er sieht so müde aus, wie ich mich plötzlich fühle, weil mich diese ganze Nacht eingeholt hat. Keine Spur Überraschung ist in seinem Gesicht zu sehen, ganz so, als hätte er damit gerechnet, mich hier zu finden.

Er trägt noch immer Bens Krawatte um den Hals, seinen Rucksack über der Schulter, und er hält eine große, karierte Wolldecke in der Hand.

»Hi.«

Kurz zögert er, weil meine Stimme etwas kühler klingt als von mir beabsichtigt. Aber als ich schnell ein müdes Lächeln hinterherschicke, legt er mir die Decke um die Schultern und lässt sich mit etwas Sicherheitsabstand neben mir in den Sand fallen.

»Ich dachte, vielleicht ist dir ja kalt.«

Er zieht die Beine an den Körper, bevor sein Blick dem Fluss folgt, der meine Gedanken davonträgt. Ich kann sein

Gesicht nur zur Hälfte erkennen, weil die Straßenlaterne hinter den Büschen viel zu weit weg ist, als dass sie uns mit ausreichend Licht versorgen könnte.

»Danke.«

Ich ziehe die Decke etwas enger um meinen Körper, und Jasper wirft mir einen Seitenblick zu.

»Wir haben uns Sorgen gemacht.«

»Ich weiß.«

Er nickt und lässt seinen Blick noch etwas länger auf mir ruhen.

»Ben sucht gerade die komplette Innenstadt nach dir ab.«

Natürlich. Jetzt muss ich auf einmal doch lächeln. Weil Ben eben Ben ist. Egal, wie wütend ich eben noch auf ihn war, er macht es einem so verdammt schwer, lange verärgert zu bleiben.

Ben sucht mich. Jasper hingegen hat mich gefunden. Andererseits habe ich es ihm auch leicht gemacht. Als hätte mein Herz Brotkrumen für Jasper gelegt, damit er mich auch ganz sicher finden kann. Verräterherz!

»Du solltest ihm sagen, dass ich noch am Leben bin und nicht im Kofferraum eines Serienkillers stecke.«

»Das sollte ich.«

Er fischt sein Handy aus dem Rucksack und tippt eine schnelle Textnachricht an Ben, bevor er mir einen Blick zuwirft.

»Ganz so dramatisch war der Abend nicht geplant.«

Natürlich nicht. Trotzdem sind wir auf ebendiesen Moment im »Zwölfzehn« zugesteuert, ohne es zu wissen.

»Wie war er denn geplant?«

Jasper atmet hörbar durch und zuckt die Schultern, sein Blick folgt wieder dem Fluss.

»So, wie es immer hätte sein sollen. Wir fahren zur Schule,

ihr habt euren letzten Tanz, danach klappern wir ein paar Clubs und unsere liebsten Erinnerungsorte ab, lachen zusammen, bleiben Freunde und kriegen unseren Abschied.«

Beim letzten Wort meine ich, eine Veränderung in seiner Stimme zu hören. Er klingt etwas gequälter. Seine Augen finden meine auch durch die Dunkelheit.

»Kein Lebewohl, sondern ein ›Bis bald‹. Das war der Plan.«

Mit diesem Abend, mit seinem Plan, hat Jasper uns allen *das* geschenkt, was wir uns all die Jahre gewünscht und nie bekommen haben. Ein Lächeln erobert meine Lippen, als ich spüre, wie gerne ich ihn dafür umarmen will.

»Danke.«

»Ist ja ziemlich schiefgegangen.«

»Ein bisschen vielleicht.«

Er schüttelt erschlagen den Kopf.

»Saublöde Idee.«

Dann starrt er wieder in die Dunkelheit und lauscht dem Plätschern des Neckars. So sitzen wir eine kleine Weile stumm da, weil ich nicht weiß, was ich sagen soll, und weil Jasper offenbar die Sprache verloren hat.

Langsam wird die Stille unangenehm.

»Sitzen wir also einfach hier und starren in die Dunkelheit?«

»Keine Ahnung. Ich hatte keinen richtigen Plan B, wenn ich ehrlich bin.«

»Du warst also sicher, dass dein Plan funktioniert?«

»Ich habe mich einfach auf mein Gefühl verlassen.«

»Das klingt sehr nach dir, Jasper.«

Er dreht den Kopf in meine Richtung und versucht zu erkennen, ob das eine gute oder schlechte Sache ist. Ob eine Umarmung folgt – oder eine verbale Ohrfeige. Als ich nichts sage, seufzt er und starrt wieder auf den Fluss.

»Ich weiß nicht, was ich noch sagen kann, damit alles wieder gut wird. Oder zumindest wieder besser.«

»Warum?«

»Weil ... Wenn ich heute etwas gelernt habe, dann ist es das: Meine Worte sorgen für Ärger.«

»Schweigend wirst du die Sache aber auch nicht besser machen, Jasper.«

Er dreht sich zu mir und schüttelt niedergeschlagen den Kopf.

»Es tut mir so leid, ich dachte ...«

Dann atmet er aus und fährt sich erschöpft über das Gesicht, ohne den Satz zu beenden.

»Was dachtest du?«

Meine Stimme zittert, weil ich weder sie noch sonst etwas unter Kontrolle habe.

»Ich weiß nicht ... Ich wollte es einfach endlich sagen.«

Ich spüre, wie mir plötzlich wieder die Tränen in die Augen steigen.

»Wieso?«

Er blickt überrascht zu mir.

»Wieso?«

»Ja. Wieso.«

Er zögert kurz, steht dann aber auf und geht direkt vor mir in die Knie. Eigentlich will ich zurückweichen, etwas Abstand zwischen uns bekommen, aber mein Körper gehorcht mir nicht mehr. Nicht, wenn Jasper mir plötzlich so nahe ist. Ich müsste nur meine Hand ausstrecken, um sein schnell schlagendes Herz zu spüren. Denn dass es gerade schnell schlägt, kann ich an der Art erkennen, wie er mich ansieht.

»Weil ich es endlich richtigstellen wollte.«

»Was?«

»Was ich für dich empfinde. Dass es meine Worte sind und immer waren.«

Ich spüre ein verräterisches Brennen in meinen Augen.

»Aber warum erst jetzt? Warum nicht früher? Wenn ich damals … Du hast mir keine Chance gegeben. Nicht den kleinsten Hinweis.«

Jasper versucht, nach meiner Hand zu greifen, aber ich weiche ihm aus, weil ich meinem Körper nicht vertraue. Nicht, wenn er mich berührt. Nicht, wenn er mich so ansieht.

»Was willst du denn hören, Ella?«

Ich weiß, dass er die Frage nicht böse meint, aber trotzdem spüre ich plötzlich wieder den Schmerz, die Wut und die Enttäuschung in mir aufflackern – und die erste Träne, die über meine Wange rinnt.

»Oh, ich weiß nicht. Ich fände ja zur Abwechslung die Wahrheit mal so richtig klasse.«

»Der Brief ist die Wahrheit.«

»Nein. Der Brief ist eine Lüge. Von dir aufgesetzt und von Ben überreicht.«

»Alles, was in diesem Brief steht, ist wahr. Jedes Wort. Ben wollte dir sagen, wie viel du ihm bedeutest, und ich habe ihm geholfen, weil ich wusste, dass auch für ihn jedes Wort wahr war.«

»Aber es waren nicht *seine* Worte!«

Jasper gibt auf, lässt nach all den Jahren endlich die Wahrheit gewinnen und sieht dabei so unendlich unglücklich aus.

»Nein. Es sind meine Worte, aber sie sind wahr. Für Ben und für mich.«

Er kniet vor mir im Sand und sieht mich an, als wäre er verloren, und ich spüre, dass mein Herz gleich bricht.

»Dann hätte Ben mir lieber ein Fotobuch oder ein Video

schenken sollen, das seine großen Gefühle für mich ausdrückt, und nicht *dich* so eine Lüge schreiben lassen!«

»Es ist keine Lüge, okay?!«

Ich schüttele den Kopf, als jetzt noch mehr Tränen über meine Wange laufen.

»Okay, aber der *Verfasser* stimmt trotzdem nicht!«

Jetzt sehe ich, wie Jasper kurz erstarrt, und ich kann das verletzte Funkeln in seinen Augen erkennen. Der Abstand unserer Körper, so gering er auch sein mag, kommt mir mit einem Mal unendlich groß vor. Als hätte sich der Boden zwischen uns aufgetan und uns auf unterschiedliche Erdplatten verfrachtet. Verliere ich Jasper gerade …?

»Weil du dir Ben wünschst?«

Ich sehe ihn fassungslos an. Wie kann er das jetzt noch denken?

»Nein. Weil *sein* Name unter dem Brief stand! Ich wünschte, *dein* Name hätte von Anfang an druntergestanden! Ich wünschte, ich hätte es früher gewusst. Ich wünschte, du hättest ihm nicht geholfen. Ich wünschte, wir hätten … uns damals geküsst.«

Er schlägt mit der Faust in den Sand neben uns, und ich zucke kurz zusammen.

»Ach ja? Bist du dir da sicher? Was hättest du gesagt, wenn ich dir damals den Brief geschickt hätte? Oder wenn ich dich nach all den Jahren plötzlich geküsst hätte? Am besten noch vor Ben? Was dann?«

So aufgebracht kenne ich Jasper nicht. Er fährt sich durch die Haare, was seine Frisur nur noch mehr ruiniert.

»Was hättest du gesagt? Wärst du bei mir geblieben?«

Seine Stimme klingt plötzlich ruhiger, aber noch immer vibriert sie, als er sich erneut an mich wendet.

Ich schulde ihm die Wahrheit.

»Ich weiß es nicht.«

»Siehst du? Glaub mir: Du wolltest damals, dass der Brief von Ben ist, weil sonst alles vorbei gewesen wäre, und du *warst* damals in Ben verliebt. Erzähl mir nichts. So oft wollte ich Ben sagen, dass ich dich länger und besser liebe, aber ... dann habe ich dein Lächeln gesehen, wenn du ihn angesehen hast. Du warst damals die große Liebe für ihn – und er für dich. Ich habe gehört, wie Ben über dich gesprochen hat und wie sehr er dich geliebt hat. Ich wusste, er würde dich glücklich machen, und du *warst* glücklich. Ihr beide wart glücklich, und ich ...«

»Du warst nicht glücklich.«

Ich unterbreche ihn mit einem Flüstern, und er sieht mich aus leeren Augen an.

»Vielleicht, aber erkläre mir mal: Wie hätte ich den beiden wichtigsten Menschen in meinem Leben so etwas antun können? Wenn ich etwas gesagt hätte, wären wir drei für immer auseinandergebrochen.«

Darauf habe ich keine Antwort. All die Jahre haben wir immer so getan, als würden wir uns besser als alle anderen Menschen kennen. Als wären wir Seelenverwandte. Dabei haben wir uns am Ende immer nur angelogen.

Jasper nickt, als habe er nichts anderes erwartet.

»Außerdem war ich glücklich für euch. Okay, ein kleiner Teil war nicht ganz so glücklich – ein großer kleiner Teil –, aber ich wusste, dass Ben dich glücklich macht. Das war die Hauptsache.«

Kurz huscht ein Lächeln über seine Lippen, bevor es wieder verschwindet und eine Spur Traurigkeit in seinem Gesicht zurückbleibt.

Ich atme tief durch und lehne mich leicht vor. Mein Herz schlägt wie wild, und ich sehe ihm direkt in die Augen. Dann lege ich meine Hand an seine Wange und lasse alle Schutzschilder sinken.

»Aber du irrst dich trotzdem.«

Ich ermögliche ihm einen Blick auf genau die Ella, die er mit den Worten im Brief beschrieben hat. Die Ella, die immer zu ihm gehört hat.

»Du hättest mich glücklich machen sollen, Jasper. Du.«

Jasper nimmt mein Gesicht in seine Hände.

»Ich wusste, dass ich dich nicht haben kann. Also habe ich versucht, dich nicht mehr zu wollen.«

Auf die absurdeste Art und Weise ist das vielleicht die schönste Liebeserklärung, die ich je gehört habe.

»Hat es funktioniert?«

Dieser Blick! Wie kann er mit nur einem Blick alle Fragen beantworten, alle Zweifel beseitigen und ein Gefühl in mir wecken, das sich in all dem Gefühlschaos so unverschämt gut anfühlt?

»Keine Sekunde.«

Ein letzter Tanz

Dann bist du meine Ella.

»Du willst also die ganze Wahrheit?«

Jasper beugt sich ebenfalls etwas zu mir vor und sieht mich an.

»Ich liebe dich, Ella Klippenbach. Seit dem Tag, an dem wir Nachbarn wurden. Weil du mutiger, lustiger und hübscher warst als alle anderen Mädchen. Weil du es mit mir aufgenommen hast, wenn alle anderen gekniffen haben. Weil du mich an meinen schlechten Tagen ebenso angelächelt hast wie an meinen guten. Weil ich mit dir manchmal das Gefühl hatte, einen kurzen Blick auf die Zukunft werfen zu können. Warum ich dir das nie gesagt habe? Es war mir, ehrlich gesagt, lange einfach nicht bewusst, weil es ja jeden Tag ... einfach so war. Mit dir. Dann habe ich irgendwann verstanden, dass es wirklich nur mit dir so ist. Kurz bevor Ben in unsere Klasse kam, wurde mir alles klar, und ich habe dann auf diesen einen perfekten Moment gewartet. Ich wollte dir sagen, wie sehr ich dich liebe und dass du der wichtigste Mensch in meinem Leben bist. Und dann kommt Ben, verliebt sich in dich und nimmt sich einfach einen perfekten Moment. Es war ... die Hölle, aber keine Überraschung. Weißt du auch, wieso?«

Ich schüttle sprachlos den Kopf.

»Weil es so verdammt schwer ist, sich nicht in dich zu

verlieben. Ich habe dich immer geliebt, und ich werde dich immer lieben, wenn du mich lässt.«

Sein Blick fällt auf meine Lippen, während er mit dem Daumen vorsichtig meine Tränen wegwischt.

»Und ich wollte dich küssen. Damals. Heute. Jetzt.«

Er atmet tief durch und streicht sanft über meine Lippen.

»Ich will dir so nahe sein wie nur irgendwie möglich.«

Alles, was ich noch wahrnehme, ist seine warme Haut an meinen Lippen. Und das Bedürfnis, sie zu küssen. Alles andere um mich herum verschwimmt.

»An jeden Ort, an den ich komme, entdecke ich Dinge, die ich dir zeigen will, erlebe Dinge, von denen ich dir erzählen will, und suche nach Dingen, die mich an dich erinnern. Alles nur, weil du dich dann näher anfühlst.«

Sein Blick mustert mein Gesicht, sein Finger streicht weiterhin sanft über meine Lippen, als sich ein zärtliches Lächeln auf seine setzt.

»Weil ich dich vermisse, Ella. Jeden Tag.«

Mein Herz dreht eine Pirouette nach der anderen, und die Worte aus dem Brief gewinnen wieder an Glaubwürdigkeit.

»Weil ich eine Ahnung davon bekommen habe, wie es sich anfühlt, wenn man ankommt, nein, wenn man *zu Hause* ist. Das Gefühl vermisse ich seit sieben Jahren, und ich will es … zurück.«

»Und behalten?«

Jaspers Lippen verziehen sich zu einem sanften Lächeln, als er nickt, seine Stimme klingt schlagartig leise und rau.

»Gerne.«

Da erst bemerke ich, wie nah wir uns tatsächlich sind, wie wenig Platz zwischen uns ist. Wie gut es sich anfühlt, jetzt mit ihm hier zu sein.

»Du hast mich. Du hattest mich immer. Ich war immer

da. Du warst immer da, Jasper. Vor Ben, während Ben und auch jetzt, nach Ben. Du bist die eine Konstante in meinem Leben.«

Ein scheues Lächeln huscht über seine Lippen, weil er weiß, dass es die Wahrheit ist.

»Kannst du mir den Brief ... die Lüge also verzeihen?«

Meine Haut kribbelt an den Stellen, an denen ich ihn berühre, und ich wünsche mir so sehr, dass er wieder meine Lippen berührt.

»Ich denke, das kriege ich hin. Außerdem war es ja keine Lüge. Es war nur nicht die ganze Wahrheit.«

Er nickt.

»Das ist gut – und kommt auch nicht noch mal vor, glaub mir. Das schwöre ich dir, auf ...«

Er sieht sich um, als würde er etwas suchen, auf das er schwören und mir damit die Ernsthaftigkeit seines Vorhabens verdeutlichen kann.

Da wandert Jaspers Blick nach oben, ein Leuchten funkelt in seinen Augen.

»... auf unser Sternbild.«

Unser Sternbild. Eine Gänsehaut jagt mit absurder Geschwindigkeit über meinen Körper. Dann sehe ich nach oben und suche die drei Sterne, die ich miteinander verbinde. Vermutlich sind es nicht dieselben Sterne wie vorhin, aber jetzt fällt es mir ganz leicht, ein Dreieck in den Himmel zu malen.

Und dann habe ich eine Idee. Eine sehr gute Idee. Die beste des Abends.

Ich lass seine Wange los, woraufhin auch er seine Hände sinken lässt – was mich doch kurz an meinem Plan zweifeln lässt. Dann lehne ich mich aber trotzdem langsam vor, was Jasper mit einem überraschten Blick auf meinen Mund quittiert, weiche im letzten Moment aus, streife mit meiner

Wange sanft seine Lippen und greife in seine hintere Hosentasche.

»Was ...?«

»Schhhh!«

Mit einem Lächeln ziehe ich sein Handy aus der Tasche, lehne mich wieder etwas zurück und zwinkere ihm zu. Er beobachtet mich, wie ich mich durch die üblichen Apps klicke und darauf vertraue, dass ich ihn besser kenne, als er glaubt. Ein Mensch wie Jasper muss eine gute Musik-App auf seinem Smartphone haben. Er hat seine alten Mixtapes immer geliebt, aber er geht auch mit der Zeit.

Ich spüre seinen Blick auf mir. Wir sind uns so nahe, und es kostet mich viel Konzentration, meinen Plan nicht jetzt schon aufzugeben. Zum Glück werde ich bei der Suche nach einem bestimmten Lied schnell fündig. Jasper hat vorhin erwähnt, dass er Songs von Thomas Pegram auf der Playlist hat. Ich suche den Titel aus, den er auf der Bühne im »Zwölfzehn« gesungen hat. Kaum habe ich auf Play gedrückt, ertönen die ersten Takte.

Ich strecke meine Hand aus, berühre Jaspers Unterarm, fahre sanft über seine Haut und lasse ihn dabei keine Sekunde aus den Augen. Es ist nur eine leichte Berührung, aber sie scheint Jasper aus dem Konzept zu bringen. Auch ich fühle mich wie unter Strom, als würde gleich ein großes Gewitter losbrechen, dabei ist nicht eine Wolke am Himmel.

Dann nehme ich seine Hand, stehe auf und ziehe ihn sanft mit nach oben. Etwas irritiert folgt er mir und steht dann dicht vor mir. Fast so wie damals.

»Tanz mit mir.«

Mein Flüstern wird fast von der Nacht verschluckt. Die Musik aus dem Handy, das neben unseren Füßen auf der Decke liegt, schwillt langsam an. Jasper legt seine Hand auf meinen Rücken und zieht mich ganz an ihn heran. Ich lege meine Hand auf seine Schulter, bin bereit für diesen Tanz und diesen Moment, die Führung an ihn abzugeben. Vielleicht sogar mein ganzes Leben.

Ein Lächeln breitet sich auf seinen Lippen aus, als er beginnt, mich langsam im Takt zu wiegen. Weit weg von jedem Scheinwerfer, jeder Bühne und jedem Applaus finde ich hier, barfuß an einem Strand, der keiner ist, endlich meinen perfekten Tanzpartner.

Jaspers Lippen sind den meinen so nahe, nur mehr wenige Zentimeter entfernt.

»Können wir für immer hierbleiben?«

Ich nicke langsam. Sein Blick streichelt mich sanft. Dann schickt er mich geschickt und lässig in eine Drehung, bevor ich wieder in seinen Armen lande und er meinen Körper wieder eng an seinem hält.

»Du bist mein Zuhause, Ella.«

Mein Herz setzt einige Schläge aus. Jasper lächelt, der Todesstoß für alle Zweifel, gleichzeitig die endgültige Befreiung aller meiner Gefühle.

»Zwing mich nicht, noch eine Ewigkeit zu warten.«

Sein Flüstern schlägt diese eine Saite in meinem Inneren an, die, selbst wenn er jetzt plötzlich verschwinden würde, für immer weiterschwingen würde, und bevor jemand mir diesen Moment rauben kann, schließe ich die Leere zwischen uns – und küsse ihn.

Weil das Herz gewinnt.

Immer.

Zuerst lege ich meine Lippen nur vorsichtig an seine. Halte kurz inne, nur um sicherzugehen, dass er nicht verschwindet, bevor ich die Augen schließe und für immer loslasse. Doch da spüre ich auch schon seine Hand an meiner

Wange. Mit der anderen, die noch immer an meinem Rücken liegt, zieht er mich leicht an ihn. Er hat nicht vor, mich jetzt noch gehen zu lassen. Stattdessen streift er mit seinen Lippen sanft über meine. Was als zarter Kuss beginnt, vertieft sich schnell, als ich meine Lippen leicht öffne und Jasper den Kuss erwidert. Nicht zögernd, sondern voller Sehnsucht. Das Gefühl nimmt meinen gesamten Körper ein. Doch dann entzieht er sich dem Kuss und sieht mich an. Mein Herz will stehen bleiben.

»Lös dich ja nicht noch mal in Luft auf, hörst du?«

Ich schüttele nur stumm den Kopf, bevor Jasper mich wieder küsst, mich noch näher an sich zieht. Ich lege meine Arme um seinen Hals, und der Kuss wird inniger, als nicht nur unsere Lippen, sondern unsere Körper beginnen, auf die Bewegungen des anderen zu reagieren. Egal, wie nah wir uns heute schon waren und wie nah wir uns gerade sind, ich will ihm trotzdem noch näher sein. Viel näher. Noch nie bin ich mir bei einer Sache so sicher gewesen. Ich kann nicht sagen, wie es passiert ist, weil es ein Gefühl ist, das aus unendlich vielen Mosaiksteinen besteht, und mit jeder verstreichenden Minute kommt ein neues Teil hinzu, ich weiß nur, dass es passiert ist.

»Ich habe mich in dich verliebt, Jasper.«

Mit dem Daumen fahre ich über sein Kinn, spüre die Bartstoppeln unter meiner Berührung, und wie vorhin auf der Bühne schaltet sich auch jetzt mein Kopf aus. Ab hier übernimmt mein Herz und wünscht sich das, was sich so richtig anfühlt.

Seine Atmung beschleunigt sich, als ich meine Hand unter sein Shirt schiebe und mit den Fingerspitzen über die Haut an seinem Bauch fahre.

»Das fühlt sich ziemlich gut an.«

Seine Stimme klingt heiser. Ich packe Jasper am Kragen seines T-Shirts und küsse schnell seine Lippen, als könne ich mir dort den Mut für das holen, was ich tun will. Zu meiner Überraschung funktioniert es, denn als sich meine Lippen wieder von seinen lösen, finde ich in seinem Blick die gleiche Sehnsucht nach dem, was wir uns so lange gewünscht haben. In seinen Augen funkelt etwas, das ich heute schon einmal gesehen habe. Doch diesmal ist es viel deutlicher.

Mit leicht zitternden Händen greife ich nach dem Bund seines T-Shirts und ziehe es ihm über den Kopf. So verlockend sein Oberkörper im Schwimmbad ausgesehen hat, so phantastisch fühlt er sich jetzt unter meinen Fingerspitzen an. Dann beuge ich mich vor und lasse meine Lippen sanft über seinen Brustkorb streifen, küsse die Stelle über seinem Herz, höre ihn schwerer atmen und lächle gegen seine warme Haut. Dabei fühlt sich alles so leicht und richtig an wie die Heimkehr nach einer langen Reise.

Ich halte es nicht länger aus, und als sich unsere Lippen endlich wieder treffen, lasse ich mich langsam auf die Decke unter uns sinken und ziehe ihn an der Krawatte mit mir.

»Bist du sicher?«

Seine Hände wandern über meinen Oberkörper, streifen meine Brüste und schieben sich schließlich an der Seite unter mein Top, wobei er dort, wo er mich berührt, eine Gänsehaut hinterlässt. Ich lasse meine Hände über seinen nackten Rücken gleiten, spüre seine Haut, seine Wärme, atme seinen Duft ein, und ich fühle mich durch Jaspers Berührungen lebendiger denn je. Als würden seine Hände, die mir jetzt das Top ausziehen, die Tür zu der Ella von damals öffnen. Zur Ella, die er in dem Brief beschrieben hat. Seine Ella.

Ich setze mich leicht auf, damit er mir aus dem BH helfen

kann, und sehe das Funkeln in seinen dunklen Augen, als er seinen Blick über meinen Körper wandern lässt. Er beugt sich zu mir, küsst meine Lippen, meinen Hals, mein Schlüsselbein und schließlich meine Brüste. Ich spüre das Gewicht seines Körpers auf meinem. Mit geschlossenen Augen genieße ich es, wie Jasper meinen Körper ertastet, höre meine Atmung in der sonst stillen Nacht und vergrabe meine Finger in seinen Haaren, weil ich mehr will. Ich will ihn.

Bevor ich meinen Wunsch aussprechen kann, findet seine Hand den Knopf meiner Jeans, und ich helfe ihm, mich aus dieser zu befreien. Als Jasper mich fragend ansieht, nicke ich nur und hebe mein Becken an, eine Einladung, mich auch noch von dem letzten Stück Stoff zu befreien. Dann liege ich nackt vor ihm, und die Nachtluft kühlt meine viel zu heiße Haut.

Sein Lächeln nimmt mir alle Zweifel. Sein Blick streichelt mich so sanft, während er sich die Boxershorts auszieht. Dann greife ich nach seiner Hand, ziehe ihn zu mir, und endlich gleitet er zwischen meine Beine. Ich schließe meine Arme um ihn, halte ihn fest, weil ich nicht ohne ihn fallen will, weil ich ihn ganz bei mir spüren will. So wie jetzt. Er küsst meine Lippen, und ich lasse keinen Abstand mehr zwischen unseren Körpern zu. Als ich ihn endlich in mir spüre, bleibt alles um mich herum für den Bruchteil einer Sekunde stehen. Ich höre nur noch sein leises Stöhnen, das sich in der Nacht mit meinem vermischt.

»Bleib bei mir.«

Er flüstert es gegen meine Lippen, und als könne ich beweisen, dass ich immer da sein werde, küsse ich ihn zärtlich. Es wird nicht nur bei heute Nacht bleiben. Die Nähe zwischen uns muss ein ganzes Leben bleiben.

Jasper ist mein perfekter Tanzpartner, und wir finden

schnell einen gemeinsamen Rhythmus, überlassen unseren Körpern das Kommando, als würden sie sich schon ewig kennen. Für solche Augenblicke kann man keine Choreografie erfinden, nichts planen, es nur genießen. Jaspers Blick findet meinen, und dann lassen wir los und halten einander fest.

Jasper liegt hinter mir und hat beide Arme um mich gelegt. Er lehnt seinen Kopf auf meine Schultern. Ich halte die Augen geschlossen und diesen Moment fest.

Wir liegen eingewickelt in der Decke am Strand, der keiner ist, und ich lausche Jaspers Herzschlag. Sein Rhythmus, für den mein Herz die Choreografie auswendig zu kennen scheint.

Jasper küsst sanft meinen Nacken.

»Weißt du was, Ella?«

»Hm?«

»Diese Decke und du in meinen Armen, das alles fühlt sich verdammt gut an.«

Sofort breitet sich ein Lächeln auf meinen Lippen aus, und ich kuschele mich noch etwas enger an Jaspers Körper.

Manchmal, wenn man Romane liest, wird etwas mit dem Wort »perfekt« beschrieben, und ich frage mich immer, wieso der Autor es nicht besser ausdrücken kann. Jetzt verstehe ich es. Weil es für manche Dinge im Leben eben keine Worte gibt. In Jaspers Armen liegen zu dürfen, seine Haut zu spüren, die Zeit angehalten zu haben, das alles fühlt sich vollkommen an. So, als würde man nach einer langen Reise nach Hause kommen. Es ist ein Gefühl, kein Wort.

Ich drehe mich in seinen Armen, damit ich ihn besser ansehen kann, und fahre mit dem Zeigefinger seine Lippen nach. Irgendwo unter oder neben uns beginnt ein neues Lied auf Jaspers Playlist. Die ersten Töne von Damien Rice's

»I don't want to change you« ertönen und bilden den musikalischen Hintergrund zu diesem Moment.

»Du hast noch immer einen ziemlich guten Musikgeschmack.«

Jasper nickt und lächelt unter meiner Berührung.

»Danke.«

»Der perfekte Soundtrack.«

Jasper küsst meine Finger und lässt sich nach hinten sinken, wobei er mich halb auf seinen Körper mitzieht.

»Erinnerst du dich an die ganzen Mixtapes, die du für Denise gemacht hast?«

Er hält inne und wirkt leicht irritiert.

»Was ist damit?«

»Du hast mir immer ein Probeexemplar gemacht, damit ich dir sagen kann, ob sie gut genug waren.«

»Ich erinnere mich.«

»Ich verrate dir ein Geheimnis: Das habe ich natürlich nie zugegeben, aber ich war, glaube ich, schon damals schrecklich eifersüchtig.«

»Ach wirklich?«

Ich stütze mein Kinn auf seine Schulter und sehe zu ihm, wie er die Augen schließt und grinsend daliegt.

»Ja, wirklich.«

»Dann verrate ich dir auch ein Geheimnis.«

Er öffnet die Augen und sieht zu mir, sein Grinsen wird zu einem schiefen Lächeln, das sich dazu berufen fühlt, mein Herz erneut zu erobern. Als ob er das noch nötig hätte.

»Die waren alle für dich. Nur für dich. Es waren keine Probeexemplare.«

Ich stütze mich auf meinen Ellenbogen und sehe zu ihm, verstehe nicht, was er damit sagen will.

»Was?«

Er zuckt die Schultern und nickt schüchtern. Sein Blick schweift von meinem Gesicht über meinen Hals bis zu meinen Brüsten, bevor er wieder zu mir sieht.

»Das war eine Ausrede, um sie dir zu schenken. Sonst wäre es doch irgendwie komisch gekommen, oder? Ich dachte, wenn du mal gute Musik zum Tanzen brauchst oder wenn es dir nicht gut geht oder wenn du Angst vor New York hast oder …«

Jedes Mal, wenn ich mich ein bisschen mehr in seine Musikauswahl verliebt und mich gefragt habe, wie es möglich sein kann, dass diese Songs so gut zu meiner aktuellen Situation passen, waren diese Tapes gar nicht für eine andere Frau, die ich so sehr um Jaspers Aufmerksamkeit beneidet habe, sondern für mich.

Ich schüttele den Kopf.

»Du bist wirklich verrückt, Jasper. Weißt du das?«

Er fasst sich schnell mit der Hand ans Herz und sieht mich gespielt überrascht an.

»Sag mir bitte nicht, dass dir das erst *jetzt* auffällt!«

Anstatt zu antworten, küsse ich ihn lachend. Er legt seine Arme um mich, hält mich fest an sich gedrückt, und ich spüre seine Haut überall. Ein Gefühl, das ich nicht mehr missen möchte.

»Jasper?«

»Hm.«

»Was wird jetzt aus uns allen?«

»Ich würde sagen, wir schauen mal, auf welchen Rummelplatz uns das Leben als Nächstes schickt.«

»Ich fahre nichts, das sich überschlägt.«

Er nickt wissend, weil er die zahlreichen Besuche auf dem Volksfest nur zu gut in Erinnerung hat. Immer dann, wenn er oder Ben eine noch gewagtere Fahrgelegenheit ausprobieren wollte, bin ich lieber am Boden geblieben und habe ihnen bei ihren verrückten Abenteuern nur zugesehen.

Jasper dreht sich zu mir, und ich lehne mein Kinn wieder an seine Brust.

»Sind wir doch mal ehrlich, Ella. Wie wahrscheinlich ist es, dass wir beide uns unterwegs nicht mal überschlagen?«

Eine berechtigte Frage. Aber ehrlich gesagt, kann ich mir sogar ein Leben im Schleudergang mit Jasper an meiner Seite sehr gut vorstellen. Ein bisschen Chaos und Lebendigkeit wird meinem Alltag sicher nicht schaden.

Er streicht mir eine Haarsträhne aus dem Gesicht und hebt mein Kinn an, damit ich ihn besser ansehen kann.

»Ich meine, du kennst mich. Ich bin … ich.«

»Ich weiß, und ich würde es nicht mehr anders wollen.«

Er nickt nachdenklich, als wäre er sich nicht sicher, wie ernst ich es meine.

»Und wenn ich etwas Dummes tue? Wie … von Brücken baumeln oder so was?«

»Ich werde ein Seil dabeihaben und es an beiden Enden ordentlich verknoten.«

Er küsst sanft meine Lippen, streichelt meine Wange und sieht dabei so glücklich aus, dass ich meine, seine Gefühle fast greifen zu können. Zu wissen, dass ich einen kleinen Teil dazu beigetragen habe, erfüllt mich mit einem Schwall Glück.

»Du warst doch ohnehin schon immer mein Sicherheitsseil, Ella.«

Damit küsst er mich erneut, und ich kuschele mich an Jaspers Brust, schließe die Augen und weiß genau: Egal, was passiert – mit ihm an meiner Seite nehme ich jeden Überschlag in Kauf.

Irgendwo da draußen beginnt ein neuer Tag.

Für mich ein neues Leben.

Wenn du neben mir aufwachst,
bevor die ganze Welt
dich haben darf
und ich dich mit ihr teilen muss.

»Einmal Kaffee für die Dame und ein Croissant gegen den Hunger.«

Jasper stellt einen Pappbecher vor mich auf den Tisch und lässt sich mir gegenüber auf den Stuhl fallen. Er trägt seine Sonnenbrille, weil die Färbung an seinem Auge inzwischen dunkelblau geworden ist. Noch nie hat er besser ausgesehen, und das, obwohl er hundemüde und hungrig sein dürfte. Wenn ich ihn jetzt betrachte, sieht er aber vor allem glücklich aus. Ich hoffe so sehr, dass er glücklich ist. So, wie ich mich jetzt auch fühle. Vermutlich steht in großen neonfarbenen Buchstaben über unseren Köpfen, dass wir verliebt sind.

Er greift über den Tisch nach meiner Hand, als wäre es das Selbstverständlichste auf der Welt.

»Führst du alle deine Frauen so schick zum Frühstück aus?«

Er beißt in ein Käsebrötchen, bevor er auf meine Frage antworten kann, und schüttelt nur den Kopf. Mit vollem Mund antwortet er.

»Das hier hebe ich mir für die auf, mit denen ich es wirklich ernst meine.«

Kurz sehe ich mich an der Agip-Tankstelle in Stuttgart-Feuerbach um, wo wir auf Klappstühlen vor dem Tankstellenshop sitzen, und muss grinsen. Zwischen Straßenbahnlinien, einem McDrive, dem Club Penthouse und einigen Autohäusern gelegen, strahlt diese Tankstelle so viel Romantik aus wie eine verschimmelte Tomate. Dem Lächeln auf unseren Gesichtern und dem verliebten Leuchten in den Augen nach zu urteilen, könnte man aber trotzdem meinen, wir wären im schicksten Bistro von ganz Paris zum Frühstücken.

Es kommt nicht darauf an, wo man ist, sondern mit wem man da ist. Unbewusst suchen wir alle einen Platz im Leben, an den wir gehören. Wir suchen etwas, das uns glücklich macht. Für manche ist dieser Ort auf den Bühnen dieser Welt, in einem schicken Büro oder in Machu Picchu. Für mich ist es hier vor dem Tankstellenshop mit Jasper. Mit Jasper könnte so ziemlich jeder Trip zu einer Reise *first class* werden.

Das Klingeln meines Handys reißt mich aus dem schönsten Tagtraum, den ich seit Langem hatte. Zögernd kehre ich in diese Realität zurück. Kurz hoffe ich, dass es Ben ist, aber die Nummer auf dem Handy kenne ich nicht. Jasper sieht mich fragend an, denn ich habe keine Ahnung, wer mich um diese Uhrzeit anrufen könnte.

»Klippenbach?«

Bilde ich mir das ein oder kann man das verliebte Lächeln in meiner Stimme hören?

»Ella Klippenbach?«

»Die bin ich.«

»Agnes Vogelhauser.«

Langsam setze ich mich aufrechter hin und suche in meinem übermüdeten Hirn nach der passenden Assoziation. Agnes. Vogelhauser. Vogelhauser!

»Ich glaube, Sie kennen meinen Sohn Markus.«

»Richtig, wir waren zusammen auf der Schule.«

Was nicht erklärt, wieso sie mich um diese frühe Uhrzeit

anruft. Oder woher sie überhaupt meine Nummer hat. Obwohl eine Erklärung dafür vielleicht in der letzten Nacht zu finden ist.

Jasper sieht mich besorgt an, aber ich schüttele nur schnell den Kopf.

»Kann es sein, dass Sie gestern in meinem Theater getanzt haben?«

Verdammt. Verdammt! Das riecht nach Ärger. Mir muss schnell eine passende Erklärung einfallen.

»Frau Vogelhauser, ich kann das erklären. Das war nur ...«

Warum grinst Jasper plötzlich so?

»Keine Sorge. Ich habe Ihre Nummer von Herrn Nowak. Er sagte, Sie würden einen Job suchen.«

Mein Herz stoppt kurz, als ich Jaspers Namen höre, und nimmt dann Anlauf, als ich ihre Frage verstehe. Der folgende Sprung übertrifft alle anderen, und ich liebe die Art, wie sich Jaspers Grinsen in ein zufriedenes Lächeln verwandelt.

»Einen Job?«

»Ja. Herr Nowak sagte, dass Sie gerade ohne Engagement sind.«

»Das ist korrekt.«

Sie hat mit Jasper gesprochen. Über mich. Ich versuche, ruhig weiterzuatmen. Jasper drückt meine Hand und versucht etwas vom Gespräch mitzubekommen.

»Nun, wir suchen für unser Herbstprogramm noch eine Choreografin, und was ich gestern gesehen habe, war ausgesprochen gut. Es war, ehrlich gesagt, phantastisch.«

»Sie haben mich tanzen sehen?«

»Glauben Sie wirklich, ich kriege nicht mit, was im Theater passiert?«

Sie klingt amüsiert und nicht verärgert. Ein Glück! Und sie hat mich tanzen sehen. Gestern Nacht, als ich dachte, es wäre mein großer Abschied von der Bühne. Dabei könnte es meine erste Vorstellung im »Theater Rampe« gewesen sein. Meine erste Bühne nach dem Comeback.

Es heißt, wenn man scheitert, soll man da hingehen, wo man angefangen hat, wo es gut lief, und noch mal von vorne anfangen. Die meisten machen das nicht, weil es zu anstrengend ist, weil es zu viel Kraft kostet und weil man sich vorher eingestehen muss, dass man gescheitert ist. Dabei verpassen wir vielleicht die größte und beste Chance unseres Lebens, weil sie sich als vermeintliche Niederlage tarnt. Fehltritte, Stürze und Misserfolge von früher sind doch unterm Strich nichts weiter als alte Erinnerungen, die uns zu dem Menschen machen, der wir heute sind.

»Das ... freut mich.«

Ich fürchte, meine Stimme verrät, dass ich den Tränen nahe bin. Den Freudentränen!

»Meinen Sie, wir könnten uns nächste Woche mal zusammensetzen?«

»Sehr gerne. Sehr, sehr gerne!«

Wir besprechen einen groben Termin, und sie betont noch einmal, wie sehr sie sich freut, dass ich Interesse habe. Als ich auflege und ein glückliches Lächeln sich auf meinen Lippen ausbreitet, küsst Jasper meine Hand und sieht mich gespielt neugierig an.

»Wer war das?«

»Du wirst es nicht glauben: Ich habe vielleicht bald wieder einen Job. Hier in Stuttgart.«

»Wow! Das ist großartig. Aber wie kommt das?«

Er kennt die Antwort, aber ich spreche sie trotzdem aus.

»Sie hat gehört, dass ich momentan ohne Engagement bin, und ich glaube, das Wort ›phantastisch‹ fiel.«

Jasper nickt und grinst.

»Da bin ich mir sicher.«

Jasper, der immer wusste, wie er ein Lächeln auf mein Gesicht zaubern konnte, schafft es auch heute wieder.

»Du kommst also wirklich wieder nach Stuttgart, ja?«

»Mal sehen. Vielleicht. Ja. Doch. Ich vermisse das hier.«

Ich deute vage in eine Richtung vor uns, wo sich irgendwo unser Stuttgart erstreckt und verschiedene Menschen verschiedene Leben führen. Wo es an jeder Straßenecke Erinnerungen gibt. Alte und neue.

»Ich vermisse uns.«

Damit sehe ich ihn wieder an und habe Angst davor, dass die vergangene Nacht hier nur eine weitere Erinnerung in ebendieser Stadt bleibt. Doch Jasper nimmt mir diese Angst mit einem Lächeln.

»Ich glaube, die Stadt braucht uns.«

»Uns?«

»Kapstadt ist toll, klar. Wir können im Winter ja mal hin. Zusammen. Aber sind wir doch mal ehrlich, was ist Stuttgart ohne uns? Eine Stadt im Talkessel mit Weinbergen, Gebäuden und Straßen.«

»Korrekt.«

»Wir werden sie schon wieder großartig machen.«

Der Song aus den Boxen des alten Ford Taunus passt zu der sommerlichen Stimmung draußen. Ich habe das Fenster heruntergedreht und lasse den Fahrtwind mit meinen Haaren spielen, als wir durch Stuttgart zu meinem Hotel fahren. Ich muss meine Sachen holen. Jasper hat eine Hand lässig am Lenkrad, seine Sonnenbrille auf der Nase und meine Hand in seiner. Wir müssen wie ein Retro-Paar aus einer anderen Zeit aussehen, dabei ist diese hier unsere.

Als ich gestern mit Kerstin die Reise in meine Heimatstadt

angetreten bin, hatte ich keine Ahnung, dass meine Geschichte so ausgehen würde. Eine unvergessliche Nacht voller Erinnerungen, Mut, Freundschaft und Chaos.

Jasper lenkt den Wagen um eine Kurve, und ich muss lächeln, weil ich die Brücke vor uns sehen kann. Unsere Brücke. Unser Graffiti. Ich sehe nach oben und im gleichen Moment geht Jasper vom Gas, als er das sieht, was ich sehe. Irgendwo hinter uns hupt ein Wagen, aber ich nehme es gar nicht richtig wahr, weil mein Blick noch immer an der Brücke hängt. Was gestern nur schwer zu erkennen war, erstrahlt heute im neuen Glanz. Doch nicht nur das. Es wurde nicht einfach nur erneuert. Es wurde erweitert! Ich spüre die Gänsehaut auf meinen Unterarmen, als Jasper den Wagen an die Seite lenkt und zum Stehen bringt. Beide starren wir durch die Frontscheibe nach oben, wo mit weißer Farbe neben unserem Dreieck mit der Acht in der Mitte ein »+1« gesprüht wurde. Es sieht frisch und etwas unsauber aus.

Es sieht perfekt aus:

EWIG + 1

Ich spüre das Lächeln auf meinen Lippen und die Tränen in meinen Augen. Egal, wann wir drei wieder zusammen hier sein werden. Egal, wie viele Jahre es dauert, bis wir uns wieder eine Nacht stehlen – dieses Symbol, das über unserer Stadt für alle sichtbar gemalt wurde, bleibt.

»Dieser verdammte Mistkerl ...«

Lächelnd schiebt Jasper sich die Brille in seine Haare, sieht zu mir, und ich kann die Tränen in seinen Augen erahnen. Wir müssen beide nicht besonders lange nachdenken, um zu erraten, wer sich gestern Nacht an unserem Graffiti ausgetobt hat. Für manche mögen das nur Schmierereien an einer Brücke sein und vielleicht wird das alles morgen schon wieder übermalt und verschwunden sein, doch jetzt und hier ist es überdeutlich für alle zu sehen. Freundschaft erfordert Mut, so wie das ganze Leben.

Jasper dreht sich zu mir und wirkt auf einmal nachdenklich.

»Weißt du, ich werde diesen Wagen nicht noch mal durch den TÜV kriegen.«

»Das hätte mich auch gewundert.«

»Dieses Baby hat uns viele tolle Fahrten ermöglicht.«

Wieso spricht er ausgerechnet jetzt über seinen Wagen? So gerne ich den Taunus auch habe, es macht nur wenig Sinn.

Jasper startet den Motor mit dem charakteristischen Krächzen, setzt den Blinker, und wir fädeln wieder in den Verkehr ein.

»Findest du nicht, dass das Baby eine letzte große Reise verdient hat?«

»Einen Abschied? Unbedingt!«

Jasper strahlt mich von der Seite an. Sein Peter-Pan-Charme ist zurück, sein Lächeln ist geheimnisvoll.

»Lust auf einen kleinen Ausflug?«

Road Trip des Lebens

> Und wenn uns das nicht reicht,
> stehlen wir uns einfach einen weiteren Tag.

Er sitzt am Boden. Seine verbeulte Ledertasche liegt neben ihm. Seine Füße stecken noch immer in Jaspers Flip-Flops, und die Haare sind etwas unordentlicher, als ich sie in Erinnerung hatte. Auf einem Pappschild neben sich hat er mit weißer Farbe und Großbuchstaben das Wort »AMSTERDAM« gesprüht. Weit ist er damit nicht gekommen.

Jasper hupt zweimal, als wir auf dem Rasthof Wunnenstein hinter den Toren Stuttgarts langsam über den Parkplatz rollen. Ein überraschtes Lächeln huscht über Bens Lippen, als er aufsteht und sein Zeug zusammenpackt. Von allen Orten, an denen ich mir Ben vorstellen könnte, ist eine Tramper-Raststätte wirklich nicht auf der Liste der Top Five. Das Bild von ihm bei der Begrüßung gestern Abend, seine Kleidung, alles – das scheint sich in einem anderen Leben abgespielt zu haben.

Jasper stellt den Motor ab. Wie immer hoffe ich, dass es nicht das letzte Mal war und dass der Taunus uns nicht im Stich lässt, bevor unsere gemeinsame Reise überhaupt begonnen hat. Bisher ist er uns treu geblieben.

Ich öffne die Beifahrertür, und Ben kommt kopfschüttelnd auf uns zu.

»Was zum Henker macht ihr beide denn hier?«

Jasper steigt aus, verschränkt die Arme auf dem Autodach,

sieht sich lächelnd um und deutet auf Ben, der ein bisschen mitgenommen aussieht – um es charmant zu umschreiben.

»Die Frage ist wohl eher, was machst du noch hier?«

Ben zuckt die Schultern und lehnt sich an die geöffnete Autotür, wirft mir ein Lächeln zu und sieht wieder zu Jasper.

»Ein guter Freund hat gesagt, ich solle ein Mädchen überraschen und zu ihr trampen.«

»Muss ein schlauer guter Freund gewesen sein.«

»Der beste, den man sich wünschen kann.«

Genau das ist es: Freundschaft. Freunde, die sich alles verzeihen, einander Mut machen und Träume teilen. Wir haben zu viel gemeinsam erlebt, um nicht noch weitere Kilometer zusammen zurückzulegen.

Ben reicht mir die Hand, die ich annehme, und zieht mich aus dem Wagen nach draußen, wo ich direkt vor ihm stehen bleibe. Er, der mich zu gut kennt, als dass ich ihm verheimlichen könnte, was gestern Nacht passiert ist, lächelt und küsst sanft meine Wange.

»Hi, Ella.«

Mein Ben. Mein neuer bester Freund.

»Hi.«

Schnell drücke ich ihn an mich, so fest ich kann, und gebe mir dabei Mühe, nicht zu deutlich zu machen, wie glücklich ich bin.

»Schön, dich zu sehen, und danke für die kleine Überraschung auf der Brücke.«

Er drückt mich kurz an sich.

»Jederzeit.«

Das aus Bens Mund zu hören, wirkt beruhigend, weil es wie ein Versprechen klingt – und wer Ben kennt, der weiß, dass er dieses Versprechen einhalten wird.

»Alles gut?«

»Alles gut. Und bei dir?«

»Kann mich nicht beschweren.«

Als ich ihn jetzt loslasse, sehe ich in das lächelnde Gesicht meines besten Freundes, der nicht verschwunden ist. Jasper klopft auf das Autodach, und das ist mein Einsatz.

»Ach ja. Also: Wir haben Kaffee, Sandwiches, Getränke für später, gute Musik und eine Straßenkarte dabei.«

Ich deute auf die Rückbank des Taunus' und grinse Ben breit an.

»Von Amsterdam. Wir wollen sichergehen, dass du heil bei deiner Lois Lane ankommst.«

Ben sieht überrascht zwischen Jasper und mir hin und her, als hätte es ihm die Sprache verschlagen.

»Aber ...«

»Keine Angst. Es zählt trotzdem als Trampen, und der Taunus hat einen letzten Road Trip verdient.«

Jasper sagt es so selbstverständlich, als wäre dieser Satz die Antwort auf alle Fragen, die Ben durch den Kopf sausen. Es wird Zeit, dass auch Ben da ankommt, wo er hingehört und wo jemand auf ihn wartet.

Jasper trommelt wieder aufgeregt auf das Autodach, als wäre es ein Schlagzeug, und grinst dabei breit.

»Und mit wem kann man das besser machen als mit dem besten Freund und ...«

Jasper deutet auf mich und hält kurz inne. Dann schleicht sich ein glückliches Lächeln auf seine Lippen, das sich auf magische Art und Weise auch auf mich überträgt. *Jasper und ich. Verbunden auf so viele Weisen.*

»... mit meinem Mädchen.«

Egal wie müde, hungrig und mitgenommen wir aussehen mögen, das Leuchten in unseren Augen und das breite Lächeln verraten, dass wir noch nie glücklicher waren. Die

Leute haben doch recht. Man muss dahin zurück, wo alles angefangen hat. Man muss sich der Niederlage, den Gefühlen und Ängsten von damals stellen. Jasper und Ben haben mir vielleicht keinen Helikopterflug über die Stadt geschenkt und kein Abendessen im angesagtesten Restaurant der Stadt. Sie haben mir einen Tanz im Scheinwerferlicht eines alten Wagens, ein Graffiti an der Brücke, ein Fotobuch und einen Abschied von meiner geliebten Bühne geschenkt. Dabei haben sie selbst nach Hause gefunden und mich mitgenommen.

Ein Gefühl von damals zieht wieder in mein Leben ein.

So fühlt sich Glücklichsein an. Denn am Ende zählt doch nur, wer mit uns auf den Road Trip des Lebens gekommen ist. Ich kann mir keine bessere Begleitung wünschen.

Ich hoffe, dieses Gefühl hält ewig an, und wenn uns das nicht genug sein sollte, stehlen wir drei uns einfach diesen einen Tag, der nur uns gehört.

Ende

Danksagung

Danke an die Leute, die ich auf den Road Trip meines Lebens mitgenommen habe und nicht mehr hergeben mag.

Danke an meine Eltern für ihre Unterstützung bei jeder Etappe meiner Reise, für alles, für immer.

Dank an Marc, weil du alles ewig machst.

Dank an Thomas Lang für einen weiteren Meilenstein auf der Schotterstraße. Your First Brigade is proud!

Dank an Thomas Pegram, meinen musikalischen Komplizen. Du bist mehr als Musik, du bist Inspiration und ein Freund.

Ein dickes Danke an mein #HomeTeam, ohne das es nicht mehr geht:

Marco, Joe und Annett – ihr macht mein Leben bunter.

Sabine, Notker und Corvin – ihr seid Familie.

Anne – auf ein Spezi am Sendlinger Tor mit Carlos.

Peter und Jenny – TMNT.

Kora – my Mini E.

Laura, Daniel, Hatice, Nina und Jasmin – einfach danke!

Miss Diner – auf ein Flat White ins Giro!

Michaela – ein #DoppelherzenDeshalb von der Dachterrasse. Danke für den Road Trip in der TARDIS bis zur Baker Street, London, Mittelerde.

An das #TeamUnderdog: All ihr wundertollen Leser,

danke, dass ihr meine Bücher in eure Leserherzen schließt und gut auf sie aufpasst.

Last, but never least: Danke an meine Lektorin Julia Stolz, die an Ben, Ella und Jasper geglaubt hat, als ich noch nicht mal wusste, dass es sie gibt. Danke für den Feenstaub, den du über ganz Stuttgart und diese Geschichte verteilt hast.

Mach jeden Moment zu einem Lieblingsmoment!

Adriana Popescu
Lieblingsmomente
Roman
Piper Taschenbuch, 384 Seiten
€ 9,99 [D], € 10,30 [A], sFr 14,90*
ISBN 978-3-492-30446-7

Layla und Tristan verstehen sich auf Anhieb – als Freunde. Immerhin sind beide in festen Händen. Tristan bringt ihr abends Essen ins Büro, entführt sie auf seiner alten Vespa an die schönsten Stellen Stuttgarts und imitiert mit geworfenen Wunderkerzen Sternschnuppen, weil er weiß, dass Layla noch nie eine gesehen hat und zu viele ihrer Träume unerfüllt sind. Gemeinsam erleben sie Lieblingsmoment um Lieblingsmoment. Ob dies am Ende doch die große Liebe ist?

Leseproben, E-Books und mehr unter **www.piper.de**